KB060158

심규식 대하역사소설

❸ 개경

도서출판
청어

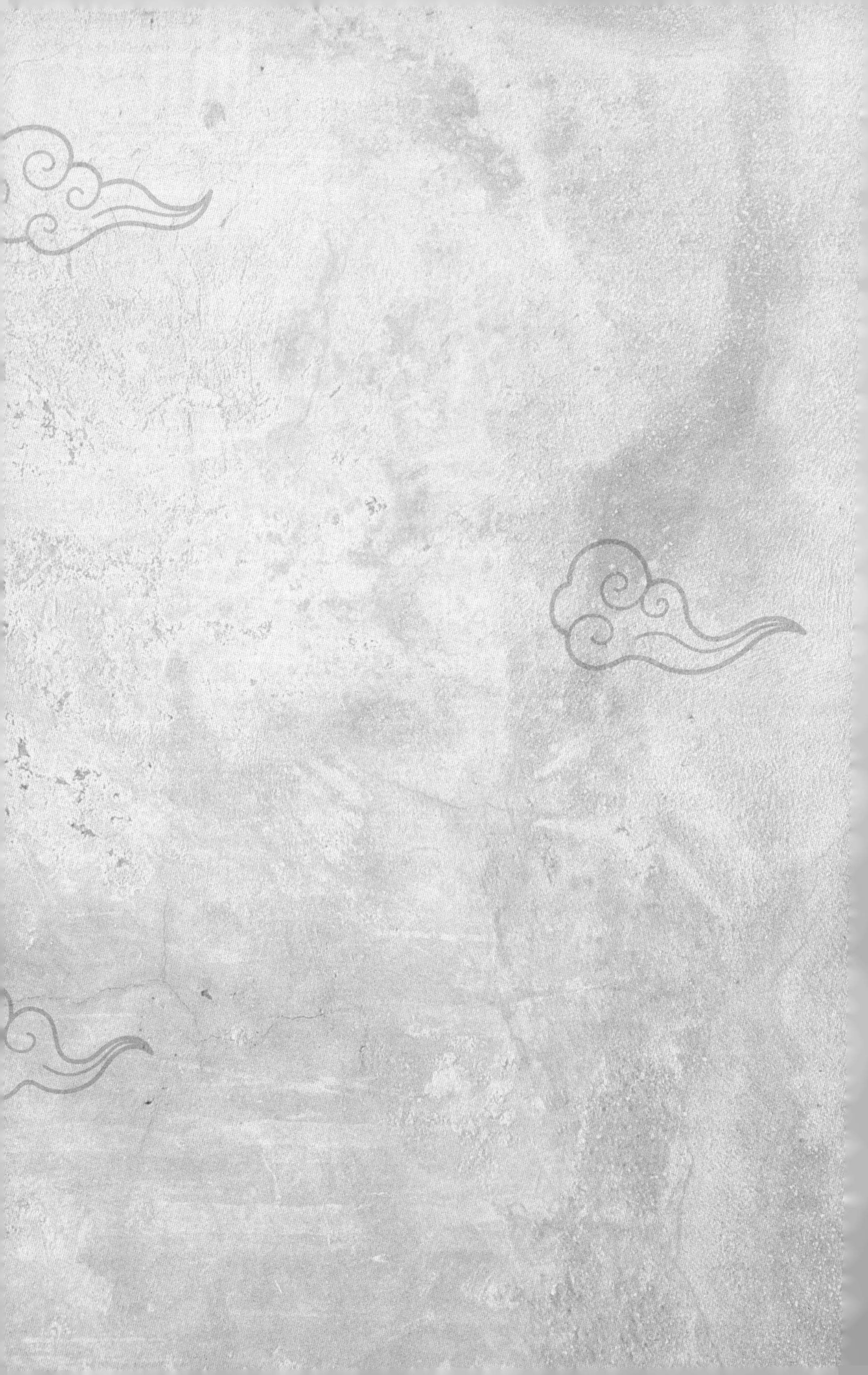

대하역사소설

망이와 망소이

제3권

개경

심규식

제3권 개경 | 차례

제1장

경군(京軍)

1. 왕도(王都)

개경(開京)은 원래 고구려의 부소압(扶蘇岬) 고을이었는데, 신라가 삼한을 통일한 뒤로 송악군(松嶽郡)이라고 불리었다가, 고려를 창업한 왕건(王建)이 그의 본거지인 이곳으로 도읍을 옮김으로써 왕도(王都)가 되었다. 한 나라의 수도(首都)가 됨에 따라 그 명칭도 여러 가지로 불리게 되었으니, 개경(開京), 개성(開城), 송도(松都), 송경(松京), 송악(松嶽) 등이 그것이고, 그냥 나라의 도읍지라 하여 경성(京城), 경도(京都), 도성(都城), 왕경(王京), 왕도(王都), 황도(皇都) 등으로도 일컬어졌다.

개경이 고려의 도읍지가 되자 송악성(松嶽城)과 발어참성(勃禦塹城)을 기초로 하여 황성(皇城)과 궁성(宮城)이 수축되고, 송악산 남쪽에 궁궐과 관해(官廨)들이 자리잡았다. 한 나라의 수도에 걸맞게 도성 밖에서 나성(羅城) 안으로 들어가기 위해서는 숭인문(崇仁門)이나 선의문(宣義門), 회빈문(會賓門), 혹은 북성문(北城門) 등을 통과해야 했으며, 그곳에서 다시 황성(皇城) 안으로 들기 위해서는 광화문(光化門)이나 주작문(朱雀門) 등을 거쳐야 했다. 그리고 황성에서 또다시 임금이 계신 궁성(宮城)으로 들어가기 위해서는 승평문(昇平門)이나 신봉문(神鳳門) 등을 통과해야 했다. 궁성 안에는 정전(正殿)인 회경전(會慶殿)을 비롯하여 선정전(宣政殿), 중광전(重光殿), 건덕전(乾德殿) 등과 청연각(清燕閣), 한림원(翰林院) 등이 높은 대(臺) 위에 장려하게 들어서 있었으며, 황성 안에는 중서성(中書省), 문하성(門下省), 상서성(尙書省), 추밀원(樞密院), 어사대(御史臺) 등이 위풍당당하게 자리잡았고, 상서 6부 등의 관청은 광화문 밖의 외성에 즐비하게 서 있었다. 뿐만 아니라 국초부터 불교가 크게 중시되어 법왕사, 흥국사, 왕륜사, 안화사 등 많은 절들이 궁궐이나 관해(官廨) 못지않게 거창한 규모의 위용을 뽐내며 성 안에 도사리고 있었다.

해가 갈수록 걷잡을 수 없게 인총이 늘어나, 행정 구역은 5부(部) 35방(坊) 344리(里)에 달하게 되었고, 민가들이 10여 만 호(戶)에 이르렀으며, 왕족으로부터 귀족과 승려, 평민, 천민, 노비들에 이르기까지 50여 만 명의 사람들이 살고 있었다.

고려 태조 왕건의 집안은 원래 송도를 터전으로 하여 장사를 하는 가문으로서, 일찍이 대외 교역에 힘써, 예성강 입구에 있는 벽란도(碧瀾渡)에는 송(宋)나라, 거란, 여진, 일본은 물론이고, 멀리 대월, 참파, 아라비아에서까지 무역선이 드나들며 물자를 교역하였다. 고려가 한창 흥성하던 시절 개경은 세계에서 가장 큰 국제도시의 하나였다.

태조 왕건의 집안은 대대로 이곳 개경에서 세력을 떨치던 호족으로서, 그의 탄생에는 다음과 같은 이야기가 전해져 내려오고 있었다.

옛날에 호경(虎景)이라는 사람이 살았는데, 기골이 장대하고 용기와 힘이 범상치 않았다. 호경은 자기를 높여 스스로 성골장군(聖骨將軍)이라 일컬었다. 그는 백두산과 묘향산 등 산천을 두루 구경해 내려오다가 훗날 송악산으로 불리게 된 부소산 왼쪽 골짜기에 이르러 마음에 드는 한 여자를 만나서 가정을 이루고 정착하였다. 두 사람은 슬기롭고 부지런해서 집안은 넉넉했으나 슬하에 자녀가 없었다. 호경은 활을 잘 쏘아 늘 사냥을 즐겼는데, 어느 날 같은 마을 사람 아홉 명과 함께 평나산으로 매를 잡으러 갔다. 날이 저물자 호경 일행은 하룻밤을 지낼 만한 곳을 찾아다니다가 마땅한 굴을 발견하고, 굴 속으로 들어가 잠을 자게 되었다. 그런데 한밤중에 집채만한 호랑이 한 마리가 굴 앞에 와서 사납게 으르렁거리며 떠나지를 않았다. 겁에 질린 사람들이 의논을 했다.

"호랑이가 배가 고파서 우리를 잡아먹으려고 하는 모양이니, 우리 각자 머리에 쓰고 있는 두건을 굴 밖으로 던져서, 호랑이가 물어가는 두건의 주인이 굴 밖으로 나가서 일을 당하기로 하자."

그들은 모두 두건을 벗어 굴 밖으로 던졌다. 그러자 기다리고 있었다는 듯 호랑이가 호경의 두건을 덥썩 물었다. 호경은 호랑이와 사생결단을 할 생각으로 칼을 빼어 들고 굴 밖으로 뛰쳐나갔다. 그 순간 굴 밖에 있던 호랑이가 자취를 감추고, 굴이 무너져내렸다. 굴 속에 있던 사람들은 순식간에 모두 떼죽음을 당하게 되었다. 호경은 마을로 내려가 사람들에게 큰 변이 났음을 알리고, 장례를 치렀다. 장례를 치르면서 먼저 산신(山神)에게 제사를 지냈는데, 그때 홀연 산신이 나타나더니, 호경에게 말했다.

"나는 본래 과부로서 이 산의 산신인데, 다행히 장군과 같은 호걸을 만나게 되었으니, 장군과 부부의 인연을 맺고 싶소이다. 인연을 맺기 전에 우선 장군을 이 산의 대왕으로 봉하겠소이다."

산신의 말이 끝나자마자 사람들의 눈앞에서 산신과 호경의 모습이 사라져 버렸다. 그때부터 사람들은 호경을 평나산 대왕으로 모시고 사당을 세워 제사를 지냈다.

그러나 평나산 대왕은 옛 아내를 잊지 못해 밤마다 옛 집에 나타나서 그의 아내와 함께 잠자리에 들었다. 그리하여 그 아내가 호경의 아들을 낳고, 이름을 강충(康忠)이라 했다.

강충은 생김생김이 단정하고, 성품이 근엄하였으며, 재주가 뛰어났다. 그는 서강(西江) 영안촌(永安村)에 사는 부잣집 딸인 구치의(具置義)라는 여자에게 장가를 들어 오관산(五冠山) 마가갑(摩訶岬)에 터를 잡고 살았다.

풍수에 능한 팔원(八元)이라는 신라의 벼슬아치가 부소군을 지나가다가, 부소산의 형세를 보고 강충에게 말했다.

"이 산의 형세는 정말 좋은데, 한 가지 흠이라면 산에 나무가 없는 것이외다. 소나무를 심어서 바위가 보이지 않도록 우거지게 하고, 산의 북쪽에 있는 부소군을 남쪽으로 옮긴다면, 그대의 후손 중에 삼한(三韓)을 통일할 사람이 태어날 것이외다."

팔원의 말을 들은 강충은 부소군 사람들과 함께 산의 남쪽으로 삶의 터전을 옮기고, 부소산에 소나무를 심은 다음 군 이름을 송악군으로 고쳤다. 그후 강충은 벼슬을 하게 되어 상사찬(上沙粲)이라는 지위에 올라 부귀를 누리며 두 아들을 두었다. 둘째 아들 이름이 손호술이었는데, 후에 보육(寶育)이라고 이름을 고쳤다.

보육은 성품이 지극히 자혜로웠는데, 출가하여 지리산에 들어가 불도를 닦았다. 후에 평나산 북쪽 기슭으로 돌아와 살다가 다시 마가갑으로 옮겨 살았는데, 어느 날 잠을 자다가 기이한 꿈을 꾸었다. 그가 곡령(鵠嶺)에 올라 오줌을 누자, 그 오줌이 삼한에 가득차서 산천들이 모두 은(銀) 바다로 변하는 꿈이었다. 이튿날 그의 형에게 꿈 이야기를 했더니, 그의 형이 말하기를,

"네가 반드시 하늘을 지탱시켜 줄 기둥을 낳을 것이다."

하고, 자기의 딸 덕주(德周)를 보육에게 아내로 주었다. 보육은 마가갑에 암자를 짓고 살면서 덕주에게서 두 딸을 얻었는데, 특히 둘째 딸 진의(辰義)는 용모가 아리땁고 재주와 지혜가 뛰어났다.

당(唐) 나라 선종(宣宗)이 잠저(潛邸)에 있을 때였다. 그가 13세 되던 해에 장난으로 목종(穆宗) 황제의 용상에 올라앉아서 여러 신하들에게 답례를 하는 장난을 하였는데, 그것을 본 목종의 아들 무종(武宗)은 마음속으로 그를 꺼려하게 되었다. 무종은 즉위하자마자 선종에게 무자비한 박해를 가했고, 목숨이 위태롭게 된 선종은 아슬아슬하게 궁중에서 탈출했다. 그는 천하를 두루 돌아다니면서 갖은 고초를 다 겪다가 염관현(鹽官縣)에서 장삿배를 타고 바다를 건너 고려의 패강(浿江) 서포(西浦)에 도착하게 되었다. 그때가 마침 썰물 때라서 강바닥에 뻘흙

이 가득한지라 모시던 관리가 배 안에 있던 돈을 뻘흙에 던져 펴고서야 상륙할 수 있었다. 그리하여 그 후 그곳을 전포(錢浦)라고 부르게 되었다.

송악군에 이르른 선종이 곡령에 올라 남쪽을 바라보고,

"이곳은 한 나라의 도읍이 될 만한 곳이다."

하고, 감탄해서 말했다.

선종은 마가갑 양자동에 이르러 보육의 집에 머무르게 되었는데, 보육의 두 딸이 심히 아름다운 것을 보고 기뻐하며, 자기의 옷 터진 데를 꿰매어 달라고 청했다. 보육이 선종의 범상치 아니함을 보고서 맏딸을 들여보냈는데, 공교롭게도 맏딸이 문지방에 걸려 넘어져서 코피가 터졌다. 보육은 다시 진의를 들여보냈다. 선종과 진의는 한눈에 서로에게 반하여, 선종이 보육의 집에 머무른 지 한 달 만에 진의에게 태기가 있었다. 선종이 마가갑을 떠나면서,

"사실 나는 당 나라의 황족인데 피치 못할 사정이 있어서 잠시 천하를 주유하고 있소이다. 그대가 만약 아들을 낳거든 이 활과 화살을 그 아이에게 주시오. 이것이 훗날 나의 자식이라는 징표가 될 것이오."

하고, 진의에게 자기의 활과 화살을 주었다. 그후 진의가 아들을 낳았는데, 이름을 작제건(作帝建)이라 하였다.

작제건은 어려서부터 총명하고 용맹했다. 점점 자라 육예(六藝)를 다 갖추었는데, 그 중에서도 글씨와 활 쏘는 재주가 특출했다. 작제건이 16세가 되자 어머니 진의가 선종이 징표로 남기고 간 활과 화살을 작제건에게 주며 부친 선종의 이야기를 들려주었다. 작제건은 크게 기뻐하며 그 활로 더욱 열심히 연마하여, 드디어 무엇이나 마음대로 맞추지 못하는 것이 없게 되었고, 세상 사람들은 그런 그를 신궁(神弓)이라고 불렀다.

작제건이 어떻게든 당 나라로 아버지 선종을 찾아 가려고 궁리를 하고 있을 때에 마침 신라의 김양정(金良貞)이 당 나라에 사신으로 가

게 되었다. 작제건이 김양정을 찾아가, 부탁을 해서 그 배를 얻어 탔다. 그런데 김양정의 배가 서해 바다 한복판에 있는 무인도 근처를 지나갈 때 갑자기 구름과 안개가 자욱하게 일면서 배가 멎어 버렸다. 별다른 까닭도 없이 배는 사흘 동안이나 한 자리에서 꼼짝도 하지 않았다. 놀란 뱃사람들이 점을 쳐 보니, 작제건을 배에서 내려놓으면 순풍을 얻을 것이라는 점괘가 나왔다. 어쩔 수 없이 김양정은 작제건을 무인도에 내려놓았다. 그가 내리자 안개가 흩어지고 순풍이 일어, 배는 바람을 타고 당 나라로 향했다.

무인도에 내린 작제건이 섬을 돌아다니고 있는데, 문득 한 노인이 나타나, 작제건에게 절을 하고서,

"나는 서해의 용왕이외다. 그런데 요사이 매일 저녁이 되면 늙은 여우 한 마리가 치성광여래(熾盛光如來)의 형상을 하고 공중에서 내려와서 나팔을 불고 북을 치면서 이 바위 위에 앉아서 옹종경(臃腫經)을 읽어댑니다. 그러면 내 머리가 금방 터질 듯이 아프게 됩니다. 듣건대 그대가 활을 쏘면 백발백중이라 하니, 원컨대 나의 고통을 제거해 주지 않겠소이까?"

하고 말했다.

작제건은 노인의 간절한 청을 거절할 수가 없어서 그렇게 하기로 약속하고, 저녁이 되기를 기다렸다. 그날 저녁이 되자 과연 공중에서 음악 소리가 들리고, 여래의 형상을 한 자가 내려왔다. 작제건은 그가 정말 부처님이 아닌가 의심스러워서 감히 활을 쏘지 못했다. 그러자 노인이

"무얼 주저하고 있소이까? 저것은 부처가 아니라 수백 년 묵은 구미호(九尾狐)가 둔갑을 한 것이오! 빨리 활을 쏘시오!"

하고 독촉했다.

작제건이 엉겁결에 화살을 날렸는데, 화살에 맞은 부처가 꼬리 여럿 달린 늙은 여우로 변해 떨어졌다. 여우가 죽자 노인은 크게 기뻐하

면서 작제건을 용궁 안으로 데려가 큰 잔치를 베풀고, 말했다.

"그대의 힘으로 내 근심 걱정이 모두 가시었으니, 그대에게 칠보를 주어 은혜를 갚겠소이다."

그때 한 늙은 노파가 농담처럼 말했다.

"그까짓 칠보가 별 게야? 나 같으면 용왕의 아리따운 딸한테 장가를 들겠네!"

작제건이 그 말을 듣고 노인의 딸을 보니, 과연 절세미인인지라 노인에게 사위 되기를 청했다. 노인은 외동딸을 작제건에게 시집보내기가 못내 아쉬웠으나, 은인의 청을 거절할 수가 없었다. 작제건이 용녀와 혼인을 하고 칠보를 가지고 돌아오려 하는데, 용녀가 말했다.

"우리 아버지에게 버드나무 지팡이와 돼지가 있는데, 그것은 칠보보다 더 귀중한 것입니다. 그것도 달라고 하십시오."

작제건이 노인에게 또 버드나무 지팡이와 돼지를 달라고 청하니, 노인이 말하기를,

"그 두 가지는 이 용궁에서 가장 신비하고 소중한 보물이외다. 그러나 그대가 청하니, 둘 중 하나를 주겠소."

하고는, 돼지를 내주었다.

그리하여 작제건은 옻칠한 배에 칠보와 돼지를 싣고 용녀와 함께 창릉굴(昌陵屈) 앞 강 언덕으로 돌아왔다. 그들은 서강의 강가에 흙으로 영안성(永安城)을 쌓고 그 안에 집을 짓고 살았는데, 1년쯤 지난 어느 날 갑자기 돼지가 우리로 들어가지 않았다. 아무리 달래고 을러대도 돼지는 막무가내로 버티며 고개를 내저었다. 작제건이 돼지에게 말했다.

"이곳이 살 만한 곳이 못 된다면 네가 가는 곳으로 따라가겠다."

그 말을 들은 돼지가 송악산 남쪽 기슭으로 가서 누웠다. 작제건과 용녀는 그곳으로 옮겨가서 새 집을 짓고 살았는데, 그곳은 바로 작제건의 증조(曾祖) 강충이 살던 옛터였다.

용녀는 작제건과 혼인하여 그를 따라 송악산으로 왔지만 친정인 용궁이 그리웠다. 그리하여 그녀는 집 밖에 우물을 파고, 그 우물을 통해서 서해의 용궁을 오갔는데, 항상 작제건에게 말하기를,

"내가 용궁엘 오갈 때는 절대로 엿보지 마십시오. 만약 이를 어기게 되면 다시 돌아올 수가 없게 됩니다."

하고, 다짐을 받았다.

작제건은 몇 년 동안이나 용녀와의 약속을 잘 지켰다. 그런데 어느 날 아내가 어린 딸과 함께 용궁을 다녀오기 위해 우물가로 가는 것을 보자 문득 견딜 수 없이 궁금증이 치솟았다. 그는 아내가 우물 안으로 들어가길 기다렸다가, 살그머니 뒤따라가서 우물 안을 들여다보았다. 놀랍게도 용녀와 딸은 황룡이 되어서 오색구름을 일으키며 막 우물 속으로 사라지려다가, 작제건이 엿본 것을 알고 용녀가 되돌아 나오더니, 성을 내어 말하기를,

"부부간의 도리는 신의를 지키는 것이 중요한데, 이제 당신이 약속을 어겼으니, 나는 더 이상 당신과 살 수가 없습니다."

하고는, 어린 딸과 함께 다시 용으로 변해서 우물 안으로 들어간 뒤 다시는 돌아오지 않았다.

작제건과 용녀 사이에 네 아들이 있었는데, 그 중 맏아들 용건(龍建)은 체격이 크고, 아름다운 수염을 가졌으며, 도량이 넓고 평소에 남다른 큰 뜻을 지녔다.

일찍이 도선(道詵) 스님이 당 나라에 들어가서 일행(一行) 스님의 풍수지리법을 배워 왔는데, 그가 백두산에서부터 삼한의 지세를 두루 살피며 내려오다가 이때에 곡령에 이르렀다. 도선은 용건이 지은 새 집을 보고서,

"허어! 기장을 심을 터에 어찌 삼을 심었는가!"

하고 탄식하면서, 지나갔다.

용건의 부인이 마침 그 말을 듣고 기이하게 여겨, 용건에게 달려가

스님의 말을 전했다. 용건이 급히 도선을 뒤쫓아가 옷깃을 붙잡고 쉬어 가기를 청했는데, 몇 마디를 채 나누지 않아 의기가 상통하여 오랜 친구처럼 스스럼이 없게 되었다. 두 사람은 함께 곡령에 올라 산수의 맥을 보고, 천문과 시운을 두루 살핀 다음 도선이 한 곳을 가리키며 말했다.

"이곳에 집을 지으면 천지의 대운에 부응하여 명년에는 반드시 불세출의 영웅을 낳을 것이니, 이름을 왕건(王建)이라 하시오."

용건이 도선의 말을 좇아 그곳에 집을 짓고 살았는데, 그때부터 부인에게 태기가 있어, 드디어 열 달 뒤에 왕건을 낳았다. 용건은 훗날 왕륭이라고 이름을 고쳐 불렀다.

왕건이 17세가 되었을 때 도선이 다시 그의 집을 찾아와 왕건의 얼굴을 찬찬히 뜯어보더니, 이윽고 말했다.

"지금 바깥 세상은 말세가 되어 삼국이 솥발처럼 버티고 서서, 서로 다투느라 전쟁이 끊일 날이 없소이다. 도탄에 빠져 허우적거리는 창생들은 하루라도 빨리 참다운 영웅이 나타나 그들을 구제해 주기를 학수고대하고 있소. 그대는 이 난세를 수습하여 새 세상을 열(開) 천명을 지니고 태어난 인물이외다. 이제 때가 이르렀으니 세상에 나갈 준비를 해야 하오."

도선은 왕건에게 군대를 지휘하고 진을 치는 법, 유리한 지세와 천시를 헤아려 선택하는 법, 산천의 형세를 살펴 감통보우(感通保佑)하는 이치 등을 가르쳤다.

왕건이 드디어 몸을 일으켜 삼한의 주인이 되었다.

망이와 정첨이 왕방산에 있는 이광의 산채를 떠나 개경으로 들어온 것은 그해 여름이 거의 끝나갈 즈음이었다.

이광의 무리들과 함께 포천현의 호족 노태채를 혼내준 뒤에도 두 사람은 계속 왕방산에 머물러 있었다. 계암 스님을 만나 보기 위함이었다. 그러나 두어 달이 지나도 계암 스님이 오지 않자 마냥 기다리고 있기가 어려웠다. 이광에게 떠날 뜻을 밝히자 그 사이 두 사람과 정이 들 대로 든 이광은 펄쩍 뛰면서 만류했다.

"그 동안 그렇게 기다렸는데 그냥 떠난단 말이오? 내일이라도 계암 스님이 오실는지 모르니 좀 더 기다려 봅시다!"

"개경이 여기서 그리 멀지 않은 곳이니, 자주 들르겠수. 계암 스님은 뵐 날이 있겠지유."

망이와 정첨은 산채 사람들에게 인사를 하고 산을 내려왔다. 이광은 못내 섭섭한 얼굴로 산 아래 한길까지 따라와, 금붙이와 은병, 비단을 꾸린 봇짐을 선물로 주면서 말했다.

"변변치 못하지만 섭섭한 마음의 표시이니 받아주시오! 개경에 가더라도 자주 들러 주시고!"

망이와 정첨은 이광과 아쉬운 이별을 하고 개경으로 향했다.

개경은 과연 한 나라의 수도(首都)로서, 지방의 부(部)·목(牧)·군(郡)·현(縣)과는 비교도 할 수 없이 번화한 도시였다. 온통 푸른 기와로 뒤덮힌 황궁은 말할 것도 없고, 황족이나 고관대작, 관리들이 사는 집들도 모두 고대광실에 푸른 기와를 얹었고, 여염 사람들이 사는 집도 지방 사람들의 집과는 비교할 수 없게 크고 화려하였다. 사방으로 바둑판처럼 뚫린 넓은 도로에는 많은 수레와 가마, 말과 소, 사람들이 오갔고, 도시의 전체 크기는 상상조차 되지 않았다.

개경은 이때 5부(部), 35방(坊), 344리(里)의 방대한 규모를 지닌 국제도시였으니, 시골에서 갓 올라온 망이와 정첨은 눈이 휘둥그레지지 않을 수 없었다.

두 사람이 개경에 들어온 지 닷새째 된 날이었다. 그날도 전날처럼 망이와 정첨은 주막집에서 아침을 먹은 후에 도성 구경을 나섰다. 두 사람은 왕궁의 북쪽 문인 태화문(太和門)을 구경하고, 송악산 기슭에 있는 왕륜사를 둘러본 다음 귀산사로 갔다.

그들이 귀산사에 도착한 것은 오후도 한겻이 지난 때였는데, 산문 앞 널찍한 공터에 비단으로 화려하게 장식을 한 가마 한 채가 놓여 있고, 여덟 명의 사내가 가마 옆에 주저앉아서 고누 놀이를 하거나 이야기를 하고 있었다. 행색을 보건대 예불하러 온 권문세가의 마나님이나 아씨를 모시고 온 하인들이 분명해 보였다.

"어느 대감 댁에서 오신 분들이십니까?"

정첨이 그들에게 다가가 물었다.

"그건 알아서 뭐 하게?"

중년 사내 한 명이 정첨을 위아래로 훑어보며 말했다.

"가마가 좋아서요! 이렇게 훌륭한 가마는 처음 보았소!"

"저리 가거라, 이놈아! 괜스레 경치지 말고!"

"…구경 좀 한다고 경을 친단 말이오?"

"어허, 이놈이?! 이놈아, 이 가마가 바로 흥국방 최 대감 댁 가마다! 저리 넌떡 꺼져라!"

사내 중의 한 명이 눈을 부라리며 말했다.

"…흥국방 최 대감이 어떤 분이신데요?"

정첨이 다시 묻자 나이가 늙수그레한 다른 사내가 말했다.

"우리 주인댁은 대대로 삼한갑족(三韓甲族) 중에서도 갑족인 해주 최씨 문중으로, 노(老) 대감님께선 지금 문하시랑평장사(門下侍郎平章事)로 계시고, 그 아드님이신 젊은 대감님께선 좌산기상시(左散騎常侍)를 지내시네. 세 살 먹은 아이도 다 아는 흥국방 최 대감을 모르다니?"

"아, 예! …어쩐지 가마가 굉장하다 했지요!"

정첨과 망이는 공터를 떠나, 산문 안으로 들어갔다.

"지금 대웅전으론 가지 못하오."

두 사람이 대웅전 쪽으로 가는데, 젊은 몽구리 한 명이 앞을 가로막으며 말했다.

"왜 그러시오?"

"귀하신 분께서 예불을 올리고 계셔서 잡인의 출입을 금하고 있소이다."

"귀하신 분이 계시면 우리 같은 사람은 출입을 못합니까?"

정첨이 물었다.

"그게 아니라… 이 절이 바로 최 대감 집안의 원찰(願刹)이라, 그 집안 어르신이 오시면 잡인의 출입을 금하외다."

두 사람은 하는 수 없이 먼발치에서 대웅전 건물만 대충 구경하고 밖으로 나왔다.

송악산을 내려온 두 사람은 한길을 한참 걸어내려 가다가 주막거리에서 걸음을 멈추었다. 길 양쪽으로 주막과 가게가 늘어서 있고, 들병이장수와 떡장수, 엿장수, 황아 장수들이 길가에 노점을 열어놓고서 큰 소리로 손님들을 부르고 있었다. 괭이와 호미, 낫, 칼 등을 늘어놓은 곳, 쌀과 보리, 기장, 수수 등의 곡식과 여러 가지 채소를 벌여 놓은 곳도 있었고, 저만치 한쪽엔 나뭇짐 지게가 줄을 맞춰 서 있었다. 물건을 팔려고 큰 소리로 호객을 하는 사람과 값을 깎으려는 사람, 구경하러 온 사람 들로 거리는 시끌벅적하였다.

"여기가 저자가 서는 곳인 모양이오. 탁배기라도 한 잔씩 합시다."

정첨이 망이에게 말했다.

두 사람이 주막에 들어가 탁배기로 요기를 마치고 나와, 이곳저곳을 기웃거리며 구경하고 있을 때였다.

"위이! 길 비켜라! 길 비켜라! 정경부인 납신다! 길 비켜라!"

"에라! 게 물렀거라! 정경부인 납신다!"

하는 벽제 소리가 요란하게 울리고, 사람들이 부산하게 길 양쪽으로 물러나며 길을 텄다.

"아까 귀산사에서 보았던 그 가마가 틀림없지요?"

가마를 눈여겨보던 정첨이 망이에게 말했다.

"그런 것 같수."

"저놈들이 제 주인의 위세를 믿고 떠세깨나 하는데, 뇌꼴스러워서 못 봐 주겠소! 내 장난 좀 칠 테니, 망이 장사는 여기서 기다리시오."

정첨이 말을 마치고 가마와 반대쪽으로 뛰어갔다. 뜬금없이 장난이라니? 망이는 무슨 일인지를 몰라 어리둥절한 채 다가오는 가마를 피해 길가로 비켜섰다. 그런데 정첨이 인파 속으로 모습을 감춘 지 얼마 지나지 않아서 갑자기 저만치 한길 아래쪽에서 달구지를 매단 황소 한 마리가 미친 듯이 질주해 왔다.

미친 소다!

위험하다! 길 비켜라!

미친 소다! 비켜라!

사람들은 놀라서 소리를 지르며 길 양쪽으로 급히 몸을 피했다. 그러나 가마를 메고 오던 최 대감댁 하인들은 너무 놀라 길 한가운데서 발걸음이 굳어 버렸다. 가마가 너무 커서 길 한쪽으로 비키기가 어려웠다. 그들은 어진혼이 나가서,

"어?! 어어…!"

"어어?! …마님! …마님…."

다들 얼굴이 사색이 되어 어쩔 줄 모르고 허우적댈 뿐 속수무책이었다.

"마님! 빨리 나오세요! 미친 소가!"

하인 한 명이 다급하게 외치며 가마 문을 들추었다. 그러나 채 마님이 가마 밖으로 나오기도 전에 달구지를 매단 황소가 가마를 짓밟을 듯 육박해 왔다.

그때 한 젊은이가 한길 가운데로 뛰어나가 황소를 향해 달려들었다. 망이였다. 그는 무서운 기세로 달려오는 황소를 보자 자기도 모르게 몸을 날렸다. 성난 황소는 흉흉한 기세로 망이를 덮쳤다. 황소가 뿔로 막 망이를 받으려는 순간 망이는 소의 코뚜레를 움켜잡고 황소

의 머리통을 위로 치켜올렸다. 성난 황소는 사납게 머리를 내두르며 망이를 밀어붙였으나, 망이는 황소의 힘에 주춤주춤 밀려나면서도 죽을 힘을 다해 황소와 맞섰다. 황소는 코가 찢어질 듯한 아픔을 견디지 못하고 멈춰 섰다. 가마 앞에서 채 두어 걸음도 안 떨어진 곳이었다.

와아! 무서운 힘이다!

와아! 장사 났다!

사람들이 일제히 탄성을 울리며 망이가 있는 곳으로 몰려들었다.

"내 오늘 젊은이 덕택에 큰 봉변을 면하게 되었네. 어디 사는 젊은이인가?"

가마에서 화사한 비단옷을 입은 중년 여인이 나오더니, 망이에게 말했다. 도성에서 그 이름을 모르는 사람이 없는 대감댁의 마나님이라더니, 마흔대여섯쯤 되었을 것 같은 나이임에도 마님은 모색이 곱기가 처녀와 같고, 어딘지 모르게 범접하기 어려운 기품이 있었다.

"…예, 공주에서 올라왔습니다."

망이와 정첨은 개경에 들어서면서부터 양광도 말을 쓰지 않으려 애썼다. 개경 사람들이 지방에서 올라온 사람들을 시골고라리라 하여 낮잡아 본다는 말을 들었던 것이다.

"아니, 피가 흐르지 않나?"

마님이 피가 흐르는 망이의 손을 보고 놀라서 물었다.

"괜찮습니다. 조금 찢어진 것뿐입니다."

"가벼운 상처가 아닌데…, 우리 집으로 가세나."

"아닙니다. 이까짓 일로…."

"이까짓 일이라니?! 내 큰 은혜를 입었는데, 그냥 말 수는 없네."

"은혜라니, 당치 않습니다."

"마님께서 진심으로 하시는 말씀이신데, 너무 사양하는 것도 예의가 아닙니다. 마님의 뜻을 따르시지요."

언제 나타났는지 정첨이 나서면서 말했다.

"젊은이는 뉘신가?"

마님이 정첨에게 물었다.

"예, 저는 이 젊은이와 함께 온 마을 친굽니다."

"그래? 그럼 젊은이도 함께 가지."

마님이 말을 마치고 가마에 오르자 하인들이 가마를 메고 출발했다. 망이와 정첨은 가마를 뒤따라갔다.

"아니, 어떻게 된 게요?"

망이가 가마에서 약간 떨어지며 목소리를 낮춰 정첨에게 물었다.

"뭘 말이오?"

"갑자기 황소가 날뛴 게 아무래도…."

"내가 아무도 모르게 슬쩍 황소 엉덩이에 대침을 놔 줬지요."

정첨이 재미있다는 듯 소리 없이 웃음을 지었다.

"…아니, 그러다가 사람이라도 다치면 어쩌려고…?"

"나는 망이 장사가 그 황소를 붙잡아 줄 줄을 미리 알고 있었소."

"뭐라고요?"

"잠깐이지만 저 하인놈들이 똥줄이 탔을 게요! 어쨌든 망이 장사가 내로라하는 대감댁 마님을 구해 줬으니, 이제 좋은 일이 있을 게요. 어쩌면 망이 장사가 바라는 대로 경군에 들어갈 수도 있지 않겠소?"

"그럼 그걸 미리 생각하고서… 그런 일을 했단 말이오?"

망이가 놀란 얼굴로 바라보자 정첨은

"돌멩이 한 개로 두 마리 새를 잡는 것이지요."

하고, 빙긋 웃었다.

2. 응양군

개경에 있는 군대를 흔히 경군(京軍)이라 하는데, 경군은 2군(二軍)과 6위(六衛)로 이루어져 있었다. 2군은 왕궁을 수비하고 왕을 호위하는 응양군(鷹揚軍)과 용호군(龍虎軍)으로서, 응양군은 1영(領), 용호군은 2영으로 불리었고, 6위는 좌우위(左右衛), 신호위(神虎衛), 흥위위(興威衛), 금오위(金吾衛), 천우위(千牛衛), 감문위(監門衛)로서 모두 42영(營)으로 편성되어 있었다. 2군이 친위대인 데 비해, 6위는 전투와 그밖의 잡무를 담당하는 부대로서, 6위 가운데 중심이 되는 좌우위와 신호위, 흥위위는 총 32영으로 이루어져 있었으며, 평상시에는 개경을 수비하고, 1년 교대로 변방 지역의 방수(防戍)를 나가곤 하다가, 전쟁이 일어나면 전군, 후군, 좌군, 우군, 중군의 5군 편제를 이루어 출정하였다. 금오위는 치안을 담당하는 경찰부대로서 7영의 부대가 있었고, 천우위는 왕을 시종하는 의장대(儀仗隊)로서 2영, 그리고 감문위는 글자 그대로 궁성의 여러 문들을 수위하는 부대로서 1영으로 편성되어 있었다.

2군과 6위에는 각각 상장군(上將軍) 1명과 대장군 1명이 있었으며, 이들의 통솔을 받는 산하(傘下) 각 영은 장군 1명과 중랑장(中郎將) 2명, 낭장(郎將) 5명, 별장(別將) 5명, 산원(散員) 5명, 교위(校尉) 20명, 대정(隊正) 40명, 군졸 1,000명으로 편성되어 있었다. 2군 6위가 모두 45영이니, 8명의 상장군과 대장군 밑에 장군 45명, 4만5천 명의 군졸이 있는 셈이었다. 왕의 친위대인 2군이 6위보다 모든 면에서 우월한 위치에 있었고, 2군 중에서도 응양군이 용호군보다 더 높은 지위를 지니고 있었다. 반주(班主)란 무반(武班)의 최고 행정 책임자인 병부상서(兵部尙書)를 일컫는 말인데, 대대로 응양군의 사령관인 상장군이 반주를 겸한 것은 응양군의 그러한 지위 때문이었다.

동쪽 산 위로 달이 두어 뼘쯤 떠올라 있어야 할 시간이었으나 잔뜩

찌푸린 하늘 때문에 개경의 거리는 물그레한 어둠에 묻혀 있고, 띄엄띄엄 민가에서 희붐한 불빛들이 새나오고 있었다. 종일 소란스럽던 한길도 밤이 깊어갈수록 사람들의 자취가 뜸해지고, 가끔 순라를 도는 순검들만 두어 명씩 짝을 지어 오갈 뿐이었다.

술시가 끝나갈 즈음 두 명의 응양군 대정(隊正)이 서부(西部) 향천방(香川坊)으로 들어섰다. 한 명은 눈에 띄게 걸때가 헌걸차고, 한 명은 얼굴이 준수하고 몸매가 아담했다. 수직을 서는 근장군사(近仗軍士)들을 감독하러 가는 망이와 정첨이었다. 두 사람이 향천방 어구를 지나 저잣거리로 들어서는데,

"무에리수에! 무에리수에!"

하고, 외치며 눈먼 장님이 지팡이로 두 사람의 길을 막으며 가까이 다가왔다.

"무에리수에! 무에리수에!"

"무슨 말이오?"

망이가 무슨 뜻인지를 몰라 정첨에게 물었다.

"점을 쳐서 운수를 보라는 말이지요."

정첨이 망이에게 말하고는, 장님에게

"우리는 점 안 보오!"

하고 냉정하게 말했다.

망이와 정첨이 장님을 비켜 다시 걸음을 떼어놓는데, 장님의 지팡이가 갑자기 망이의 발을 걸었다. 망이가 몸을 가누지 못하고 땅바닥에 사정없이 엎어지자 장님이 갑자기 큰 소리로 외쳤다.

"덮쳐라!"

그의 명이 떨어지기도 전에 길가 아름드리 느티나무 뒤에서 그림자 넷이 뛰쳐나와 망이와 정첨을 덮쳤다. 그들은 몽둥이로 두 사람을 마구 후려쳤고, 정첨도 뒷머리를 맞고 바닥에 쓰러졌다.

"이놈이 덩치가 제법 그럴싸하고 주먹질을 잘한다더니, 겨우 몽둥

이 두어 대에 아주 뻗었군, 그래! 이 참에 아주 이놈의 멱을 돌려 버릴까?"

"아서! 응양군 장교가 두 놈이나 뒈지면 크게 시끄러워질 수가 있다구! 괜히 긁어부스럼을 만들 거야 없지."

"땅 속에 깊숙이 묻어 버리면 어느 시러배 아들놈이 알겠어?"

"우리와는 아무 원한도 없는 놈인데, 죽일 것까지야 없지 않겠나? 다리나 부러뜨려서 다신 힘을 못 쓰게 해 놓으면 충분하지!"

"그럼 무릎뼈를 바숴 놓을까?"

한 놈이 망이의 무릎에 몽둥이질을 하려고 그의 몸을 뒤집는 순간이었다. 망이가 갑자기 벌떡 몸을 일으키더니, 그의 얼굴을 주먹으로 후려치고, 다른 한 놈의 사타구니를 올려찼다. 두 놈이 여지없이 거꾸러졌다. 그 순간 또 다른 한 놈이 망이의 머리를 몽둥이로 내려쳤다. 그러나 망이는 몸을 뒤틀어 몽둥이를 피하면서 그의 턱을 올려쳤다. 그 또한 땅바닥에 넉장거리로 나가떨어졌다. 순식간에 세 놈이 땅바닥에 구르자 나머지 두 놈은 겁이 난 듯 함부로 덤비지를 못하고 주춤거리고 있었다.

"이놈들!"

그 순간 망이가 큰소리를 지르며 덤벼들자 두 놈은 종짓굽아 날 살려라 하고 줄행랑을 놓았다.

망이가 바닥에 나자빠져 있는 놈들에게 말했다.

"이놈들, 만약 도망치려는 놈은 한 주먹에 박살을 내놓겠다!"

망이가 으름장을 놓자 사내들은 무릎을 꿇고 빌었다.

"용서해 줍시오!"

"잘못했수다! 한번만 용서해 줍시오!"

"용서해 줍시오! 장사님을 몰라 뵙고 죽을죄를 지었수다! 한번만 용서해 줍시오!"

정첨이 물었다.

"네놈이 우두머리 같은데, 네놈은 누구이며 무엇 때문에 우리를 해치려 했느냐? 바른 대로 불어라!"

정첨이 시퍼런 단검을 뽑아 장님 노릇을 한 놈의 목에 들이대며 말했다.

"예. 예. 죽을죄를 지었습니다. 저는 광덕방(廣德坊) 근처에서 노는 점백이라는 놈입니다."

사내가 순순하게 말했다.

"너희가 우리를 아느냐?"

"모릅니다."

"그런데 왜 우리를 해꼬지하려 했느냐?"

"…사실대로 말하겠수다. 우리도 시켜서 한 짓이오."

점백이가 풀 죽은 목소리로 말했다.

"너희한테 이런 일을 시킨 게 누구냐?"

"…응양군 산원(散員) 박세고요."

"뭐라구?! …박세고가!"

망이와 정첨은 점백이의 말이 놀라워서 잠깐 우두망찰했다. 박세고는 응양군의 젊은 장교들 가운데서도 풍채가 당당하고 힘과 무예가 출중하기로 널리 소문이 난 산원이어서, 소속 부대는 달랐지만 두 사람은 그의 이름과 얼굴을 익히 알고 있었다. 산원은 대정보다 두 계급이 높은 장교였다.

"산원 박세고가 시키다니? 그럴 리가 있느냐? 만약 허튼 소릴 늘어놓으면 용서치 않겠다!"

"…참말입니다. 이 마당에 무엇 때문에 거짓말을 하겠습니까? …이 시간에 여길 지키고 있으면 덩치가 장승같이 커다란 장교가 지나갈 테니, 기다리고 있다가 다리를 꺾어 놓으라는 부탁을 받았습니다."

"…박세고는 어떻게 알게 됐느냐?"

"그건… 우리가 전에 어느 대갓집에 들어가서 밤일을 하다가 그에게 꼬리를 밟혔습니다. 그가 혼자인지라 만만히 보고 해치워 버리려고 여럿이 함께 덤벼들었는데, 그의 솜씨가 어찌나 날래고 손맛이 매섭던지 우리들이 되래 된통 당하게 되었지요. 그날 우리는 대갓집에서 훔친 물건들을 모두 그에게 빼앗겼습니다. 뿐만 아니라 다른 집에서 훔쳐낸 재물까지 나우 바치고서야 겨우 놓여났는데, 그 뒤로 그가 심심하면 가끔 우릴 찾아왔습니다."

"무엇하러 너희 같은 놈들을 찾아간단 말이냐?"

"…그거야 …돈을 뜯어가기도 하고, 무슨 일을 시키기도 하고…."

"그럼 그가 나를 해치려 한 까닭이 무엇이냐?"

"그건 저도 모릅니다. 그냥 다시는 힘을 못 쓰게 다리를 꺾어 놓으라고만 했습니다."

"너 내가 누군 줄 아느냐?"

"별장 임자천 나리 아니시오?"

"뭐라? 별장 임자천? 이놈들 나는 임자천이 아니다!"

"예? 정말입니까?"

점백이도, 그의 패거리들도 모두 낭패한 얼굴이었다.

망이와 정첨도 어처구니가 없어서, 서로의 얼굴을 쳐다보았다.

"이놈들, 다음에 다시 한 번 내 손에 걸렸다가는 그때는 정말 용서치 않겠다! 그만 썩 꺼져라!"

"예! 예! 고맙습니다! 큰 장사님을 몰라 뵙고 죽을죄를 지었습니다!"

점백이 패거리들은 몇 번이나 머리를 조아리면서 뒤꽁무니가 빠지게 달아났다.

"박세고 산원이 왜 별장 임자천을 해코지하려 했을까요?"

망이의 물음에

"나도 지금 그것을 생각 중이오."

정첨이 생각에 잠긴 얼굴로 말했다.

망이와 정첨은 작년에 문하시랑평장사 최 대감댁 마님을 따라가,

최 대감의 주선으로 응양군에 들어가게 되었다. 미쳐서 날뛰는 황소가 그의 부인을 덮치려 할 때 망이가 그 황소를 맨손으로 붙잡았다는 말을 들은 최 대감은, 망이의 용기와 힘을 크게 칭찬하고, 여러 날 그의 저택에 머무르게 하며 두터운 대접을 했다. 그리고 망이와 정첨이 군인이 되고 싶다고 하자 두 사람을 장군들의 모임인 중방(重房)에 추천해서 대정으로 임명하게 했다. 대정은 졸병을 지휘하는 장교(軍校) 중에서 가장 낮은 계급이었다.

"혹 이번 있을 수벽치기 대회 때문이 아닐까요?"

걸음을 떼어 놓으며 정첨이 말했다.

"…수벽치기 대회요?"

"산원 박세고가 제1영(營)의 수벽치기 선수로 뽑혔다는 소문은 들었지요? 그 자가 며칠 후에 있을 수벽치기 대회를 염두에 두고 미리 임자천 별장을 꺾어 놓으려고 한 일이 아닐까요?"

"그렇다고…."

"점백이란 놈이 한 얘기 안 들었소? 박세고란 놈이 보통 영악한 놈이 아니오. 아까 점백이는 도둑질을 하고 나오다가 박세고에게 잡혔다고 했는데, 내 생각엔 점백이 패들이 도둑질을 하러 들어갈 때부터 박세고가 지켜보고 있다가, 그놈들이 재물을 털어서 집으로 돌아갈 때 뒤를 밟아, 그 재물을 모두 빼앗은 것이란 생각이 드오. 박세고는 점백이한테 빼앗은 재물을 그 주인에게 돌려주지 않고 제 아가리에 처넣고 말았을 게요. 그리고 그 뒤로도 두고두고 점백이 패거리들의 약점을 이용해서 재물을 빼앗고, 그놈들을 하수인으로 부린 게 틀림없습니다. 그런 놈이니 이번 수벽치기 대회가 욕심나지 않을 리가 있겠소?"

"…그렇다고 사람까지 해치려 한단 말이오?"

"욕심에 눈이 뒤집히면 못할 짓이 없지요."

"임자천 별장을 제거한다고 제 뜻대로 되겠소? 용호군에서도 수벽치기에 뛰어난 사람이 올라올 텐데…?"

"별장 임자천이 응양군 제2영(營)의 대표로 선발됐다는 얘기를 들은 것 같소. 그렇다면 박세고가 우선 임자천을 꺾어야 결승전에 나가게 될 게 아니겠소? 이번 기회에 우승을 해서 임금의 눈에 들기만 하면 벼락출세를 할 수 있다는 생각에, 그놈 눈에 헛거미가 잡힌 게 아니겠소?"

"……!"

임금인 의종(毅宗)은 천성이 놀기를 좋아하는 사람이었다. 그는 백성을 다스리고 정사(政事)를 돌보는 일은 내팽개쳐 두고, 시도 때도 없이 잔치를 열어, 폐신(嬖臣)과 내폐(內嬖) 들을 거느리고 질탕하게 놀았다. 잔치에는 으레 갖은 산해진미가 진설되고, 진귀한 술들이 즐비하였으며, 젊고 아리따운 기생들이 시중을 들었다. 의종은 헌선도(獻仙桃)와 포구락(抛毬樂) 등의 춤과 유희를 즐기고, 그것도 재미가 없으면 호위하는 장졸들과 심부름하는 환관들에게 수벽치기와 격구를 하도록 명했다. 그리고 흥이 나면 손수 환관들과 함께 수벽치기와 격구를 하기도 하고, 시녀들에게 수벽치기를 가르쳐 주기도 했다. 임금께서 몸소 수벽치기나 격구를 하는 것은 체통에 흠이 된다고 간언하는 신하들도 없지 않았으나, 의종은 개의치 않았다. 그는 수벽치기나 격구에 뛰어난 사람을 총애해서 벼슬을 높여 주고, 항상 그의 곁에 두었다. 그리고 수시로 시합을 시키고, 두터운 상과 함께 임금이 먹는 어선(御膳)을 하사하곤 했다. 지금 응양군의 최고 지휘관인 정중부(鄭仲夫)가 상장군이라는 최고의 자급(資級)에 이르게 된 것도 수벽치기를 출중하게 잘했기 때문이고, 장군 기탁성(奇卓誠)이나 진준(陳俊)이 오늘의 자리에 오르게 된 것도, 산원 이의방(李義方)이나 이고(李高), 이의민(李義敏) 등 젊은 장교들이 의종의 호종군(護從軍)인 견룡군(牽龍軍)으로 발탁되어 늘 임금의 거둥을 호위하게 된 것도 모두 수벽치기와 격구 등에 빼어난 재주를 보였기 때문이었다.

의종은 해마다 4월 보름경이 되면 좋은 날을 골라 왕궁을 수비하고 자신을 호위하는 응양군과 용호군을 호궤(犒饋)하기 위해 큰 잔치를 베풀곤 했다. 그때마다 의종은 군대를 사열한 다음 응양군과 용호군의 대표 선수들에게 수벽치기와 격구 시합을 시켰다. 그리고 우승한 사람과 그가 속한 부대에까지 큰 상을 내렸다. 그 때문에 야심이 있는 젊은 장교들은 평소에도 치열한 연습을 하면서 출전에 대비했고, 1월이 되면 부대별로 솜씨가 뛰어난 장교들을 가려 뽑아 연습을 시켰다. 교위(校尉) 이상이면 누구나 출전할 수 있었으나 실제로는 산원 이상의 직책에 있는 사람으로 제한하는 게 관례(慣例)였다. 이렇게 훈련을 한 장교들 중에서 3월 말이나 4월 초가 되면 최종적으로 출전할 선수를 선발했다.

닷새 전 망이가 소속된 응양군 제1영에서도 본선에 나갈 수벽치기와 격구 선수를 가려 뽑았는데, 10명의 수벽치기 선수들이 겨루어, 마지막 승리자인 박세고 산원이 대표 선수로 선발되었다.

박세고는 경상도 안동 호족 박한상의 둘째 아들로 태어났다. 그는 어렸을 때부터 덩치가 크고 힘이 셌으며 매우 총명했다. 향교에 가서 글을 배우긴 했으나, 학문을 익히는 것보다 몸 쓰는 걸 좋아했다. 그의 부친 박한상은 아들이 학문보다는 무예를 익히는 게 낫다고 생각해서 안동의 판관 이현장에게 아들을 맡겼다. 이현장은 본래 개경 사람으로 어린 나이에 과거에 급제한 사람인데, 글만이 아니라 무(武)에도 출중하여, 검과 창, 수벽치기 등 못하는 것이 없었다. 그는 문무에 뛰어났을 뿐 아니라, 그걸 가르치는 걸 좋아하여, 그의 문하에는 안동 호족의 자제들이 여러 명 있었다.

박세고가 열여덟 살이 되자 박한상은 이현장에게 경군(京軍)에 줄을 대 주기를 부탁했고, 박세고는 개경으로 가서 응양군 대정이 되었다. 박세고는 경군에 들어가기 전부터 상당한 수벽치기 실력을 갖춘 데에

다, 응양군에 들어간 뒤에도 근무가 없을 땐 줄곧 수벽치기와 창검술을 단련해 왔기 때문에 그의 부대에서는 물론이고 제1영을 통틀어 그의 실력을 능가할 자가 거의 없었다.

"박세고 산원이 몽니가 사납고 음흉해서 졸병들을 괴롭히기로 이름난 놈이니, 망이 대정은 그와 부딪치지 않도록 각별히 주의해야겠소."

"부딪칠 일이야 있겠소?"

망이가 말했다.

사흘 후 저녁 무렵이었다. 망이가 막사에서 조금 떨어진 연병장에서 혼자 수벽치기 연습을 하면서 몸을 단련하고 있는데, 등 뒤에서

"최명학 대정, 매우 열심이군! 힘도 좋고, 자세도 나무랄 데가 없어 보여!"

하는 말이 들려왔다. 망이는 개경에 온 뒤부터 자기의 신분이 드러날까 염려해서 최명학이라는 이름을 썼다.

운동을 멈추고 돌아보니, 제2지대의 상관인 산원 김홍강이 서 있었다. 김홍강은 제2영의 여러 장교들 가운데서 무예 실력이 뛰어날 뿐더러, 병졸들을 통솔하는 데에 절도가 있고, 성품이 모질지 않아 장교와 병졸들의 신망을 함께 받고 있는 사람이었다. 망이가 처음 응양군에 들어왔을 때부터 그는 망이에게 각별한 친절을 베풀었고, 망이 또한 그에게 호감을 가지고 있었다.

"저에게 무슨 볼일이라도 있으십니까?"

"볼일이 있다기보다 최 대정과 함께 탁주라도 한 잔 하고 싶어서…."

김홍강은 한길에서 조금 들어간 골목에 있는 조촐한 술집으로 망이를 데리고 가더니, 돼지고기와 술을 주문했다. 금방 술과 안주가 나왔는데, 기명이 깨끗하고 술도 감칠맛이 있었다.

"무슨 할 말씀이 있으십니까?"

술잔이 몇 번 오고간 뒤에 망이가 물었다. 아까부터 어딘가 김홍강

의 표정이 자연스럽지 않고, 딱딱하게 굳어 있는 게 할 말이 있는 것 같았다.

"최 대정은 지금 우리 조정을 어떻게 생각하나?"

김홍강이 마침내 입을 열었다.

"그게 무슨 말씀이십니까?"

"폐하와 대신들, 그리고 우리 무반(武班)들을 어떻게 생각하느냔 말일세."

"…저희 같은 초급 장교가 무슨 생각이 있겠습니까?"

"쫄병들을 거느리다 보면 불평불만 같은 게 나오지 않던가?"

망이는 김홍강의 말에 긴장했다.

"급료가 적다, 제 때에 급료가 나오지 않는다, 뭐 그런 불평들이지요."

"최 대정은 폐하가 백성들은 생각지 않고 권신들과 사치스런 잔치만 즐기는 것에 대해 어떻게 생각하나?"

"예? ……."

"백성들은 굶어 죽거나 말거나 폐하와 권신들은 지금도 술과 계집, 노래와 춤에 빠져 허우적거리고 있네!"

"……! 어찌 저에게 그런 말씀을…?"

"최 대정 생각은 어떤가?"

"…저 같은 아랫것이 무슨 생각이 있겠습니까?"

"…세상이 바뀌어야 한다고 생각지 않나?"

"그런 말을 들어본 적은 있지만, …그게 어디 쉽겠습니까?"

김홍강과 망이는 말없이 술을 들이켰다. 한참 지나서 김홍강이 말했다.

"…누군가 세상을 바꾸려고 나선다면 최 대정은 어떡하겠나?"

망이는 갑자기 무엇에 맞은 듯 크게 놀랐다. 망이는 한참 생각에 잠겼다가 말했다.

"…무슨 말씀이신지요?"

"궁극적으로 힘이란 병사들의 칼에서 나오고, 병사들을 움직이는 말단 장교는 대정일세! 말하자면 최 대정도 그런 힘이 있단 얘기일세."

"저는 김 산원님의 말씀이 무슨 뜻인지 잘 모르겠습니다."

"아닌 말로 만약 조정을 뒤집어엎는 거사가 있다면 최 대정은 어떻게 하겠나? 조정에 고변을 하겠나? 아니면 휘하 병졸들을 거느리고 거사에 앞장서겠나?"

"……!"

너무 뜻밖의 말이라 망이는 뭐라고 말하기가 어려웠다.

"……!"

"……."

잠시 두 사람은 말없이 술잔을 비웠다.

헤어지면서 김홍강이 말했다.

"내 말 안 해도 알겠지만, …오늘 들은 말은 입 밖에 내서는 안 되네!"

3. 어전(御前) 경기

의종의 화려한 난여(鸞輿)가 연병장 안으로 들어서자 도열해 있던 3천여 명의 군사들이 일제히 산호(山呼)를 불렀다. 봉도별감이 난여 앞에 서서 행차를 인도하고 있었고, 난여 뒤에는 임금의 총애를 받는 벼슬아치들과 환관들, 궁녀와 기생 들이 뒤따랐다.

성상 폐하 만세!

성상 폐하 만만세!

만세! 만세! 만만세!

연병장이 떠나갈 듯한 산호(山呼) 소리는 임금이 난여에서 내려 임시로 마련된 비단 장전(帳殿) 위로 오른 뒤까지도 계속되었고, 임금이 손을 저어 그만 멈추라는 지시가 있은 뒤에야 차츰 잦아들었다.

이윽고 임금이 자리에 앉자 곧 사열식이 시작되었다. 취타대가 북을 울리고 나발을 불자 음악에 맞춰서 응양군과 용호군이 부대별로 대오를 엄정하게 정렬하여 행진을 시작했다. 수십 개의 기치가 바람에 펄럭이고 군졸들이 든 창과 검이 햇빛을 받아 눈부시게 빛났다. 각 부대들은 지휘관인 낭장의 구령에 따라 임금이 계신 장전 앞에서 멈춘 다음 씩씩하고 절도있게 군례를 올리고, 이어 목이 터지게 임금의 만수무강을 기원하는 산호를 불렀다.

성상 폐하 만세!

성상 폐하 만만세!

사열식이 끝나고 이어서 곧 격구(擊毬) 시합이 시작되었다. 우선 장전 좌우로 200보(步)쯤 떨어진 곳에 통나무로 된 구문(毬門)이 세워졌는데, 구문에는 울긋불긋한 베가 감겨져 있고, 문 안에는 붉은 그물이 쳐졌다. 구장(毬場)으로 쓰일 연병장에 장방형으로 말뚝을 박은 다음 오색의 베를 둘러서 구장의 경계를 표시했다.

구장이 마련되자 이어 선수 입장을 알리는 주악이 연주되었다. 방향과 퉁소, 필률, 비파, 아쟁, 대쟁, 장구, 교방고, 박(拍) 등의 악기가 우아하고 그윽한 선율을 울리자 좌우로 나뉘어 응양군과 용호군 선수들이 9명씩 줄을 지어 말을 타고 입장하였다. 응양군 선수들은 푸른 비단옷에 푸른 전립을, 용호군 선수들은 흰 비단옷에 흰 전립을 입고 썼는데, 그 차림이 눈부시게 화려하고, 말에 치장한 갖가지 장신구 또한 사치스럽기 짝이 없었다. 공을 치는 공채는 길이가 석 자 다섯 치이며, 숟가락처럼 우묵하게 파인 끝부분은 길이가 아홉 치에 넓이가 세 치인데, 이 공채에도 화려한 단청이 입혀져 있고, 양쪽 끝에 갖가지 색의 상모가 매달려 있었다. 말을 탄 선수들이 양쪽 출마표(出馬標)가 있는 곳에 나란히 벌여 서서 시합의 시작을 기다리고 있었다.

차차차창!

차차차창!

이윽고 시작을 알리는 주악이 울렸다. 그리고 주악에 맞춰서 임금을 모시고 있던 젊고 예쁜 시기(侍妓) 한 명이 사뿐사뿐 춤을 추면서 장전 가운데로 나오는데, 그녀의 손에는 나무를 깎아 붉은 비단으로 감싼 공이 들려 있었다.

마당 가득 퍼지는 피리와 북 소리에 공은 날고(滿庭簫鼓簇飛毬)
비단깃대와 빨간 그물이 모두 머리를 쳐들었네(絲竿紅網總擡頭)

교태를 지으며 노래를 부른 기생은 구장으로 내려가, 구장 한가운데 미리 표시해 놓은 치구표(置毬標) 자리에 공을 놓고서 밖으로 나왔다. 기생이 구장을 나오자마자 곧 이어 경기의 시작을 알리는 주악이 울렸다.

차차차창!

차차차창!

양쪽 선수들이 일제히 말을 몰아서 공을 향해 달려 나가고, 사방에서 숨을 죽이고 구경을 하고 있던 군졸들이 일제히 함성을 질렀다.

응양군 이겨라! 응양군 이겨라!

용호군 이겨라! 용호군 이겨라!

함성은 연병장을 뒤흔들고, 말발굽은 지축을 울렸다. 선수들은 상대편의 구문에 공을 집어넣기 위해 갖은 기교와 노력을 다했다. 공을 공중으로 쳐올리고 말을 달리면서 공채를 말의 귀와 가지런히 하는 귀견줌, 공채의 바깥쪽으로 공을 밀어당기는 도돌방울, 공이 떨어진 곳에 이르러 공채로 공을 띄워올리는 구을방울, 공을 공채의 끝에 담아둔 채 손을 높이 쳐들고 흔드는 수양수(垂揚手), 공이 무엇에 부딪

혀서 다른 쪽으로 빗나가면 한쪽 발을 번개같이 등자에서 빼면서 몸을 번드쳐서 발을 땅에 대지 않고 공을 쳐서 바로잡는 엇막이… 등 온갖 기기묘묘한 재주를 부리며 공을 상대방의 구문으로 몰아가고, 몰아왔다. 말과 사람이 한 몸이 되어 놀라운 재주로 상대방의 공을 가로챌 때마다 사람들의 입에서 탄성이 터져 나오고, 공이 구문에 꽂힐 때마다 우레 같은 함성이 구장을 뒤흔들었다.

경기는 처음부터 끝까지 용호상박으로 진행되더니, 이윽고 3 대 2로 용호군의 승리로 끝나게 되었다. 의종은 양편 선수들을 불러서 어주를 하사하며 말했다.

"과연 양군(兩軍)에서 가려 뽑은 선수들답게 놀라운 솜씨로다. 내 양군 선수들 모두에게 모두 후한 상급을 내리리라. 모든 선수들에게 은병 1개씩과 비단 세 필씩을 내리고, 오늘 승리한 용호군 선수들에겐 거기에 더하여 특별히 한 계급씩 특진시키도록 한다!"

선수들이 임금의 은혜에 보답하여 군례를 올린 뒤 산호를 부르자 장전 아래 있던 모든 장졸들이 다 함께 산호를 외쳤다.

성상 폐하 만세!

성상 폐하 만만세!

격구가 끝난 다음 이윽고 수벽치기 대회의 시작을 알리는 주악이 울려 퍼졌다. 주악에 맞춰 용모가 아리따운 기생 4명이 다시 의종이 앉아 있는 장전 앞으로 나와 노래를 불렀다.

용이 날아올라 새 세상을 여니 충신이 태어나고(龍飛開闢忠臣誕)
조정에 준걸이 가득하니 나라가 길이 편안하네(俊傑滿朝國永安)

노래가 끝나고 다시 씩씩하고 활기찬 음악이 연주되자 100여 명의 군인들이 장전 앞 연병장으로 달려나왔다. 그들은 신속한 동작으로 대열을 정비하고, 맨 앞에 나와서 지휘하는 중랑장 진준의 구령에 맞춰서 수벽치기 품세를 선보였다. 모든 장졸들이 양쪽 팔을 들었다가 오른쪽 팔은 세우고 왼쪽 팔은 옆으로 내려비끼면서, 오른쪽 팔로 어깨를 딱 치면서 '읏쌰!' 하는 기합을 넣으면서 기본 동작을 취했다. 수벽치기의 첫번째 자세인 탐마세(探馬勢)였다. 이어서 장졸들은 오른쪽 발로 오른쪽 손을 걷어차고 왼쪽 발로 왼쪽 손을 걷어찼다가 거듭 오른쪽 발을 힘껏 내질러 차는 현각허이세(懸脚虛餌勢)를 취했다가, 오른쪽 팔과 왼쪽 발로 앞을 호되게 찌르고 차는 고사평세(高四平勢), 좌우 양손을 빨래를 짜듯 감아쥐고 방어하는 칠성권세(七星拳勢)를 시범하고, 일삽보세(一插步勢)와 순란주세(順鸞肘勢), 도삽세(倒插勢), 복호세(伏虎勢), 요단편세(拗單鞭勢), 하삽세(下插勢), 당두포세(當頭砲勢), 기고세(旗鼓勢), 중사평세(中四平勢), 도기룡세(倒騎龍勢), 금나세(擒拿勢) 등 수벽치기의 갖가지 품세를 차례차례 펼쳐 보였다. 오랜 연습으로 모든 장졸들의 동작은 힘차고 신속했으며, 마치 한 사람이 하는 동작처럼 일사불란했다. 으엇샤! 으엇샤! 가끔씩 그들이 내지르는 기합 소리는 연병장을 쩌렁쩌렁 뒤흔들었고, 그때마다 사람들은 함성을 지르며 박수를 쳤다.

품세 시범이 끝나고, 이어서 수벽치기 시합이 시작되었다.

응양군 대표로 뽑힌 임자천 별장과 박세고 산원, 용호군 대표인 이부 별장과 양익경 산원이 임금께 예를 올리기 위해 장전 앞으로 나아가자 연병장은 장졸들이 지르는 함성으로 다시 한번 뒤흔들렸다.

응양군 이겨라!

용호군 이겨라!

임자천 이겨라!

박세고 최고다!

네 사람 중 이부와 임자천은 걸때가 비슷하게 당당했고, 박세고는 키가 임자천보다 약간 작았으나 몸은 오히려 더 다부져 보였다. 양익경의 몸집이 약간 왜소해 보였으나 잘 균형잡힌 몸과 탄탄한 근육에는 힘이 넘쳐흐르고 있었다. 네 사람은 시합을 주관하는 중랑장 진준의 명에 따라 장전 앞으로 나아가, 임금 의종에게 군례를 올리고 나서, 장전 바로 앞에 있는 시합장으로 갔다. 시합의 진행자인 중랑장 진준이 말했다.

"오늘 수벽치기 대결은 쓰러져서 기절하거나, 아주 일어나지 못하는 사람이 지게 된다! 먼저 용호군의 대표인 이부 별장과 양익경 산원이 겨루고, 다음에 응양군의 대표인 임자천 별장과 박세고 산원이 겨룬다! 그리고 이긴 사람끼리 다시 결승전을 갖도록 한다! 우선 용호군의 이부 별장과 양익경 산원! 두 사람은 앞으로 나오도록!"

진준의 명이 떨어지자 이부와 양익경이 앞으로 나아가, 십여 걸음의 거리를 두고서 상대방을 향해 섰다.

"군례!"

진준의 구령에 두 사람은 가볍게 고개를 숙여 예를 표했다.

"겨뤘!"

다시 진준의 명이 떨어지자 두 사람은 탐마세를 취하고 나서 자세를 바꾸며 상대방을 향해 조심스럽게 접근해갔다. 잠깐 동안 서로 신중한 동작으로 탐색을 하더니, 양익경이 먼저 몸을 솟구쳐 성지용하세(省地龍下勢)로 공격을 시작했다. 그러나 이부는 번개같이 구류세(丘劉勢)를 취하여 양손으로 양익경의 공격을 막으며 한 걸음 뒤로 물러서더니, 곧바로 현각허이세로 반격을 가했다. 그러자 양익경은 금나세로 이부의 공격을 쓸어 버리고, 다시 오화전신세(五花纏身勢)로 상대방을 쳤다. 두 사람은 붙었다가 떨어지고 떨어졌다가 다시 붙으면서 줄기차게 서로를 공격하고 방어했다. 공격은 날카롭고 위력적이었으며 방어는 신속하고 교묘했다. 이부와 양익경은 전력을 다해 수십여 합(合)을 교환했으나, 두 사람 중 누구도 결정적인 우위를 점하지 못한 채 치열하고 아슬아슬한 대결을 계속했다.

박세고는 경기장 바로 옆에서 두 사람의 대결을 지켜보면서 자기도 모르게 손에 땀을 쥐었다. 양익경과 이부가 수벽치기의 달인이라는 소문은 여러 번 들었으나 두 사람의 솜씨가 이렇게 놀라운 경지에 다다랐을 줄은 미처 몰랐다. 박세고는 두 사람의 동작 하나하나를 살폈다. 무릇 모든 대결의 요체는 나와 상대방을 바르게 알아서, 나의 부족한 데를 적이 알지 못하게 감추고, 나의 강한 것으로 적의 약한 데를 치는 데 있다 하지 않던가. 박세고는 두 사람의 강한 것과 약한 것이 무엇인지를 파악하기 위해 두 사람에게서 한시도 눈을 떼지 않았다. 이부는 걸출한 체격에서 나오는 막강한 힘을 바탕으로 시종 침착하고 진중하게 공수(攻守)에 임했고, 양익경은 놀랍게 신속한 몸놀림으로 눈이 어지러울 만큼 현란한 동작을 쉴 새 없이 펼쳐냈다. 두 사람의 강한 것은 금방 알아볼 수 있었으나 약한 것이 무엇인지는 짐작조차 되지 않았다.

우열을 알 수 없게 팽팽하던 균형이 깨진 것은 50여 합이 지난 뒤였다. 신권세(神拳勢)로 이부를 몰아부치던 양익경이 뜻밖에 이부의 발길에 옆구리를 채여 비틀거리다가 땅바닥에 쓰러졌다. 이부의 귀축각창인세(鬼蹴脚猶人勢)에 당한 것이다. 양익경은 비척비척 가까스로 몸을 일으켰고, 기회를 잡은 이부는 결정타를 가하기 위해 양익경에게 육박해 갔다. 이부가 양익경의 얼굴을 후려치려는 찰나였다. 뜻밖에도 양익경이 비호같이 몸을 옆으로 비키면서 발길을 돌려 이부의 뒤통수를 정확하게 후려찼고, 이부는 그대로 땅바닥에 거꾸러져 정신을 잃었다.

와아! 와아!

이부, 일어나라!

양익경 잘한다!

숨을 죽이고 두 사람의 대결을 관전하던 장졸들이 일제히 고함을 질렀다. 이부가 끝내 일어나지 못하자 진준이 양익경의 승리를 선언했고, 관중들은 다시 함성을 올렸다.

박세고는 양익경이 이부를 쓰러뜨리는 걸 보며 그가 결코 가벼이 볼 인물이 아니란 걸 느꼈다. 양익경이 전력을 다해 공격을 하고도 이부를 이길 수 없자, 위험을 무릅쓰고 일부러 이부의 귀축각창인세에 옆구리를 맞은 다음, 치명타를 맞은 것처럼 쓰러져서 상대방의 공격을 유도하고, 이부가 방심한 틈을 타서 결정타를 가했다는 것을 깨달았기 때문이다.

"다음에는 응양군 대표인 임자천 별장과 박세고 산원의 시합이 있겠다! 임자천 별장과 박세고 산원은 앞으로 나오라!"

진준 중랑장이 큰 소리로 임자천과 박세고를 불러냈다. 두 사람은 시합장으로 나가, 진준의 구령에 따라 군례를 나누었다.

"겨뤘!"

진준 중랑장의 말이 떨어지자마자 박세고가 먼저 번개처럼 임자천을 향해 몸을 날렸다. 깜짝 놀란 임자천이 황급하게 뒤로 물러서며 안시측신세(雁翅側身勢)를 취했으나, 박세고는 왼손으로 강하게 임자천의 양팔을 치고, 방어 자세가 흐트러진 틈을 타서 바른 손으로 그의 얼굴을 후려쳤다. 박세고의 공격은 무지막지했고, 임자천은 억! 하는 비명을 토하며 뒤로 벌렁 나가떨어지더니, 몇 번 몸을 비척거리다가 곧 동작을 멈췄다. 단 일격에 혼절해 버린 것이다.

엇?!

무슨 일이야?! 왜 그래?

어떻게 된 거야?!

구경하던 장졸들은 미처 영문을 모른 채 웅성거렸다.

"박세고 산원 승리!"

임자천이 일어날 낌새를 보이지 않자 진준이 박세고의 승리를 선언했다.

잠시 후에 결승전이 시작되었다.

결승전에 오른 사람답게 박세고와 양익경은 처음부터 막상막하의 대결을 펼쳤다. 박세고는 소나기가 쏟아지듯 줄기찬 공격으로 양익경을 숨쉴 사이도 없이 몰아붙였으나, 양익경 또한 놀랍게 날랜 동작으로 그의 공격을 맞받아치고는, 오히려 눈 깜짝할 사이에 매섭고 예리한 역공을 펼쳐, 박세고의 가슴을 서늘하게 했다. 격렬한 대결에 두 사람의 몸은 시간이 지날수록 땀으로 흥건하게 젖고, 호흡도 갈수록 거칠어졌다. 그러나 백수십 합이 넘게 공격과 수비를 주고받으면서도 두 사람의 우열은 쉽게 드러나지 않았다. 관중들은 두 사람의 대결을 숨을 죽인 채 주시했고, 두 사람의 놀라운 실력에 혀를 내둘렀다.

이윽고 두어 식경이 지나자 박세고의 몸놀림이 조금씩 느려지고, 손과 발의 움직임이 미세하게 흐트러지기 시작했다. 양익경은 박세고가 드디어 지쳐가고 있다는 걸 눈치챘다. 그는 박세고를 일거에 쓰러뜨리기 위해 소나기 같은 공격을 쏟아부었고, 박세고의 복부 깊숙이 발을 찔러 넣었다. 읔! 박세고는 뒤로 나가떨어지며 비명을 질렀다. 그는 몸을 일으키려 했으나 이미 돌이킬 수가 없었다. 그는 누운 채로 우뚝 서 있는 양익경을 올려다보았다. 그의 동공에 들어온 양익경의 모습이 엄청나게 커 보여서 그는 눈을 감아 버렸다. 눈을 감고 누워 있는 그의 귓속으로 장졸들이 지르는 함성이 폭풍같이 쏟아져 들어왔다.

"폐하, 오늘의 우승자인 용호군의 양익경 산원이옵니다."

진준 중랑장은 양익경을 데리고 장전 앞으로 가서 임금께 머리를 깊이 조아리며 아뢰었다. 양익경이 임금께 큰절을 올렸다.

"이름이 양익경이라고? 기특하다. 너로 인해 오늘 과인이 매우 즐거웠느니라. 몸도 좋고, 힘도 좋고, 수벽치기 솜씨도 빼어나더구나. 여봐라, 우선 양익경 산원한테 술을 한 잔 내려라! 땀을 많이 흘렸으니, 목이 마를 것이다."

임금은 얼굴 가득 만족한 웃음을 띠고 인자하게 말했다. 임금을 모시고 있던 궁녀 한 명이 금으로 된 술잔에 술을 가득 따라서 양익경에게 가져다주었다. 양익경이 황공해서 어찌해야 할지를 몰라 쩔쩔매고 있는데, 임금 가까이 앉아 있던 내시 정함이

"폐하께서 하사하시는 어주이시니, 너무 어려워 말고 뒤돌아 앉아서 마시게."

하고, 말했다. 양익경이 황송스러운 자세로 돌아앉아 어배를 들었다.

"정함, 네가 보기에도 늠름하고 의젓한 젊은이지?"

의종이 흐뭇한 얼굴로 정함에게 말하자,

"성상의 홍복이시옵니다."

정함이 머리를 조아리며 대답했다.

"내 너에게 은병 두 개와 비단 열 필을 상으로 내리고, 너의 지위를 낭장으로 올리겠노라. 앞으로 더 큰 상이 있을 것이니 진충보국하도록 하라."

임금이 다시 양익경에게 말했다.

"성은이 망극하옵나이다!"

양익경이 큰절을 올려 임금의 은혜에 감사드리고, 뒷걸음으로 장전을 물러나왔다.

4. 유괴 사건

김홍강이 망이를 찾아온 지 달포쯤 지난 어느 날 정첨이 망이를 찾아왔다. 두 사람은 응양군 대정이 된 뒤에 서로 다른 막사를 썼다.

"엊그제 문하시중 이자인 대감의 손자가 감쪽같이 사라졌다는 얘기 들었소?"

"그게 무슨 말이오?"

"지금 도성이 발칵 뒤집혔소. 그 아이가 문하시중의 손자일 뿐 아니라 그 애 아버지가 간의대부(諫議大夫)이고, 할머니가 바로 성상 폐하의 고모님이신 궁주라 하오."

그렇게 금지옥엽인 아이가 없어지다니!

"아이가 몇 살인지 들었소?"

"다섯 살이라지요."

"어떻게 없어졌다는 게요? 좀 자세하게 얘기해 보시오."

정첨이 얘기를 시작했다.

동부(東部) 홍인방(弘仁坊)의 거리거리에 흥겨운 풍물소리가 요란하게 울려 퍼졌다. 꽹과리와 징, 장고, 북, 벅구, 날라리, 땡각 등이 한데 어우러진 신명난 길군악이었다. 요란한 풍물 소리에 길 가던 사람들은 물론이고, 집 안에 있던 사람들도 남녀노소를 가리지 않고 한길로 쏟아져 나왔다. 한길에는 남사당패를 상징하는 붉은 기(旗)를 든 기잡이가 앞장을 서고, 얼굴이 비틀어지고 언청이인 양반탈을 쓴 양반광대가 익살스런 바보짓을 하며 뒤따랐다. 그 뒤를 30여 명의 풍물잡이들이 길놀이를 하며 뒤따르는데, 풍물잡이들은 등거리와 잠방이에 검정 더거리를 입고, 허리에 분홍과 노랑, 남색 띠를 띠었으며, 머리에는 쇠털벙거지를 쓰고 있었다. 어린 무동(舞童)들은 분홍치마와 노랑저고리에 댕기를 드려 여장(女裝)을 하고, 새미는 장삼과 고깔에 다릿바를 매고 있었다.

사람들은 흥겨운 풍물소리에 이끌려 남사당패들이 놀이판으로 잡아놓은 마을의 공터로 모여들었다.

집 안에서 하녀들과 놀고 있던 문하시중 이자인 대감의 손자 진재도령도 풍물소리를 듣고 하녀를 졸라서 함께 밖으로 나왔다가, 사람들과 함께 남사당패를 따라갔다.

놀이판에 도착한 풍물패들은 둥그렇게 원을 그리며 둘러서서 인사굿을 올리고, 뒤이어 돌림벅구, 선소리판, 당산벌림, 양상치기, 허튼상치기, 오방감기, 오방풀기, 무동놀림, 쌍줄백이, 사통백이, 가위벌림, 좌우치기, 네줄백이, 마당일채, 밀치기벅구 등 판굿을 놀았다. 그리고 판굿이 끝난 다음에는 상쇠놀이와 따벅구, 징놀이, 북놀이, 장고놀이, 시나위, 새미받기, 채상놀이 등을 차례차례 선보였다. 그 다음에는 대접이나 체바퀴, 대야 등을 앵두나무 막대기로 돌리면서 온갖 기묘한 재주를 부리는 버나놀이가 이어졌다. 버나잡이는 버나만 노는 게 아니었다. 그는 버나를 놀면서 어릿광대 소리꾼인 매호씨와 재담과 노래를 주고 받았다.

버나잡이: 나네 난실 네나네에요. 거드럭거려서 염불이로다.
매호씨: 산에 올라 들구경하니, 길 가는 행인 길 못 간다.
버나잡이: 나네 난실 네나네에요. 거드럭거려서 염불이로다.
매호씨: 산은 첩첩 청산인데, 물은 흘러 녹수로다.
버나잡이: 나네 난실 네나네에요. 거드럭거려서 염불이로다.
매호씨: 산은 높고 골은 깊은데, 딸랑 소리 매 나간다.
버나잡이: 나네 난실 네나네에요. 거드럭거려서 염불이로다.
매호씨: 일락 서산 해는 지고, 월출 동녘에 달 돋는다.
버나잡이: 나네 난실 네나네에요. 거드럭거려서 염불이로다.
매호씨: 올라가면은 송도이고, 내려가면은 하도로구나.
버나잡이: 나네 난실 네나네에요. 거드럭거려서 염불이로다.
매호씨: 가세 가세 나무를 가세. 버드렁 갈퀴가 나무를 않네.
버나잡이: 나네 난실 네나네에요. 거드럭거려서 염불이로다.
매호씨: 이제 가면 언제나 올까. 명년 춘삼월 돌아온다.
버나잡이: 복그릇에 복을 담으면 만사 대통합니다. 자! 아무리 넣으셔도 이놈의 아가리가 염치도 없이 딱딱 벌립니다. (버나

잡이는 대야 돌리기를 멈추고 구경꾼 앞으로 돌며 버나를 놀던 대야에 돈이나 재물을 받는다.)

이자인 대감댁 하녀가 어린 도련님이 없어진 것을 발견한 것은 버나놀이가 끝난 뒤였다. 신묘한 버나놀이에 넋을 잃고 있다가 문득 정신을 차려 살펴보니, 그녀 앞에 있어야 할 진재 도련님이 보이지 않았다. 그녀는 도련님이 소변이라도 보러 갔나 해서 놀이판 주변을 찾아보았다. 그러나 도련님은 보이지 않았다. 몇 번이나 거듭 주변을 돌며 살펴보아도 도련님을 찾을 수는 없었다. 구경하는 사람들에게 물어보아도 아는 사람이 없었다. 진재 도련님이 혼자 집으로 돌아간 게 아닐까 하는 생각에 그녀는 부리나케 집으로 달려갔다. 그러나 집에도 도련님은 와 있지 않았다.

진재 도령이 없어졌다는 말에 집안이 벌컥 뒤집혔다. 모든 하인들이 도련님을 찾으러 놀이판이 벌어진 공터로 달려가, 그 주변은 물론 근처의 민가까지 이 잡듯이 샅샅이 뒤졌다. 그러나 허사였다. 구경하는 사람들과 길 가는 사람들에게 물어 보아도 그런 도령을 보았다는 사람은 없었다.

조정에 나가 있던 이자인 대감이 연락을 받고 돌아왔고, 아이의 아버지인 간의대부 이현좌가 얼굴이 허옇게 변해서 달려왔다. 이자인은 불같이 진노해서 말했다.

"그 남사당패놈들이 수상쩍다! 그놈들을 당장 잡아들여라! 내 직접 문초하리라!"

하인들은 득달같이 달려가서 한참 풍물놀이를 하고 있던 남사당패들을 모두 붙잡아 왔다. 그리고 엉덩이가 터지고 피가 튀도록 무작스런 몽둥이질을 해대며 닦달했다. 그러나 남사당패들한테서는 어떤 자백도 실마리도 얻어낼 수 없었다.

하인들은 진재 도령을 찾으러 다시 거리로 나갔다. 그런데 한 아낙이 탐문하고 다니는 하인에게 말했다.

"문둥이 같아 보이는 두 사람이 얼굴을 수건으로 가리고서 큼직한 바랑을 메고 가는데, 바랑 속에서 무엇이 마구 버둥거리더래요."

"뭐라구? 그게 정말이오?"

하인은 다급하게 물었다.

"내가 본 것이 아니라 들은 말이오."

"누구한테 들었소?"

"그냥 길 가던 사내였소."

하인은 이것저것 꼬치꼬치 캐물었으나 그 아낙에게서 더 이상 알아낼 것은 없었다.

이자인 대감은 군졸들까지 동원해서 백방으로 아이를 찾았으나, 조그만 단서조차 발견하지 못했다. 그리고 이자인 대감의 손자가 문둥이들한테 업혀 갔다는 소문만 날개 돋힌 듯이 퍼져 나갔다.

"그러나 내 생각에는 그 소문이 아무래도 헛소문인 것 같소."

이야기를 마친 정첨이 말했다

"왜 그렇게 생각하오? 문둥이가 아이들의 생간을 빼먹으면 병이 낫는다는 말이 있지 않소?"

"아이의 간을 빼먹으려면 왜 하필 사람들이 많이 사는 도성에서 그런 짓을 하겠소? 그것도 날아가는 새도 떨어뜨린다는 권세가의 손자를! 외딴 시골 아이를 업어가는 게 훨씬 쉽지 않겠소? 그 소문은 사람들의 관심을 엉뚱한 데로 돌리기 위해서 누군가가 일부러 퍼뜨렸을 것 같은 생각이 드오. 그리고 그놈이 바로 범인이거나, 아니면 범인과 관계가 있는 놈일 것이오."

"이자인 대감 댁과 원한이 있거나, 아니면 무슨 대가를 바라구 한 짓이라는 게요?"

"내 생각은 그렇소. 망이 대정, 우리 그 아이를 한 번 찾아볼까요?"

정첨이 눈을 빛내며 망이를 바라봤다.

"그게 그리 쉽겠소?"

망이는 정첨이 이미 마음속으로 아이를 찾아 나설 작정을 하고 그를 찾아왔다는 것을 알았다. 그리고 그녀가 뭔가 실마리를 붙잡고 아이를 찾을 방도까지 어느 정도 생각해 두었으리라는 느낌이 들었다.

망이와 정첨은 홍인방 이자인 대감댁을 찾아갔다. 두 사람은 밤에 수직을 서는 군졸들을 감독하는 임무를 맡고 있었기 때문에 낮에는 할 일이 별로 없어서, 몸을 뺄 수가 있었다. 두 사람은 어제 문둥이 얘기를 들었다는 이자인 대감의 하인을 찾아가서, 그에게 그 말을 전한 아낙의 집이 어디인지를 물었다. 아낙의 집은 찾기가 쉬웠다.

망이와 정첨이 집 안으로 들어가 사람을 찾자 방 안에서 아낙이 나왔는데, 장교복을 입은 두 사람을 본 그녀의 얼굴이 대뜸 굳어졌다.

"어제 아주머니가 문하시중 대감댁 하인들한테 한 말이 정말이오? 거짓말을 하면 당장 오라를 지워 옥간(獄間)에 떨어뜨릴 테니, 바른 말을 해야 하오!"

정첨이 을러대듯 말하자,

"내가 무엇 때문에 거짓말을 하겠소? 모두 사실이오."

아낙이 겁에 질린 얼굴로 말했다.

"문둥이가 바랑을 메고 갔다는 말을 한 사내가 몇 살이나 먹었으며, 어떻게 생겼었소?"

"…나이는 서른쯤 들어 보였고, 얼굴에 불량기가 있어 보였소."

아낙이 머리를 갸웃거리며 말했다.

"다른 때도 그 사내를 본 적이 있소?"

"낯익은 얼굴은 아니었소."

"그럼 달리 또 생각나는 건 없소?"

"…그 사람이 나한테 그 말을 할 때 뒤쪽으로 두어 걸음 떨어진 곳에 사내 두 명이 더 있었는데, 그 중에 한 명이 얼굴에 큼직한 점이 있었소. 그런데 나중에 보니까 세 사람이 함께 걸어갔던 것 같소."

"얼굴에 큰 점이 있었다고요?"

정첨이 자기도 모르게 큰 소리로 외쳤다.

"예! 그 때문에 얼굴이 시커멓게 보였소."

망이와 정첨은 아낙에게서 더 이상 알아낼 것이 없다는 판단이 서자 그 집을 나왔다.

"내 생각에는, …불량배들이 도령을 부잣집 자손이라 생각하고 붙잡아다가 어딘가에 숨겨놓고, 뉘 집 아이인가를 알아보기 위해 다시 나타나, 사람들을 헷갈리게 하려고 그 따위 헛소리를 했을 것 같은데, 망이 대정 생각은 어떻소?"

한길로 나와서 정첨이 말했다.

"내 생각도 정첨 대정의 생각과 같소. 그런데 한 놈의 얼굴에 큰 점이 있었다고 했는데, …달포 전에 우릴 습격한 점백이패란 놈들이 기억나오?"

"나도 지금 그놈을 생각하고 있는 참이오! 그날 밤 어두워서 그놈의 얼굴을 똑똑하게 보지는 못했지만, 그놈 얼굴에 점이 있지 않았소?"

"우선 그놈부터 찾아봅시다."

두 사람은 서둘러 부대로 돌아갔다.

망이와 정첨은 막사에 장교복을 벗어 놓고, 대갓집 젊은이 차림으로 선의문 근처에 있는 오정방(五正坊)으로 나갔다. 오정방은 이름난 기생집에서부터 젊은 색시들을 두고 술을 파는 유곽들, 목로주점과 개고기 안주에 술을 파는 군치리집에 이르기까지 여러 종류의 술집들이 즐비한 유흥가였다. 그리고 유흥가가 으레 그렇듯 그곳에는 내로라하는 한량들과 부잣집 도련님에서부터 천민과 노비에 이르기까지 갖가지 종류의 사람들이 모여들었고, 완력깨나 쓰는 주먹패들과 불량배, 사기꾼, 도둑놈, 놈팽이 들이 마치 쉬슬 듯이 꼬여 들었다.

망이와 정첨은 몇 군데 주먹패들이 진을 치고 있을 만한 그럴싸한 술집으로 들어가서 얼굴에 점이 있거나, 점백이라는 이름을 가진 사람을 본 적이 있는지를 캐물었다. 그러나 술집 중노미나 작부들은 두 사람의 말을 들은 체도 하지 않았다. 몇 번이나 허탕을 치고 난 두 사람은 방법을 바꿨다.

"여기 돼지고기 두 근과 쇠고기 두 근, 그리고 닭도 한 마리 잡고, 좋은 술 좀 가져 오게!"

두 사람은 젊은 색시들이 여럿 진을 치고 있는 그럴싸한 유곽으로 들어가, 방에 앉자마자 호기롭게 주문을 했다.

곧 얼굴이 반주그레한 젊은 여자 2명이 방으로 들어오더니, 망이와 정첨의 옆에 바짝 붙어 앉았다.

"아이고, 이 서방님은 어쩌면 이렇게 잘생기셨을까! 이런 서방님 품에 한번 안겨 봤으면 여한이 없겠다!"

정첨의 옆에 앉은 여자가 정첨에게 교태를 부리자 망이의 옆에 앉은 여자도 질세라

"이 서방님 풍채 좀 보셔! 이렇게 늠름하고 당당한 대장부 본 적 있니? 너 오늘 우리 서방님은 쳐다보지도 마라! 닳을라!"

하면서 망이의 무릎 위로 냉큼 올라앉았다. 두 여자는 망이와 정첨을 돈푼이나 있는 집 한량으로 알고 코맹녕이 소리로 갖은 아양을 떨면서 부닐었다.

"이것, 왜 이리 늦나? 술과 안주 좀 빨리 내오너라."

"급하기도 하셔라! 안주를 장만하려면 아무래도 시간이 좀 걸려야지요!"

"바쁜 일이 있는데, 이거, 잘못하다가는 늦겠는 걸."

정첨은 몇 번이나 몹시 바쁜 체하며 독촉하다가 중노미가 잘 차린 술상을 들고 나오는 것을 보고서,

"아무래도 너무 늦어서 안 되겠구먼! 다음에 다시 와야지."
하면서 벌떡 일어났다. 망이도 정첨을 따라 자리에서 일어났다.
"아니, 이 서방님들 좀 보게?! 이제 요리가 나오는데, 이렇게 일어나시면 어떻게 해요?"
두 여자가 두 사람의 팔을 붙들고 늘어지며 말했다.
"우리가 바쁜 일이 있다고 하지 않느냐? 저 술은 잠시 후에 다시 와서 마실 테니, 그대로 두어라."
"아니?! 이 서방님들 보게?! 세상에 이런 법이 어딨어요?"
"다시 와서 마시겠다는데, 왜 이러느냐?"
두 사람은 여자들을 떼치고 방에서 나왔다.
"이러는 법이 어딨어요? 그럼 돈을 내고 다녀오세요!"
여자들이 따라 나와서 두 사람을 붙잡았다.
"아, 금방 다시 오겠다는데도 사람을 못 믿고 귀찮게 구는구나!"
망이가 그를 붙잡는 여자를 슬쩍 밀치자 여자가 힘없이 마당에 나동그라졌다.
"아이고! 이 사람이 사람을 치네!"
넘어졌던 여자가 눈을 하얗게 치뜨면서 일어나더니, 새된 목소리로 고함을 지르면서 다시 망이에게 달려들어, 옷을 붙잡고 늘어졌다.
망이와 정첨이 한참 여자들과 옥신각신 말다툼을 하고 있을 때였다. 주먹질깨나 함 직한 사내 네 명이 마당으로 쏟아져 들어왔다. 유곽집에 빌붙어 사는 주먹패들이 분명했다.
"이놈들이 여기가 어디라고 함부로 행패를 부려?!"
한 사내가 호기롭게 주먹을 휘두르며 망이에게 덤벼들었다. 그러나 망이가 재빠르게 몸을 비키며 다리를 걸자 사내는 어이없이 땅바닥에 거꾸러졌다. 그것을 본 다른 사내가 지게 작대기를 휘두르며 달려들었다. 그러나 그보다 더 빨리 망이가 손을 내뻗어 작대기를 붙잡았다. 사내는 작대기를 빼내려 애를 썼으나, 망이가 잡고 있는 작대기는 끄떡도 하지 않았다.

"하하하! 어디, 모두 덤벼들어서 당겨 봐라!"

정첨이 웃으며 말했다. 사내들은 망이가 만만치 않은 상대라는 걸 느낀 듯 주춤거리며 서로 눈치를 살폈다.

"덤벼서 당겨 보라니까!"

정첨의 말에 한 사내가 작대기에 달라붙었다. 두 사람은 설마 하는 얼굴로 작대기를 힘껏 당겼으나 망이는 꿈쩍도 하지 않았다. 두 사람은 얼굴이 벌겋게 되도록 용을 썼다. 그러나 역시 망이는 끄떡도 하지 않았다.

"이제 그만 합시다. 나는 여러분과 다투러 온 게 아니오."

망이가 지게작대기를 놓으며 말했다.

사내들도 망이의 몸놀림과 힘쓰는 것을 보고서 은근히 마음이 켕겨서 더 덤비고 싶은 생각이 없어졌다.

"보아하니 힘깨나 쓰시는 분 같은데, 무엇 때문에 행패를 부리는 게요?"

사내들 중 한 명이 말했다.

"행패를 부린 게 아니라 갑자기 급한 일이 있어서 잠깐 나갔다가 다시 오려 했던 거요! 생각해 보니 우리가 잘못한 것 같소이다. 우리가 사과하는 뜻으로 한 잔 살 테니 들어갑시다."

정첨이 나섰다.

"그럽시다. 나도 여러분께 도움 받을 일도 있을 것 같고 하니!"

망이의 말에 사내들도 못 이긴 척 따라 들어왔다.

"…도움 받을 일이라니, 그게 무엇이우?"

"우선 한 잔씩 하고 차차 얘기합시다."

망이와 정첨은 사내들과 통성명을 하고, 술을 권했다. 그리고 분위기가 좀 풀어지기를 기다려 망이가 말을 꺼냈다.

"사실은 내가 찾을 사람이 있어서 이곳에 왔소. 그가 있을 만한 곳을 몇 군데 다녀 봐도 찾을 수가 없는데, 무슨 좋은 수가 없겠소?"
"찾는 사람이 어떤 사람이오?"
"내 고모님의 아들인데, 일찍부터 일은 하지 않고 싸움질을 좋아해서 집을 떠났소. 소문에 듣자하니 여기저기 싸돌아다니다가 요즈음엔 이곳 개경에서 패거리 몇을 거느리고 있다고 하오. 고모님이 거의 돌아가시게 되었는데, 눈 감기 전에 아들을 보고 싶어 하시오."
"그것 참 딱하게 됐습니다. 그 사람 이름이 무엇이오?"
"얼굴에 큰 점이 있어서 점백이라고 하는데, 그런 사람을 본 적이나 들은 적이 있소?"
"글쎄요…. 잘 모르겠는데요."
네 사람은 모두 고개를 좌우로 흔들었다. 알면서 일부러 숨기려는 눈치는 아닌 듯 했다.
"무슨 방도가 없겠소?"
"…주먹을 쓰는 패거리라면 …그런 패거리들을 잘 아는 사람이 있긴 한데…."
"그가 누구요? 만나볼 수 없겠소?"
"천개금이라는 사람인데, 그 사람이 주먹을 잘 써서 이 오정방 일대를 꽉 잡고 있습니다. 그가 마당발이라 송도 바닥의 주먹패는 모르는 자가 없다던데, …그러나 그 천개금이 낯선 사람 만나는 걸 꺼려해서…."
"그러지 말고 좀 도와주시오. 내 사례는 톡톡히 하리다. 점백이가 있는 곳을 알려 주면 이 비단을 드리겠소."
망이가 봇짐에서 비단 한 필을 꺼내 놓았다.
"점백이가 있는 곳만 알려주면 됩니까?"
"그렇지요!"
"잠깐 기다려 보시오. 내가 천개금을 찾아가 물어 보고 올 테니."
사내 중의 한 명이 서둘러 자리에서 일어났다. 휘황한 비단을 보자

마음속에 욕심이 동한 듯했다. 그는 거의 두어 식경이나 지난 후에 다시 돌아왔는데 만면에 희색이 가득했다.

“천개금이 집에 없어서 여기저기 수소문해서 겨우 찾았소이다.”

그는 우선 생색을 낸 후에 의기양양하게 말했다.

“남대문 밖 광덕방에 가면 춘월루라는 색시집이 있다는데, 점백이라는 사람이 그 색시집의 뒤를 봐 주며 지내고 있답니다.”

“수고했소. 약속대로 이 비단을 드리겠소.”

망이가 사내에게 비단을 주자 사내의 입이 함지박처럼 벌어졌다.

망이와 정첨은 곧바로 남대문 밖 광덕방으로 향했다.

그날 밤이었다.

점백이 패거리 중의 한 명인 지가이가 저녁을 먹은 다음 바람도 쐴 겸 해서 건들건들 춘월루로 들어가는데, 심부름하는 애가

“아까부터 손님이 와서 기다리고 있어요.”

하고 말했다. 누구냐고 물으려는데, 저만치 마루에 앉아 있던 젊은 여자가 고혹적인 웃음을 띠며 다가왔다. 눈이 번쩍 띄게 아름다운 여자였다.

“누구신데…?”

“점백이라는 분을 아시지요?”

“못 보던 얼굴인데, 누구신가?”

“연강루에 새로 들어온 사람인데, 점백이란 분의 심부름을 왔어요. 그 분이 지금 빨리 연강루로 오시래요.”

“지금 점백이 형님이 연강루에 있나?”

“예! 어느 분과 약주를 하고 계세요.”

“그래?”

술을 마실 수 있다는 생각에 마음이 흐뭇해진 지가이는 아무 생각 없이 여자를 따라 연강루로 갔다.

여자는 연강루에서도 한쪽으로 뚝 떨어진 외딴 방으로 지가이를 안내했다.

"이 방으로 들어가세요."

지가이가 무심하게 방으로 들어가자 덩치가 걸까리진 웬 낯선 젊은이가 앉아 있었다. 잘못 들어왔나 하고 다시 나가려는데, 여자가 뒤따라와서 문을 가로막았다. 그때 앉아 있던 젊은이가 그의 한 팔을 나꿔챘다.

"이놈, 어딜 마음대로 나가!"

"아얏! 아야얏! 내 팔 끊어지오! 당신이 누군데 다짜고짜 이러는 게요?"

지가이가 비명을 지르며 소리치자,

"이놈! 나는 응양군의 교위다! 네놈이 바로 문하시중 대감의 손자를 유괴한 놈이 분명하렷다?"

하고 젊은이가 호령을 했다.

"그게 대체 무슨 말이오?"

지가이가 눈을 크게 뜨고 물었다.

"이놈, 엄펑스럽게 시치미를 떼긴! 점백이와 다른 놈들이 이미 붙잡혀서 모조리 다 불었다! 모두 네놈 혼자서 한 일이라는데, 그게 사실이렷다?"

"뭐라구요?! 점백이가 그렇게 말했다구요?"

"그렇다! 이놈! 점백이가 네놈 혼자서 한 일이라는데, 아직도 오리발이냐?"

"아니오! 모두 점백이가 꾸민 일이오! 나는 그냥 남사당패 놀이 구경만 했소이다!"

지가이의 말을 들은 젊은 남녀가 눈을 마주치며 소리 없이 미소를 지었다.

"이놈, 방금 네 입으로 점백이가 한 짓이라고 말했겄다? 지금 그 도령은 어디 있고, 점백이는 어디 있느냐?"

젊은이가 지가이의 팔을 놓아주며 물었다.

"…점백이가 이미 불었다면서요?"

지가이가 의아스런 표정으로 불안하게 눈을 굴리며 물었다. 여자가 말했다.

"이놈, 내 잠깐 넘겨짚어 말했다. 너희놈들이 문하시중 대감의 손자를 유괴했으니, 이제 모가지가 열이라도 목숨을 부지하기는 어렵게 되었다! 내일이라도 당장 목이 잘려 저잣거리의 장대에 높이 매달릴 것이다! 네놈이 조금이라도 죄를 덜려면 모든 것을 하나도 숨김없이 사실대로 밝히고 나서, 아이를 구출하고 점백이와 나머지놈들을 잡는데 앞장서라! 그러면 우리가 대감께 네 공로를 주청해서 죄를 사면 받을 수 있도록 해 주고, 더불어 큰 상급까지 내리도록 하겠다."

지가이가 머뭇거리자 젊은이가 다시 오금을 박았다.

"어찌 하겠느냐? 지금 당장 끌려가서 목을 베이겠느냐? 아니면 우리와 함께 아이를 구출하겠느냐?"

"…알았소! 그리 하겠소이다."

지가이가 어쩔 수 없다는 듯 말했다.

"지금 도령은 어디 있느냐?"

"…그 도령은 점백이의 집 골방에 가둬 두었소."

"그놈의 집이 어디 있으며, 그놈은 지금 어디 있느냐? 그리고 그놈 패거리가 누구누구인지 이름을 모두 대라."

지가이는 체념한 얼굴로 두 사람이 묻는 것에 순순히 대답했다.

망이와 정첨은 지가이를 앞세우고 점백이가 가 있을 만한 곳을 뒤졌다. 점백이가 뒤를 보아주는 몇 군데의 술집을 찾아보았더니, 점백이는 그의 패거리 셋과 함께 다모토리집에서 화주를 마시면서 주모와 시시덕대고 있었다.

"점백이 형님, 여기 계신 걸 모르고 한참 찾아다녔네! 밖에 누가 찾아왔소!"

지가이가 점백이를 밖으로 불러냈다.

"나를? 들어오라고 해!"

"젊고 예쁜 계집이우! 나가 보시오!"

"예쁜 계집이 나를 찾아? 그럼 봐야지!"

점백이가 비틀거리며 밖으로 나가자 지가이의 말대로 눈이 휘둥그레지게 예쁜 여자가 문 밖에 서 있다가, 그를 보고 활짝 웃었다.

"이녁이 날 찾았나?"

점백이가 비릿한 웃음을 띠며 여자에게 가까이 가는데, 등 뒤에서 불쑥 튀어나온 그림자가 주먹으로 그의 뒤통수를 후려쳤다. 그리고 눈 깜짝할 사이에 오라를 지웠다. 점백이를 붙잡은 망이와 정첨은 안으로 들어가서 그의 패거리들을 모두 체포했다. 그리고 점백이의 집으로 가서, 골방에 아갈잡이를 한 채 갇혀 있던 이자인 대감의 손자를 구출해 냈다.

진재 도령을 구출한 다음 정첨이 점백이를 취조했다.

"점백이 네놈도 네가 저지른 짓이 얼마나 큰 죄라는 걸 알고 있겠지? 네놈이 무엇 때문에 이런 짓을 저질렀는지, 바른 대로 불어라!"

"……."

점백이는 고개를 깊이 숙인 채 아무 말도 하지 않았다.

"너한테 이 일을 시킨 놈이 있지? 바른 대로 대라!"

"…아니, 어떻게 그걸?!"

점백이가 깜짝 놀란 얼굴로 반문했다.

"우리를 모르겠느냐? 전에 네놈들이 박세고의 부탁을 받아 향천방에서 우리를 습격한 적이 있지 않았더냐?"

"…그럼 그 장사가 바로…?"

점백이가 놀라서 외쳤다.

"그렇다! 이놈, 솔직하게 불어라! 이번에도 박세고가 시킨 일이 아니냐?"

"…그렇소!"

점백이가 어쩔 수 없다는 듯 말했다.

"어떻게 된 일인지 처음부터 소상하게 말해라!"

"달포 전에 박세고가 찾아와서 문하시중 대감 댁을 일러 주고, 그 집 아이를 납치하라고 시켰습니다. 겁이 나긴 했지만 재물도 욕심났고, 그보다는 박세고에게 덜미를 잡혀 그의 명을 거역할 수 없는 처지인지라 어쩔 수 없었지요. 그 후 줄곧 대감댁 주위를 돌며 기회를 엿보았지만 헛수고만 했는데, 마침 며칠 전 아이가 남사당놀이를 구경하러 나왔기에 그 아이를 꾀어내서 업어왔습니다! 아이를 해칠 생각은 애당초부터 없었습니다!"

"아이를 어쩔 셈이었느냐?"

"우리가 아이를 미끼로 대감댁의 재물을 긁어낸 뒤에 박세고에게 넘기면, 박세고가 아이를 구출해낸 듯이 꾸며 대감댁에 데려갈 계획이었소. 문하시중과 같이 권세를 휘두르는 집안을 건드리는 게 마음이 내키지 않아 안 하려고 했는데, 박세고가 으름장을 놓아서 어쩔 수 없이 그런 짓을 저질렀수다."

"박세고가 이런 일을 계획한 까닭은 무엇이냐?"

"그거야 꿩 먹고 알 먹자는 것 아니겠습니까? 지난 번 수벽치기 대회에서 꼭 우승해서 승차(陞差)를 하려 했는데, 그게 뜻대로 되지 않자 이런 계교를 낸 것 아니겠습니까?"

"재물도 빼앗고, 문하시중 대감의 신임도 얻는다는 말이냐?"

"그렇습니다!"

"짐작했던 대로요."

망이가 정첨에게 말했다. 아까 점백이의 짓이라는 것을 알았을 때 정첨은 점백이의 뒤에 박세고가 있을 것이라고 말했었다.

망이와 정첨은 진재 도령과 점백이패를 이자인 대감 댁으로 데려가, 자초지종을 아뢰었다. 이자인 대감은 불같이 노하여 반주(班主)이며 응양군 상장군인 정중부를 불러 호통을 쳤고, 정중부의 명을 받은 군졸들이 득달같이 달려가서 박세고를 잡아들였다.

5. 암살

하루 종일 푹푹 찌듯이 무덥더니, 날이 어두워지면서부터 기어이 비가 내리기 시작했다. 비는 밤이 깊어갈수록 점점 거세져서, 축시가 끝나갈 무렵에는 장대 같은 빗줄기가 지붕과 마당, 한길을 마구 두들겨대고, 게다가 바람까지 미친 말처럼 마구 날뛰었다. 달이 없어서 칠흑처럼 어두운 데다 폭우까지 쏟아지자 길에는 사람의 자취가 뚝 끊어졌는데, 회인방에 있는 응양군 옥사(獄舍) 앞에 두 사람이 나타났다.

"누구요?"

문 앞에서 수직을 서고 있던 군졸들이 묻자,

"우리는 오늘 당직을 맡은 산원(散員) 이고와 채원이다! 날씨가 궂은데, 수고들 많다!"

하는 대답이 돌아왔다.

수직 군졸이 가까이 다가가서 얼굴을 살펴보니, 평소에 늘 보던 이고와 채원이 분명했다. 수직 군졸이 군례를 붙이자, 이고가 말했다.

"순검 중인데, 별일 없느냐?"

"예. 아무 일도 없습니다."

"한 바퀴 둘러보고 오겠다."

두 사람은 옥사 안으로 들어갔다. 옥사는 죄수들을 관리하는 군졸들의 막사 건물이 한 채이고, 죄수들의 옥방 건물이 한 채였는데, 옥방은 다시 남칸과 북칸으로 나뉘어져, 북칸(北間)은 졸병들을 수감하는 곳이고, 남칸(南間)은 장교들을 가두어 두는 곳이었다. 이고와 채원은 군졸들의 막사로 들어갔다. 여섯 명의 군졸들이 탁배기를 마시고 있다가 두 사람을 보고서 놀란 얼굴로 일어났다. 막사 안에서는 술을 마시지 못하게 되어 있었다.

"죄송합니다. 출출하기도 하고, 비도 내리고 해서…."

군졸 중의 한 명이 송구하다는 듯 변명을 늘어놓았다.

"아, 괜찮아! 이거, 비를 많이 맞았더니, 몸이 으시시한데, 나도 한 잔 할 수 있을까?"

채원이 너스레를 떨자, 군졸들의 얼굴이 활짝 펴지면서

"예. 예. 한 잔 올리겠습니다."

하며, 술잔에 술을 부어 채원에게 권했다.

채원은 술잔을 들어 벌컥벌컥 들이키고 나서,

"자네도 한 잔 하지!"

하고, 이고에게 술잔을 권했다.

"뚝배기보다 장맛이라더니, 그 탁배기 맛 괜찮은데!"

이고도 술을 마시고 나서 맞장구를 쳤다. 두 사람은 연방 술맛이 좋다면서 몇 잔을 거푸 들이키더니, 채원이 허리에 감고 있던 비단을 내놓으며 말했다.

"우리가 너희들의 술을 다 마셨구나! 비도 내리고 술맛도 괜찮은데, 내 한 잔 살 테니, 가서 술을 더 받아 오너라!"

군졸들이 어리둥절한 눈으로 채원이 내놓은 비단을 바라봤다. 그만한 비단이라면 술을 동이째 사고, 돼지고기도 여러 근을 사올 수 있었기 때문이었다.

"웬 비단인가?"

이고가 물었다.

"오늘 어쩌다가 우연히 손에 들어온 것인데, 마셔 버리지, 뭐!"

곧 군졸 세 명이 신바람이 나서 밖으로 달려나가 술과 안주를 사오고, 막사 안에 다시 술자리가 벌어졌다.

"이거, 의리가 있지, 우리만 마실 수 있나? 가서 옥사를 지키고 있는 군졸들을 불러오게!"

술이 한 순배 돈 다음 이고가 한 군졸에게 말했다.

"그래도 괜찮겠습니까?"

"이렇게 비가 오는데, 자물쇠를 채워 놓은 옥방에 무슨 일이 있겠나? 어서 불러오게!"

곧 남칸과 북칸을 지키고 있던 군졸 네 명이 물에 빠진 생쥐처럼 젖어서 막사 안으로 들어왔다. 그들은 입구에 있는 열쇠걸이에 옥방 열쇠를 걸어 놓고서, 술자리에 끼어들었다.

한참 술자리가 무르익은 뒤였다. 이고가

탁배기는 오줌이 마려운 게 흠이란 말이야!"

하며, 자리에서 일어났다. 그는 그 새 많이 취했는지 비척거리며 문쪽으로 나가다가 한 군졸을 밀치면서 넘어졌다. 이고에게 떠밀린 군졸이 뒤로 넘어지면서 등 뒤에 있는 등불을 후려치자 막사 안은 옆에 있는 사람이 귀를 베어가도 모를 만큼 아무 것도 보이지 않았다.

"어?! 빨리 불 켜!"

"부싯돌 없어?"

"부시쑥을 바짝 대고 치라구!"

부시로 불을 붙이기 위해 잠깐 북새를 떤 다음에 다시 불이 켜졌다.

"내가 술이 약해졌나? 그거 서너 잔 마시고 넘어지다니! …오줌 좀 누고 올게."

이고가 비틀거리는 걸음으로 바깥으로 나가고, 다른 사람들은 다시 떠들썩하게 술을 마셨다.

밖으로 나온 이고는 남칸으로 달려가, 방금 어둠 속에서 재빨리 손에 넣은 열쇠로 문을 열고 안으로 들어갔다. 남칸은 먹물 같은 어둠이 가득 고여 있었다. 이고는 눈을 크게 뜨고 사방을 둘러봤으나 아무 것도 보이지 않았다.

"박세고 산원, 어디 있소?"

이고가 낮은 목소리로 물었다. 그러나 아무 소리도 들리지 않았다.

"박세고 산원, 어디 있소? 박세고 산원! 나 이고 산원이외다!"

이고가 다시 부르자, 옥방 한쪽에서

"나 여기 있소!"

하는 목소리가 들려왔다.

이고는 목소리가 나는 곳을 향해 더듬더듬 다가갔다. 눈이 어둠에 익숙해지자 아주 흐릿하게 옥방 안의 모습이 들어왔는데, 저만치 옥방 구석에 움직이는 그림자가 있었다. 이고가 다가가자, 박세고가

"날 빼내 주러 왔소?"

하고 자리에서 일어났다.

"그간 고생 많았소! 어서 나갑시다."

이고가 박세고에게 다가가서 부축하는 척하며 허리춤에서 비수를 꺼냈다. 그리고 박세고의 멱살을 붙잡고 그의 가슴을 힘껏 찔렀다.

억!

박세고가 비명을 토하며 부르짖었다.

"…이, 이게 …무슨 짓이냐? 이고, 네놈이 이럴 수가?!"

"박세고, 아무리 출세에 눈이 어두워도 할 짓이 따로 있지! 네놈의 지나친 욕심이 죽음을 부른 것이니, 나를 원망하지 마라!"

이고가 차갑게 말하고는, 칼을 더욱 깊숙이 밀어넣었다. 칼은 박세고의 가슴을 관통하여 등 뒤까지 뚫고나왔고, 으으윽! 박세고가 신음을 흘리며 털썩 거꾸러졌다. 이고는 옥방을 나가, 밖에서 자물쇠를 채운 뒤에 태연하게 막사로 돌아갔다. 그리고 군졸들 눈에 띄지 않게 재빠른 동작으로 열쇠를 열쇠걸이에 걸어놓은 다음,

"어휴! 무슨 변소 냄새가 이렇게 지독하냐? 코 떨어질 뻔했다!"
하고, 자리에 앉았다. 기다리고 있었다는 듯 채원이 탁배기를 사발 가득 따라서 권하자 이고가 사발을 단숨에 비웠다.
잠시 후에 이고와 채원은 막사를 나왔다.
"확실하게 했나?"
옥사 밖으로 나와서 채원이 물었다.
"지금쯤은 벌써 염라대왕 앞에 가 있을 게야!"
"잘했어! 자식, 제 욕심 때문에 옥방에 떨어졌으면 뒈진 듯이 엎드려 있어야지, 누굴 위협해! 뭐?! 자기를 구해 주지 않으면 상장군 이름부터 모두 대고서 거사를 획책했다고 불어 버리겠다구?! 미친 놈!"
"기분도 더러운데, 술이나 푸러 가자!"
"그러지!"
두 사람은 억수같이 쏟아지는 빗속을 뚫고 술집을 찾아갔다.

이튿날 아침이었다.
아침에 임무를 교대한 옥졸이 남칸의 문을 열고 들어가 옥방을 둘러보다가, 가슴에 칼이 꽂힌 채 쓰러져 있는 박세고를 발견하고
"사람이 죽었다! 박세고 산원이 죽었다!"
하고 소리를 질렀다. 군졸들이 달려와 자물쇠를 따고 옥방으로 들어가 보니, 피가 바닥에 흥건하고, 박세고의 몸은 싸늘하게 식어 있었다.
박세고의 죽음은 곧바로 상관에게 보고되었고, 곧 옥사의 책임자인 중랑장 이필순이 달려왔다. 이필순은 의원을 불러서, 사체를 검시하게 하고, 사인이 무엇이며, 언제 죽었는지를 물었다. 의원은 시체의 여러 곳을 만져 보고, 눈과 입 안, 항문 등을 두루 살피고 나서 말했다.
"시체의 경직 상태를 살펴보니, 자시 경에 죽은 것으로 추정되고, 원인은 칼에 심장이 파열되었기 때문이외다."
이필순은 수직을 선 군졸들을 불러 엄하게 말했다.

"이놈들! 죄인이 죽어 나자빠졌는데도 밤새 모르고 있었다니, 내 너희들의 죄를 엄히 다스리리라! 간밤에 수상쩍은 무슨 기미를 느끼거나 심상찮은 일은 없었느냐? 조금도 기휘하지 말고 이실직고하여라!"

"저희들은 밤새 교대로 남칸 앞에서 수직을 섰고, 잠깐도 자리를 비운 적이 없었습니다. 그리고 빗소리와 바람소리 때문에 아무 소리도 듣지 못했습니다."

군졸 중의 한 명이 말했다.

"그럼 찾아온 사람도 없었고?"

"…채원과 이고 산원이 잠깐 들렀습니다만…."

이필순은 곧바로 채원과 이고를 체포하기 위해 휘하 군졸 몇을 데리고 그들의 상관인 장군 기탁성을 찾아갔다.

"채원과 이고 산원은 폐하가 총애하는 젊은 장교들인데, 그들이 살인을 했다는 명백한 증거가 있나? 그들이 박세고를 살해할 특별한 까닭이라도 있나?"

기탁성 장군은 아예 두 장교를 만나지도 못하게 하고 말했다.

"특별한 까닭은 아직 발견하지 못했습니다만…."

"이보게! 순찰하는 장교가 옥사를 들러보는 것은 당연한 일! 혹 옥사를 잘못 관리한 귀관의 부하들 잘못을 그들에게 덮어 씌우려는 게 아닌가?"

기탁성 장군은 오히려 이필순의 죄를 추궁하려 들었다.

"이는 우리 응양군의 명예에 관계되는 일이라 확실한 증거가 없는 한 채원과 이고 산원을 내줄 수 없네! 그리고 박세고 산원은 문하시중의 손자를 납치한 큰 죄인이니 어차피 죽을 놈인데, 적당히 처리하는 게 좋지 않겠나?"

"…적당히라니, 어떻게…?"

"범인이 명확하지 않다면 박세고가 제 앞날을 비관하여 자결한 것으로 처리하면 간단하지 않나? 자결할 만한 이유도 있고…."

중랑장 이필순은 뭔가 미심쩍은 데가 있다는 걸 느꼈으나, 그것을 밝힐 수가 없었다.

결국 박세고의 죽음은, 죄인이 자기가 저지른 일이 피새나자 뒷갈망하기가 암담해서 스스로 저지른 일로 처리되었다.

박세고의 죽음이 한 동안 사람들의 입에 오르내리다가 차츰 잊혀져 갈 무렵 김홍강 산원이 망이와 정첨을 불렀다.

"진준 중랑장이 좀 보자시네."

"진준 중랑장께서 무슨 일로…."

진준 중랑장은 망이와 정첨도 잘 아는 직속 상관이었다. 그는 나이 든 고급 장교들 중에서 수벽치기가 가장 뛰어난 인물이라고 소문난 사람으로, 지난 4월에 있었던 수벽치기 대회를 주관했던 장교였다.

"가 보면 알 게야! 지금 기다리고 계실 테니, 서두르세!"

김홍강이 앞장을 서며 말했다.

지난번 망이와 정첨이 문하시중 이자인 대감의 손자를 구출하자, 이 대감은 두 사람을 크게 칭찬하고, 송나라 비단 한 필과 은병 한 개씩을 상으로 내렸다. 그리고 응양군 상장군인 정중부에게 두 사람을 진급시켜 주도록 청을 넣었다. 그 덕택에 망이와 정첨은 교위가 되었다.

"그대들은 지금의 조정과 나라 형세를 어떻게 생각하는가?"

세 사람이 자리에 앉자 진준이 망이와 정첨을 바라보며 불쑥 물었다.

"……?"

"……?"

"기탄없이 말해 보게! 어떤 말이라도 좋네!"

"…저희가 어찌 감히…."

정첨이 조심스럽게 말했다.

"혈기 있는 젊은이로서 눈이 있고 귀가 있다면 어찌 생각이 없겠는가? 그대들의 생각을 듣고 싶다."

"……."

"……."

망이와 정첨이 아무 말도 하지 않자 이윽고 진준이 무겁게 입을 열었다.

"지금 이 나라는 왕과 왕족, 그리고 대대로 벼슬을 독차지하고 있는 권문세가 몇몇 집안의 세상이다! 몇 명밖에 안 되는 그들은 이 나라의 주인이고, 수십 수백만의 백성들은 그들을 위해 일하는 소나 말과 다를 바 없다! 온 나라의 백성들이 게딱지 같은 오두막에서 헐벗고 굶주리면서 허리가 휘도록 농사를 짓고, 소와 돼지를 기르고, 물고기를 잡고, 길쌈을 해서 그들에게 바치면, 그들은 고대광실 좋은 집에서 백옥 같은 이밥에, 기름진 고기와 맛있는 물고기, 진귀한 온갖 과일로 배를 채우고, 비단과 명주를 몸에 두르고 편안하게 살고 있다! 우리들이 군의 장교로서 나라의 녹을 먹는다고 하나 그들 귀족과는 그 처지가 너무나 다르다! 그들이 비단금침에서 단꿈을 꾸고 있을 때 우리는 추위에 떨고 비에 젖으면서 순라를 돌고, 외적이 쳐들어오면 제일 앞장서서 달려나가 목숨을 내놓는다! 우리가 비록 장군이 되고, 대장군, 상장군이 된다 해도 대대로 그들 한 줌도 안 되는 귀족 나부랑이들의 천대를 받으며 수직(守直)을 서는 신세는 면치 못할 것이다! 눈과 귀가 있고 기개가 있는 자라면 어찌 이런 세상을 보고만 있겠는가?"

진준은 말을 마치고 망이와 정첨을 뚫어지게 응시했다. 그리고 한참 후에 어조를 바꿔 낮은 목소리로 말했다.

"…어떤가? 우리와 손잡고 세상을 바꿔 볼 생각이 없는가?"

"……."

"……."

망이는 너무 뜻밖의 말에 놀라 진준을 맞바라보았다. 정첨도 놀란 기색이 역력했다.

"…우리라는 게 누구를 말하는 것입니까?"

잠시 후에 정첨이 물었다.

"…조정과 나라를 바꿔 보려는 사람들이다. 위로는 상장군에서부터 아래로는 하급 장교까지 뜻을 함께 하는 사람들이 있다. 이름을 밝히긴 이르지만 응양군과 용호군의 기백 있는 장군과 장교들이다. …우리는 그간 너희 두 사람을 지켜봐 왔다. 그리고 우리와 뜻을 함께 할 만하다고 생각했다. 어떤가? 우리의 동지가 되어 뜻을 함께 하겠는가?"

진준이 두 사람을 똑바로 바라보며 물었다.

"……."

"……."

"당장 결정하기가 쉽지 않겠지! 곧 대답을 해 주기 바란다. 돌아가 보게!"

망이와 정첨은 진준에게 군례를 올리고 그의 막사를 나왔다.

제2장

환로(宦路)

1. 달밤

밤이 깊어갈수록 골목을 오가는 사람들의 발자국 소리와 두런거리는 소리, 꼬맹이들이 놀면서 떠드는 소리가 차츰 잦아들며 사위가 고즈넉하게 가라앉았다. 담 옆 살구나무 가지에 걸려 있던 달이 하늘 위로 두둥실 솟아오르자 마당에 길게 드리워져 있던 나무 그림자들이 차츰 짧아지며 달빛이 집 안 가득 물처럼 차올랐다. 뜰에서 몇 마리의 풀벌레가 들릴 듯 말 듯 가녀린 울음소리를 내고 있었다.

부연 불빛이 배어나오는 안채의 장짓문이 소리 없이 열리고, 젊은 아씨가 마루로 나왔다. 아름다운 여인을 빗대어 꽃이 부끄러워서 낯을 붉히고, 달이 구름 속으로 얼굴을 숨긴다고 했던가. 그녀가 마루로 나오자 주변이 환히 밝아지는 듯한 느낌이 들었다. 아씨는 은가루 같은 달빛이 하얗게 깔린 마당을 이윽히 바라보다가, 마당으로 내려섰다. 그녀는 천천히 마당을 거닐며 하염없이 달을 올려다보다가, 이윽고 마루에 걸터앉았다.

서경(西京)이 서경이 서울이지만
닦은 데 닦은 데 소성경 사랑하지만
여읨보다는 여읨보다는 길삼베 버리고
사랑해 주신다면 사랑해 주신다면 울면서 따르리이다.
위 두어렁셩 두어렁셩 다링디리.

구슬이 구슬이 바위에 떨어진들

끈이야 끈이야 끊어지리이까.

즈믄(千) 해를 즈믄 해를 외따로 살아간들

믿음이야 믿음이야 끊어지리이까.

위 두어렁셩 두어렁셩 다링디리.

그녀의 입에서 낮고 애절한 노랫소리가 흘러나왔다. 서경에서부터 유행하기 시작한 노래인데, 애절한 곡조와 노랫말이 촉촉하게 내리는 봄비처럼 사람들의 마음을 적시는 데가 있어서, 그 즈음 개경의 여항에서도 널리 불려지고 있었다.

"아씨, 밤이슬이 찬디…."

행랑채에서 어금이가 나오며 난명에게 말했다.

"달빛이 너무 좋아서 나와 있다."

"…그만 들어가셔유."

"너 먼저 들어가거라."

"밤이 깊었는디…."

"내 걱정은 말고 먼저 들어가래도 그러는구나."

난명의 말끝이 약간 높아지며 미세하게 떨렸다.

재작년 강한성은 난명이 명학소의 떠꺼머리 총각과 정분이 났다는 이야기를 듣고 너무 놀랐다. 믿어지지가 않았다. 어떻게 그런 일이 있을 수 있단 말인가. 그는 울분으로 치를 떨었다. 강한성은 우선 난명에게 금족령을 내렸다. 집 밖으론 한 걸음도 나가지 못하도록 엄명을 내렸다. 그리고 망이를 잡기 위해 광분했다. 눈치 빠른 노비들을 때론 거지로, 때론 중(僧)으로, 때론 장사꾼으로 꾸며 명학소를 드나들며 무슨 낌새가 없나 살폈다. 잡히기만 하면 아주 요절을 내놓을 작정이었다. 천한 소(所)놈 주제에 천금 같은 내 딸을 건드리다니! 그러나 망이는 나타나지 않았다. 그렇다고 난명을 언제까지나 집안에 가둬둘 수도 없었다. 그는 쌓이고 쌓인 울분으로 폭삭 늙었다.

이듬해에 아들 철명의 친구 정준수가 과거에 급제했단 풍문이 유성은 물론 공주까지 널리 퍼졌다. 그는 철명을 불렀다.

"준수가 과거에 급제했단 말이 사실이냐?"

"예! 예비과거 격(格)인 국자감시(國子監試)에 합격한 것이지요. 정작 중요한 예부시(禮部試)는 올해 볼 것입니다."

강한성은 전부터 준수를 잘 알고 있었다. 그의 집안과 대대로 세교(世交)가 있는 정판겸의 아들로서, 집안 좋겠다, 인물 좋겠다. 이제 곧 과거에 합격할 것이니, 난명의 배필로 모자랄 것이 없어 보였다.

"…난명을 준수와 혼인시키면 어떻겠느냐?"

"준수야 나무랄 데 없는 신랑감이지만 난명이의 마음이…."

"지금 난명이의 마음을 따지게 생겼느냐?"

강한성은 정판겸을 만나, 둘의 혼인 이야기를 꺼냈다.

"나야 불감청고소원(不敢請固所願)이지만, 집사람이 어떨지 모르겠네."

"마나님께서 우리 난명을 탐탁하게 생각지 않으시나?"

"그럴 리가 있나? 난명이야 우리 고을의 으뜸가는 규수인데! 다만 준수가 공부도 더 해야 하고, 작년에 난명이한테 말도 안 되는 소문도 있고 해서…."

"허어, 이 사람아, 그런 헛소문을 믿나? 솔직히 내 딸이 불한당놈들한테 봉변을 당했다면 내가 가만히 있었겠나? 그놈들을 모조리 베어 버렸지! 우리 철명의 말로는 전부터 준수가 난명이를 많이 좋아했다네. 이제 둘 다 혼인할 나이도 되었고 하니, 준수도 혼인을 하고 안정된 환경에서 예부시를 준비하는 것도 괜찮지 않겠나?"

"그건 나도 알고 있네!"

"그럼 쇠뿔도 단김에 빼랬다고, 말이 나온 김에 바로 혼사를 추진하세."

혼삿말이 나온 지 달포가 못 되어 난명과 준수는 혼인을 하게 되었다. 강한성은 엄청난 혼수(婚需)로 정판겸의 식구들을 놀라게 했다.

그러나 난명은 준수에게 마음을 열 수가 없었다. 그게 마음대로 되지 않았다. 어렸을 때부터 그녀의 집을 드나들며 늘 그녀를 귀여워했던 준수였으나, 이성(異性)으로 받아들여지지가 않았다. 그렇다고 준수를 속이기도 싫었다.

그녀는 첫날밤 준수에게 말했다.

"첫날밤에 오라버니께 이런 말씀을 드리게 되어 송구하오나, 제겐 마음을 준 사람이 있어요."

"나도 들은 것이 있지만, 지난 일은 지난 일이니, 괘념치 마시오."

준수는 따뜻하게 말하고 난명을 안았다. 난명의 눈에서 뜨거운 눈물이 흘렀다.

혼인을 한 난명은 곧바로 준수를 따라 개경으로 왔다. 두 사람은 남부(南部) 덕풍방(德風坊)에 있는 커다란 저택에 보금자리를 잡았다. 어느 대갓집에 비해도 뒤지지 않을 저택으로, 강한성이 딸의 혼수로 마련해 준 것이었다. 강한성은 또한 난명이 개경으로 올라갈 때 난명의 몸종 어금이를 난명에게 딸려보냈고, 그밖에도 행랑아범 부부, 젊은 노비 부부를 개경으로 보내 난명을 돌보도록 했다.

어금이가 방으로 들어간 뒤에도 난명은 계속 달을 바라보며 마루에 앉아 있었다. 달은 무덕무덕 흩어져 있는 구름을 뚫고 하늘 한복판을 거침없이 가로지르고 있었다. 저 달처럼 모든 것을 훌훌 떨쳐 버리고 떠날 수 있다면 얼마나 좋을까. 서쪽으로 서쪽으로 한없이 가면 서방정토라는 곳이 있다던데, 그곳에는 이 세상에서 겪는 모든 고통과 슬픔이 없고 오직 기쁨과 즐거움만 넘치는 삶이 영원하게 계속된다고 하지 않던가. 그녀는 문득 모든 것을 떨쳐버리고 달을 따라 한없이 가보고 싶은 생각에 가슴이 저렸다.

인경이 거의 다 된 시간이었다.

“이리 오너라! 이리 오너라!”

대문간에서 정준수의 거나하게 취한 목소리가 들려 왔다. 난명은 달을 바라보고 있다가 몸을 일으켜 대문께로 갔다. 그녀가 빗장을 뽑고 대문을 열자 정준수가 비척거리는 걸음으로 안으로 들어왔다.

“…어?! …부인이 어쩐 일이시오?”

난명의 얼굴을 본 준수가 뜻밖이라는 듯 말했다.

“늦으셨군요. …달구경을 하고 있었어요.”

“달구경? 달구경이라….”

준수가 빈정거리듯 말하고는, 갑자기 난명을 와락 껴안았다.

“왜 이러세요?”

난명이 준수를 밀쳐내며 말했다.

“…왜요? 내가 내 부인을 안아 보지도 못한단 말이오?”

준수가 난명을 끌어안은 팔에 더욱 힘을 주며 그녀에게 입을 맞추려고 했다. 그의 입에서 풍겨나는 농탁한 술냄새에 난명은 왈칵 욕지기를 느꼈다.

“이러지 마세요! 점잖지 못하게 왜 이러세요?”

난명은 자기도 모르게 준수를 힘껏 떠밀었다. 그러자 뜻밖에도 준수가 벌렁 뒤로 나자빠졌다.

“죄송해요. 괜찮으셔요?”

난명이 놀라서 남편을 부축해 일으키려 하자 준수가 그녀의 손길을 뿌리쳤다.

“흥! 가증스럽게 놀란 척하긴?”

준수가 사나운 눈으로 난명을 노려보면서 외쳤다.

“…왜 그런 말씀을…?”

“시치미를 떼긴?! 내가 당신의 마음을 모를 줄 아오?”

준수의 말에 난명은 가슴이 써늘해지는 듯한 느낌이었다.

“…많이 취하셨군요. 그만 들어가세요.”

“지금도 달구경을 하고 있었던 게 아니었지? 나를 기다리고 있었던 건 더더욱 아니고! 솔직하게 말해 보시오! 누구를 기다리고 있었는지….”

“…억지 말씀 그만 하시고, …들어가세요.”

“억지 말씀? 내 말이 억지가 아니란 건 당신이 더 잘 알겠지!”

준수는 눈을 부릅뜨고 소리쳤다.

그때 행랑채에서 인기척을 들은 행랑아범 명복이 허둥한둥 대문간으로 나오며 말했다.

“거기 누구시우?”

“나으리께서 귀가하셨네.”

“아, 예! 나으리, 지금 돌아오셨습니까유?”

명복이 달려와 준수에게 머리를 조아렸다.

“나으리께서 많이 취하셨소. 안으로 모시도록 하시오.”

난명이 명복에게 말했다.

명복이 비틀거리는 준수를 부축해서 사랑채로 향했다.

난명은 준수가 사랑채 그의 거처로 들어간 뒤에도 오랫동안 마루에 앉아서 달을 바라보았다. 그녀의 입에서 다시 나지막한 노래가 흘러나왔다. 노래는 담을 넘고 개경의 무수히 많은 지붕들을 넘고, 예성강의 강물과 함께 흐르고 흘렀다.

구슬이 구슬이 바위에 떨어진들

끈이야 끈이야 끊어지리이까.

즈믄(千) 해를 즈믄 해를 외따로 살아간들

믿음이야 믿음이야 끊어지리이까.

위 두어렁셩 두어렁셩 다링디리.

2. 과거(科擧)

사랑방으로 들어간 정준수는 옷도 벗지 못한 채 그대로 곯아 떨어졌다. 그는 요즈음 맑은 정신으로 집에 들어오는 날이 드물었다. 매일 인경이 다 되도록 술을 마시고, 고주망태가 되어 돌아와, 나가떨어지곤 했다.

정준수는 유성(儒城)의 대호족인 정판겸의 아들이었다. 그는 네 살이 되자마자 글공부를 시작했다. 그의 아버지 정판겸은 다섯 살 때부터 글공부를 해서 머리가 희어지도록 과거에 응시했으나, 끝내 뜻을 이루지 못해 과거에 한이 맺힌 사람이었다. 그는 딸만 넷을 두고 늦게야 아들 준수를 보게 되었는데, 준수가 태어나자 그가 이루지 못한 꿈을 아들을 통해 이룰 것을 굳게 결심했다.

"우리 집안이 대대로 이곳에서 손꼽히는 호족으로 행세해 왔으나, 이제는 시대가 바뀌었다. 아무리 전답이 많은 호족이라도 과거에 급제하여 내려온 벼슬아치에겐 꼼짝 못하는 게 작금의 현실이다. 나는 평생 글공부를 했지만 뜻을 이루지 못했다. 내 뼈에 사무친 한을 자식인 네가 풀어다오. 너는 무슨 일이 있어도 과거에 급제해서, 개경에 삶의 터전을 마련하고, 우리 집안이 개경에서도 내로라하는 귀족 가문이 되도록 해야 한다."

판겸은 어린 준수가 알아듣지도 못할 말을 귀에 못이 박이도록 말하면서, 준수의 과거 급제를 위해 온갖 애를 썼다. 글 잘한다고 소문난 훈장을 독선생으로 모시는 것은 물론이고, 매일 손수 아들의 글공부를 점검하기를 게을리 하지 않았다. 그리고 준수가 향교에 다니면서부터는 비단과 엽전을 싸 들고 향교의 훈장들을 찾아다니면서 특별히 준수의 학업에 관심을 가져 주길 부탁하곤 했다. 어쩌다가 준수가 글공부를 게을리 하거나 친우들과 어울려 술이라도 마시고 귀가하면 판겸은 불같이 화를 냈다.

"이런 넋 빠진 놈! 네놈이 지금 제정신이냐? 지금 개경의 국자감이나 학숙에 다니는 너의 경쟁자들은 밤을 낮 삼아 글공부를 하고 있는데, 네가 아직도 우물 안 개구리처럼 제정신을 못 차렸구나!"

판겸은 준수의 모든 생활이 오직 과거 급제를 위해 바쳐지길 강요했고, 준수는 그러한 아버지의 요구를 거역할 수가 없었다. 아버지 판겸의 필생의 목표였던 과거 급제는 이제 준수의 목표가 되었던 것이다. 과거에 급제해야 한다! 급제하지 못하면 내 삶은 실패다! 언제부턴가 준수는 주문을 외듯 그러한 생각에 초조하게 쫓겼다.

판겸은 준수가 열세 살이 되자 아들을 개경으로 데려갔다. 그때 마침 학문이 일세를 풍미하고 벼슬이 문하시중에 이르렀던 최현충이 퇴사(退仕)한 뒤 학숙(學塾)을 열고 문하생들을 가르친다는 소문이 들려왔기 때문이었다. 그는 개경에 조촐한 집을 마련하고 오랜 씨종으로서 충실하고 변함없는 명복이 내외를 함께 내려보내 준수의 뒷바라지를 하도록 했다.

준수를 개경에 떼어놓고 공주 집으로 돌아가면서 판겸이 말했다.

"과거에 급제할 때까지는 어떤 다른 생각도 말고 학업에만 전념해라. 남아입지출향관(男兒立志出鄕關)에, 학약불성사불환(學若不成死不還)이란 말이 있지 않더냐? 그런 굳건한 기개를 가지고 일로매진(一路邁進)해서 반드시 일신의 영달을 이루고, 가문의 영광을 이루어야 한다."

준수는 최현충의 문하에 들어가서 공부에 몰두했다.

과거(科擧)는 고려 광종(光宗) 9년 후주(後周)에서 귀화한 쌍기(雙冀)의 건의를 받아들여 처음 실시된 후, 대대로 조정에서 인재를 등용하는 대종(大宗)으로 정착되었다. 쌍기는 후주의 세종(世宗)이 단행한 혁신정치에 깊숙이 관여했던 인물로서 고려에 귀화한 후 후주에서의 경험을 바탕으로 광종을 도와 여러 가지 개혁에 앞장섰다. 그는 참신한 신진인사를 선발하기 위한 방안으로 과거를 실시하도록 광종에게 진언했고, 광종은 개국 이래 막강한 세력으로 왕권을 위협하고 있었던 무훈공신(武勳功臣)과 지방 호족들의 권한을 약화시키고 왕권을 강화하기 위한 목적으로 과거를 실시했다.

과거는 처음 얼마 동안은 그 절차가 단순하여, 중앙과 지방의 귀족과 벼슬아치, 호족의 자제들이 예비시험 없이 직접 응시할 수 있었다. 그러나 후대로 내려감에 따라 과거제가 복잡해져서, 덕종(德宗)이 즉위한 후부터는 모든 응시생들이 예비시험인 국자감시(國子監試)를 치러야 했다. 국자감시는 성균시(成均試)나 남성시(南省試)라고도 하였는데, 이 시험에 합격하여야 국자진사(國子進士), 태학진사(太學進士), 명경진사(明經進士), 향공진사(鄕貢進士) 등 진사의 칭호를 얻고, 본(本) 과거에 응시할 수 있는 자격을 얻게 된다.

본(本) 과거인 예부시(禮部試)는 동당감시(東堂監試)라고도 하고, 그밖에 예위(禮闈), 춘관시(春官試), 춘위(春闈) 등의 명칭으로도 불린다. 예부시는 진사가 되어 다시 국자감에 3년 재학한 사람과, 서경(西京)의 유수(留守)나 각 지방의 계수관이 치른 시험에 합격하여 일정한 절차를 밟은 사람들이 응시하는 최종 시험이다. 과거는 시험 과목에 따라 제술과와 명경과, 잡과로 나뉘어 있고, 잡과는 다시 명법업(明法業), 명산업(明算業), 명서업(明書業), 의업(醫業), 주금업(呪噤業), 지리업(地理業) 등으로 나누어 실시한다.

시험 과목은 제술과의 경우 국자감시에서는 부(賦)와 육운(六韻), 십운시(十韻詩)를 시험하고, 예부시에서는 시(詩), 부(賦), 송(訟), 시무책(時務策), 논(論), 경학(經學) 등을 초장, 중장, 종장으로 구분하여 세 단계로 시험한다. 이를 삼장연권법이라 하는데, 초장에 합격한 자만 중장에 나가고, 중장에 합격한 자만 종장에 나간다. 명경과는 국자감시에서 주역(周易), 상서(尙書), 모시(毛詩), 예기(禮記), 춘추(春秋)를 시험하고, 예부시에서는 위의 과목을 삼장연권법으로 시험한다. 잡과의 경우에도 전문 분야의 과목을 시험하되 그 과정은 위의 두 과와 같다.

전문직을 선발하는 잡과보다 문예와 경전에 능한 벼슬아치를 선발하는 제술과와 명경과가 중요시되었으며, 그 중에서도 제술과를 중시하여 과거라 하면 통상 제술과를 의미하게 되었다. 과거는 대략 2년에 한 번씩 시행하였고, 급제자는 성적에 따라 갑과(甲科), 을과(乙科), 병과(丙科), 동진사(同進士)로 나누었는데, 후에 갑과는 폐지되었다. 보통 을과 3명, 병과 7명, 동진사 23명으로, 도합 33명을 급제시켰다. 급제자는 합격증서인 홍패(紅牌)를 받고, 등과전(登科田)이라는 토지도 지급받는다. 이들이 이부(吏部)의 전주(銓注)와 대간(臺諫)의 서경(署經)을 거쳐 관직에 나아간다.

과거의 고시관을 지공거(知貢擧)라 하고, 부고시관을 동지공거(同知貢擧)라 하였는데, 급제한 사람들은 이들을 좌주(座主)라 부르며, 그 문생(門生)이 되어 평생 부자(父子)와 같이 돈독한 관계를 유지한다.

정준수는 난명과 혼인한 지 1년만에 제술과에 응시하여 병과(丙科)로 급제하였다. 유성과 공주에는 정준수가 과거에 합격했다는 소문이 널리 퍼졌고, 판겸은 크게 기뻐하며 큰 소와 돼지 여러 마리를 잡아 고을이 떠들썩하게 잔치를 벌였다.

3. 출사(出仕)

준수는 벼슬을 제수받기 위해 봉각(鳳閣)을 찾아갔다. 그러나 과거에 급제했다고 해서 곧바로 벼슬을 주는 게 아니었다. 급제를 증명하는 홍패(紅牌)만 있으면 만사가 형통할 줄 알았는데, 몇 달을 기다려도 실직(實職)이 주어지지 않았다. 기다리다 못해 몇 번이나 문관의 임명을 담당하는 이부(吏部)를 찾아가 보았으나, 시랑(侍郞)이나 낭중(郎中)은 얼굴도 보이지 않고, 말직인 원외랑이 귀찮다는 듯

"그 사람 성미도 급하긴! 아, 기다려 보라고 하지 않았소이까? 지금 임용을 기다리는 산관들이 얼마나 적체되어 있는지 아시오? 재작년 과거에서 급제한 자와 그 전의 급제자 중에서도 아직까지 실직을 받지 못한 사람이 허다하여, 우리도 골치를 썩이고 있소이다."

할 뿐, 대꾸도 변변히 하지 않고 들어가 버렸다.

그 후 이부를 들락거리며 알아보니 원외랑의 말이 사실이었다. 과거에 급제한 사람들 중 대다수가 몇 달이 아니라 몇 년씩 실직을 얻지 못해 무작정 기다리고 있었고, 심지어는 평생 실직을 얻지 못하고 포기한 채 낙향해 버린 사람들도 적지 않았다.

그러던 어느 날 정준수는 우연히 이진상을 만났다. 이진상은 최현충의 문하에서 함께 공부를 하고, 급제도 함께 한 동기생이었는데, 녹색의 관복을 의젓하게 떨쳐입고 있었다.

"반갑네! 이 형은 실직을 제수 받은 모양이구려!"

"어사대(御史臺)의 감찰어사를 제수받았네."

준수는 이진상의 말에 내심 놀랐다. 처음 출사(出仕)한 이진상이 어사대의 감찰어사라니! 벼슬살이를 하려면 든든하게 뒤를 봐 줄 배경이 있어야 한다는 말이 새삼 실감났다. 이진상의 집안은 개경에서도 이름난 삼한갑족(三韓甲族) 중의 갑족으로서, 그의 조상들이 대대로 높은 벼슬에 올랐고, 그의 아버지 이준경이 지금 상서성 좌복야의 지위에 있고, 그의 숙부와 형들, 일가들도 모두 현달해 있었다.

"감찰어사가 되었다니, 정말 잘 되었네! 감축드리네!"

"정 형은 아직도 산관(散官) 처지를 면치 못했나?"

"영 소식이 없네. 이부를 찾아가 봐도 기다리라고만 하고…."

"이부를 찾아가다니?"

이진상이 의아한 얼굴로 물었다.

"이부에서 문선(文選)을 담당한다기에…."

"…정 형은 지금 실직이 제수되길 기다리고 있는 산관이 얼마나 많은지 모르시나? 이부엔 백년을 찾아가도 아무 소용이 없네."

"……?"

"찾아 가려면 이부의 판사를 맡고 있는 재신(宰臣) 김좌종이나 상서(尙書) 민휘신을 찾아가야지."

"……!"

준수는 이진상의 말이 무슨 뜻인지 금방 알아들었다. 전부터 과거 급제한 사람에게 주어지는 홍패는 벼슬 자리에 나아갈 수 있는 자격증에 지나지 않고, 벼슬자리를 얻기 위해서는 실권을 가진 대신의 천거가 없으면 안 된다는 얘기가 공공연하게 떠돌았었다.

"그럼 나는 바쁜 일이 있어서 이만…."

이진상이 가볍게 목례를 하고 발길을 옮겼다.

"…이 형, 잠깐만! 나를 좀 도와주시게! 은혜는 잊지 않겠네!"

준수는 이진상의 팔을 붙잡았다.

"김좌종 대감이나 민휘신 대감을 좀 뵙게 해 줄 수 없겠나?"

"…내가?"

이진상이 난처한 얼굴로 물었다.

"부탁 좀 하세!"

"그 어른들이 어떤 지체인데…. 그리 쉽게 만날 수 있는 어른들이 아니네."

"그러니 부탁을 하는 것 아닌가? 이 형의 집안은 그 분들과 세교(世交)가 있을 게 아닌가? 주선을 해 주시면 내 그 은혜는 결코 잊지 않겠네."

"나도 그 분들과는 면식이 없네. 바쁜 일이 있어서 이만 실례해야 하겠네. 그럼 우리 다음에 또 보세."

이진상은 난처한 얼굴로 황황하게 발길을 돌렸다.

준수는 다음날 송나라 비단 두 필을 가지고 이진상의 집을 찾아갔다. 아무리 생각해도 그를 통하지 않고는 김좌종 대감이나 민휘신 대감을 만날 길이 막막했다. 이진상은 난처한 얼굴이었으나, 준수는 체면을 젖혀 놓고 이진상에게 매달렸다.

"내가 김좌종 대감이나 민휘신 대감을 잘 안다면야 직접 찾아가서 부탁을 드리거나, 아니면 당장 추천장을 써 드리지. 그러나 나도 그분들과는 잘 모르는 사이라니까."

"그럼 춘부장이신 이준경 대감께 부탁드리면 안 되겠나? 춘부장님께서는 그 분들과 잘 아실 것 아니겠나?"

"그야 …아버님께서야 그 분들을 잘 아시겠지만, 그러나 그런 청탁을 하려 하시겠나? 솔직히 말해서 아버님께서 피치 못할 관계로 그 분들에게 청탁한 일이 적지 않았을 테고, 앞으로도 청탁할 일이 또 있을텐데, 잘 알지도 못하는 정 형을 청탁하려 하시겠는가? 청탁이란 결국 빚을 지는 일 아니겠나?"

"…그야 그렇지. 내 너무 답답해서 무리한 부탁을 드린 것 같네. 우리 나가서 술이나 한 잔 하세."

그날 준수는 이진상을 송향루라는 기루로 안내하여, 향기로운 술과 기름진 안주로 후히 대접했다.

그 후로도 그는 몇 번이나 이진상을 찾아갔고, 그때마다 그를 이름있는 기루로 데려갔다. 그를 통하지 않고서는 김좌종 대감이나 민휘신 대감과 선을 댈 방도가 없었다.

어느 날, 명월루라는 기루에서 술을 마시고 나오다가 이진상이

"이 근처에 우리 누님의 집이 있는데, 잠깐 들러 가세."

하고 말했다.

"누님 집엘?"

"우리 누님은 개경에서도 소문난 절세가인이네! 정 형도 우리 누님

을 한번 보면 눈이 번쩍 뜨일 것일세! 가히 군계일학이지! 그런데 재작년에 홀몸이 되어서 지금 누님의 처지가 여간 고적한 게 아닐세. 우리 가족들이 시간 나는 대로 들러서 위로를 해 드리고 있지만, 단현(斷絃)의 슬픔이 위로가 되겠나? 혹 새로운 배필을 만나면 몰라도….”

이진상의 누님은 이름을 진초라 하였는데, 준수는 그녀를 보는 순간 군계일학이라고 한 이진상의 말이 과장이 아니란 느낌이 들었다. 티 하나 없이 깨끗한 얼굴과 선명한 이목구비, 희고 긴 목, 도톰하게 솟아오른 가슴과 늘씬한 허리…. 보면 볼수록 어디 한 군데 부족한 데 없는 미인이었다.

이진초는 이준경의 고명딸로 태어나서 갑족 집안의 당금아기로 자라, 한림원(翰林院) 시강학사(侍講學士) 김사려에게 출가하였다. 과거에 장원급제를 한 재사였던 김사려는, 그러나 2년 전 졸지에 급사를 했고, 하루아침에 청상이 된 진초는 슬하에 자녀 한 명 없이 비복 몇을 거느리고 외롭게 살고 있었다.

“누님, 이 친구, 이번에 나와 함께 과거에 급제한 동기인데, 정준수라고 해요.”

이진상이 준수를 소개했다.

“정준수라고 합니다.”

준수가 고개를 숙여 인사를 하자

“준수라고요? 정말 준수한 선비가 이름 또한 준수라니, 문자 그대로 명실상부한 이름이군요!”

진초는 깔깔거리며 웃었는데, 그 웃음이 눈부셨다.

진초는 맛있는 과자와 과일, 좋은 술과 안주를 내오고, 두 사람을 매우 극진하게 대접했다.

“내 지금까지 잘생긴 젊은이들을 많이 보았지만, 그대처럼 준수한 선비는 처음 보았소.”

이진상이 잠깐 자리를 비웠을 때 진초가 준수에게 말했다. 그녀의 고혹적인 미소에 준수는 정신이 아찔하였다.

사흘 후 뜻밖에도 이진상이 준수의 집을 찾아왔다.

"이 형이 웬일인가? 해가 서쪽에서 뜨겠네그려!"

"내가 못 올 데를 왔나? 정 형을 초대한 사람이 있어서 모시러 왔네."

"…누가 나를 초대했단 말인가?"

준수가 어리둥절한 얼굴로 물었다. 그간 개경에서 여러 해 살았지만 학숙과 집을 오가며 학업에만 전념했는지라 아는 사람이 별로 없었고, 그를 초대할 만한 사람은 더욱 없었다.

"우리 누님이 정 형에게 단단히 반한 모양이네!"

이진상이 빙글빙글 웃으며 말했다.

"누님이?! …사람 놀리지 마시게."

"농이 아니네! 누님이 어찌나 나를 졸라대는지! 정 형이 오기를 목이 빠지게 기다리고 있으니, 빨리 일어나시게!"

이진상의 얼굴을 보고 준수는 그의 말이 농담이 아니란 것을 알았다.

이진초는 정성스럽게 진수성찬을 준비해 놓고서, 두 사람이 나타나자 반색을 하고 맞이했다.

"우리 누님이 정 형한테 확실히 반하긴 반한 모양이네!"

"너 누나를 놀릴래?"

진초는 얼굴이 새빨개져서 어쩔 줄을 몰랐다. 그녀는 더할 나위 없이 나긋하게 준수를 대했고, 눈에는 저절로 잔잔하고 은근한 추파가 흘러 넘쳤다.

그날도 준수는 이부(吏部)를 찾아갔다가 아무 이야기도 듣지 못하고 울적한 마음에 혼자 벽란나루로 나갔다. 개경에서 벽란도까지는 30리의 거리였는데, 포구에는 크고 작은 배들이 무수히 정박해 있고, 뱃사람들과 장사꾼들이 악머구리 끓듯 했다. 갖가지 모양의 이양선(異樣船)이 즐비했고, 송나라 사람, 대식국 사람, 일본 사람, 북쪽 여진 사람들과 남쪽 흑치국 사람 등 얼굴 모습과 의관, 복식(服飾)이 다른 이양인들이 알아듣지 못할 말로 왁자지껄 떠들어대고 있었다. 나루에 접한 큰길 양쪽에 지붕을 잇대어 끝없이 늘어선 점포에는 이양선이 싣고 온 비단, 차(茶), 서적, 향료, 향목, 칠기, 남방과일, 물소뿔, 상아, 비취, 마노, 수정, 호박(琥珀) 등이 그득그득 쌓여 있고, 그들이 배에 싣고 갈 삼베, 모시, 인삼, 종이, 먹, 돗자리, 부채, 나전칠기 등이 상자 상자 쌓여 있었다. 그 뿐이 아니었다. 푸른 깃대를 문 앞에 세워둔 주막집, 포구 안쪽에 즐비한 각종 요리집, 찻집, 붉은 등을 밝혀 둔 색주가(色酒家) 등이 헤아릴 수 없이 많았다. 준수는 그들 이양인의 배와 사람들과 물건들을 구경하다가, 군치리집에서 술을 마시고 해동갑해서 개경으로 돌아왔다.

준수가 집에 들어가자,

"나으리, 아까 이진상 나으리가 찾아오셨었는데유."

행랑아범 명복이 대문을 열어 주고 나서 말했다.

"진상이가? 무슨 일이라더냐?"

"누님 집에서 기다리신다구, 그리 오시라는 말씀이 있으셨습니다유."

준수는 그 자리에서 발길을 돌려, 이진초의 집으로 향했다. 이진초의 집엔 그러나 이진상은 없고 이진초가 그를 반갑게 맞았다.

"댁에 안 계셨다는데, 어디를 가셨었나?"

"벽란 나루에 가서 바람을 쐬었습니다."

"어머! 나도 같이 갔으면 좋았을 걸! 희한한 구경거리가 많다던데!"

"정말 요란하더군요."

"좋은 구경을 하셨군요!"

진초가 하인을 불러 술상을 들이게 했다. 호화로운 상 위에 산해진미와 진귀한 술이 가득했다.

"송나라에서 들어온 귀한 술이오. 한 잔 마셔 보오."

진초가 술병을 들어 술을 따랐다.

"제가 따라 마시겠습니다."
준수가 거북해서 그렇게 말하자
"나이가 몇인데 아직도 그렇게 부끄러움을 타오? 과거에 급제까지 하신 대장부가! 호호호!"
진초는 얼굴 가득 교태를 지으며 말했다. 그녀의 뇌쇄적인 웃음이 너무 눈부셔서 그는 얼른 술잔을 들이켰다. 진기한 향기를 풍기는 술은 목을 태울 듯이 독했다. 진초는 그가 술잔을 비우자마자 다시 그의 잔에 술을 따랐다. 그리고 그녀도 술을 마셨다. 준수는 몇 잔 마시지 않아서 온몸이 뜨겁게 달아오르고 머리가 어질어질해졌다. 진초는 계속 그에게 술과 안주를 권했다. 정성스럽고 은근하기가 오래 기다리던 연인을 대하듯 했다.
"진상이한테 실직을 제수 받지 못해 기다리고 있다는 말을 들었소."
"…과거에만 급제하면 다 되는 줄 알았는데, 그게 아니더군요."
"오늘은 다 잊어버리고 흠뻑 취하세요."
진초는 함박꽃 같은 웃음을 띠고 다시 준수에게 술을 권했다. 그리고 노래를 불렀다.

어룬 님과 둘이 앉아 신선주를 나누노니
안개인 양 구름인 양 반공중에 노니노라.
동산에 밝은 달 돋아 님의 얼굴 비취오니
옥골선풍 내님이야 신선이 따로 없네.
한 잔 마셔보세 또 한 잔 마셔보세.
정 둔 이 밤 다 새도록 무진무진 마셔보세.

진초의 노래는 술 취한 준수의 몸을 부드럽게 애무하듯 나긋나긋하고도 고혹적이었다. 준수는 진초가 주는 잔을 사양하지 않고 모두 마셨다.

한밤중이 넘어서야 준수는 정신을 차렸다. 그는 깜짝 놀랐다. 비단 금침 위에 그가 누워 있고, 그의 옆에 진초가 속곳 바람으로 누워 있는 게 아닌가. 창호지로 스며드는 달빛에 터질 듯이 풍만한 이진초의 젖가슴이 동도렷하게 떠올라 있었다. 준수는 자기도 모르게 와락 이진초를 안았다. 말할 수 없이 향그러운 젊은 여자의 살냄새에 그는 숨이 막히는 것 같았다. 이진초가 기다렸다는 듯 그의 몸을 힘껏 끌어안았다. 무르익을 대로 무르익은 여자의 농염한 몸과 건장한 사내의 탄탄한 몸이 사납게 뒤엉켰다. 준수와 진초는 미친 듯이 몸부림을 치며 뜨겁게 타올랐다가, 이윽고 재처럼 사위었다. 그러나 다음 순간 두 사람은 다시 또 들불처럼 살아나 타오르고 타오르며 밤새 마음껏 서로의 몸을 탐했다. 둘은 마침내 죽음 같은 잠에 빠져들었다.

이튿날 새벽 준수는 눈을 뜨자마자 이진초의 집을 빠져 나왔다. 잠에서 깨어 그의 옆에서 흐트러진 모습으로 혼곤히 잠에 빠져 있는 진초의 모습을 보는 순간 난명의 청순한 얼굴이 떠올랐던 것이다. 진초의 집을 나온 뒤에도 그는 내내 난명에게 미안한 마음을 떨쳐 버릴 수가 없었다. 별안간 울컥 토악질이 솟구쳤다. 그는 심한 토악질을 몇 번이나 거듭했다.

며칠 후 이진상이 준수를 찾아와서,

"정 형, 축하하네! 조만간 실직이 제수될 테니 이부를 찾아가 보시게."

하고 말했다.

"그게 무슨 말인가?"

"우리 누님이 힘을 좀 쓴 모양이네. 우리 누님의 은혜 잊지 말게."

"그게 …정말인가?"

"아무리 우리 아버님의 부탁이라도 세상에 공짜가 어디 있겠나? 선물을 준비해서 가져가게! 적어도 은병 다섯 개는 쓸 요량을 하시게나."

은병을 다섯 개씩이나 써야 하다니!

"…그렇게 많은 은병을 써야 하나?"

"정 형이 세상을 너무 모르는구먼! 아버님이 청탁을 해 놓았으니 그 정도이지, 그렇지 않으면 아무리 재물이 많아도 소용없네!"

그는 유성으로 내려가 아버지 판겸에게 저간의 사정을 이야기하고, 은병을 가져왔다. 그리고 벽란 나루에 나아가 김좌종 대감에게 선물할 외국 물품을 구한 다음 그를 찾아갔고, 드디어 중서(中書) 주서(注書) 직을 제수 받았다.

실직을 제수 받고 준수는 이진상을 찾아갔다.

"오늘 중서 주서 직을 제수 받았네. 고마우이! 다 이 형 덕이네."

"축하하네! 그러나 고맙다는 인사는 내 누님한테 해야 될 것 같네! 내 누님이 정 형을 깊이 은애하는 것 같던데, 정 형의 생각은 어떤가?"

"…생각이라니, 무슨 말인가?"

"…정 형이 우리 집안 식구가 된다면 정 형의 앞길은 탄탄대로가 될 것이네. 솔직히 터놓고 말해서 돌아가신 우리 매형 김사려가 약관의 나이에 한림학사가 된 것이 누구 덕이겠는가?"

"구차한 변명이지만 그날 내가 술에 취해서…. 보잘것없는 향암(鄉闇)을 생각해 주는 뜻은 고맙지만, …그러나 나는 처가 있잖은가?"

준수는 등에 진땀이 흘렀다.

"지금 개경에 내로라하는 대관(大官)들치고 부인이 한 명인 사람이 어디 있는가. 두 명 아니면 세 명, 다섯 명까지 둔 사람도 있잖은가. 그렇다고 당장 혼인을 하라는 건 아니네."

준수는 진초와의 관계를 계속해선 안 된다고 생각했다. 그러나 마음이 허전하거나 술에 취했을 땐 자기도 모르게 진초를 찾아갔다. 난명의 마음에 여전히 다른 사람이 있고, 그 때문에 난명이 마음을 열어주지 않는다는 생각이 견디기 어려웠다. 그런 준수의 마음을 따뜻하게 어루만져 준 사람이 진초였다. 그러면서도 진초는 준수에게 이혼을 요구하거나 자기와 혼인해 달라는 말은 하지 않았다.

"나는 좋아하는 사람을 구속하진 않아요."

진초는 준수를 진심으로 대했고, 그는 차츰 진초에게 마음을 주게 되었다. 날이 갈수록 진초의 집에서 지내는 시간이 많아지고, 진초는 준수의 아이까지 갖게 되었다. 몇 달 지나지 않아 준수는 진초를 부인으로 대하게 되었다.

진초는 준수의 출세를 위해 매우 헌신적이었다. 아버지와 오라버니에게 부탁하기도 하고, 직접 진귀한 외국 물건을 들고 아버지의 친구분들을 찾아가기도 했다. 그 덕택에 준수는 문하록사(門下錄事)를 거쳐, 비서교랑(祕書校郎), 정의대부(正議大夫)까지 삽시간에 승진에 승진을 거듭하였다.

제3장

수월원(水月苑)

1. 망월정

사람들이 모여 사는 곳이면 꼭 있게 마련인 것 중 하나가 술집이다. 개경에도 무수히 많은 술집들이 거리마다 즐비하였으니, 다 쓰러져 가는 초가집에서 쓰디쓴 기장술과 시어터진 김치를 내놓고 파리를 날리는 늙은 노파의 목롯집에서부터 고루거각에서 젊은 기생들이 노래와 춤을 다투며 웃음을 파는 기루(妓樓)와 유곽에 이르기까지 그 규모나 모습도 각양각색이었다.

중부(中部) 광덕방(光德坊)에 있는 수월원(水月苑)은 개경에서도 손꼽히는 기루 가운데 한 곳이었다. 수월원이 특히 유명한 것은 기루 안에 천여 평이나 되는 맑고 푸른 연못이 있기 때문이었다. 연못에는 원앙과 오리 등 물새들이 유유하게 헤엄을 쳤고, 물가를 빙 둘러 소나무와 수양버들 등 갖가지 나무와 화초, 괴석들이 운치 있게 서 있었다. 나무 사이 사이에 서 있는 크고 작은 전각들이 아름다웠고, 손님을 맞이하는 기생들이 한결같이 재색을 겸비했을 뿐더러, 가무와 악기 다루는 솜씨 또한 빼어났다. 술이 향기롭고 음식도 정갈하고 맛있다고 널리 소문이 났다. 물론 술값 또한 수월원이라는 이름만큼이나 드높아서, 송도에서 행세깨나 하는 귀족이나 권세를 쥔 벼슬아치, 벽란 나루에 커다란 상고선(商賈船)을 여러 척 가지고 송나라를 오가며 무역을 하는 거상(巨商)이 아니면 감히 드나들 엄두도 내지 못하는 곳이었다.

연못가에 지어진 여러 채의 전각들은 다 독특한 분위기와 운치가 있었지만, 그 중에서도 서쪽에 외따로 떨어져 수양버들 속에 호젓하게 서 있는 망월정에서 연못을 바라보는 경관이 제일이었고, 특히 그곳에서 막 돋아오르는 달을 바라보는 흥취는 가히 일품이었다. 그 때문에 망월정은 수월원을 찾는 사람들 중에서도 내로라하는 명사들만 드나들 수 있는 특별한 곳이었다.

망월정 앞에 무덕무덕 무성한 모란이 막 꽃망울을 터뜨린 날이었다. 오후 한겻이 지난 시간에 망월정에서 갖가지 악기 소리와 젊은 남녀들이 부르는 노랫소리가 요란하게 흘러나왔다. 땅거미가 내린 뒤에도 흥겨운 유흥은 계속되었다. 바닥에는 빈 두루미 술병이 여기저기 나뒹굴고, 교자상 위에는 갖가지 기름진 안주와 술잔이 어지럽게 흩어져 있었다. 화사한 비단옷을 떨쳐입은 귀공자 네 명과 젊고 아리따운 기생 넷이 술판을 벌인 것인데, 모두 술에 취할 대로 취해 몸가짐과 말이 어지러웠다. 수월원 사람들이 사공자(四公子)라고 부르는 네 명의 젊은이가 모란꽃이 핀 것을 기념하여 시회(詩會)를 연 것이다. 사공자의 중심 인물인 이광좌는 중서시랑(中書侍郞) 평장사(平章事) 이지헌의 아들이고, 정치후는 지문하성사(知門下省事) 정감하의, 조공승과 최한철은 정당문학(政堂文學) 조인실과 참지정사(參知政事) 최태순의 아들로서, 개경의 귀족들 가운데서도 대대로 세습해서 권세를 휘두르는 갑족(甲族) 집안의 자제들이었다. 그들은 어렸을 때부터 금지옥엽이었다. 불면 날세라 쥐면 깨질세라 온갖 보살핌을 받으며 부족함이나 아쉬움을 모르고 자랐다. 주변의 모든 것이 그들을 위해 존재하고, 하고 싶은 일은 무엇이든지 할 수 있다고 생각했다. 그들 부모들은 어렸을 때부터 글공부를 시키려고 갖은 애를 다 썼다. 그러나 그들은 일찍부터 글공부보다 재미있고 즐거운 일이 세상에 넘치도록 많다는 것을 알았다. 때가 되면 집안에서 다 알아서 과거급제도 시켜주고 벼슬자리도 마련해 줄 텐데, 무엇 때문에 머리를 싸매고 힘든 글공부에 매달린단 말인가.

학숙(學塾)에서 만나 뜻이 맞은 사공자는 공부를 해야 할 시간에도 마음대로 학당을 벗어나, 도성을 휘젓고 다녔다. 그들은 돈을 마구 뿌리며 술을 마시고, 술에 취하면 다른 사람들의 눈은 아랑곳하지 않고 마음 내키는 대로 행동했다. 그러다가 조금이라도 비위가 상하면 닥치는 대로 행패를 부리고, 터무니없는 짓도 태연하게 저지르곤 했다. 나는 새도 떨어뜨리는 가문과, 조정을 쥐락펴락하는 부친들의 권세가 있는 한 두려울 게 없었다.

얼굴이 단정하고 마음씨 고상하고
눈썹은 길고 눈은 귀밑머리를 향했으며
코는 오똑하고, 입은 자그마하고,
혀는 향기롭고 부드러우며
귀는 그 중에서도 가장 윤태가 나네.

목은 백옥 같고, 머리는 구름 같고,
손은 봄날 갓 올라온 죽순 같고,
젖가슴은 포동포동 부드럽고
허리는 호리호리하고, 발은 맵시 좋으니
다른 것은 물어 무엇하리오.

"가향아, 이번엔 네 차례다. 만전춘(滿殿春)이나 한번 들어 보자!"

이광좌가 노래를 마치고 나서 곁에 있는 기생에게 말했다.

"나으리, 제 목이 말라서 노래가 잘 나올 것 같지 않사온데, 어떻게 하지요?"

가향이 모란꽃 같은 웃음을 띠고 교태를 지으면서 말했다.

"그래? 그럼 당연히 내가 네 목을 축여 주어야지!"

이광좌가 술을 한 모금 머금어, 가향과 입술을 맞대고 술을 먹여주었다. 가향이 까르르 교태를 지으며 노래를 불렀다.

남산(南山)에 자리 보아
옥산(玉山)을 베고 누워
금수산(錦繡山) 이불 안에
사향(麝香)각시를 안고 누워

남산에 자리 보아
옥산을 베고 누워
금수산 이불 안에
사향각시를 안고 누워
약(사향) 든 가슴을 맞추십시다 맞추십시다.

"어디, 네 가슴에 사향이 들어 있는지 좀 봐야겠다!"

가향이 노래를 마치자 기다렸다는 듯 이광좌가 그녀의 저고리 속으로 손을 집어넣었다.

"아이, 나으리도! 부끄럽게 왜 이러세요?"

가향은 말은 그렇게 하면서도 이광좌에게 젖가슴을 맡겨 두었다.

"우리도 남산에 자리 보아 금수산 이불을 덮어 볼까?"

한참 동안 설매와 농탕을 치던 조공승이 설매의 귀에 대고 속삭였다.

"그럼 저 은병 하나 줄 거예요? 아까 이광좌 나으리도 가향이한테 은병 한 개를 주시던데…. 저 자존심 상했답니다."

설매가 조공승의 가슴을 살짝 꼬집으며 물었다.

"요 귀여운 것, 그것 때문에 샘이 났구나! 알았어! 까짓 것 주고말고!"

조공승이 슬그머니 자리에서 일어나 정자 밖으로 나가자, 설매가 뒤따라갔다.

"어?! 저 사람 보게?! 또 설매를 데리고 나가네 그려?! 흐흐흐!"

"그 새 또 방아를 찧고 싶은가 보이! 클클클클!"

정치후와 최한철이 킬킬거리면서 노래를 불렀다.

덜커덩 쿵쿵 방아를 찧세!
강태공의 조작방아!
혼자 찧는 절구방아!
물로 찧는 물레방아!
둘이 찧는 가레방아!
일락서산에 해 떨어지고!
월출동령에 달 돋아온다!
임을 만나 방아를 찧세!
저녁마다 방아를 찧세!
밤새도록 방아를 찧세!
덜커덩 덜컹 방아를 찧세!

조공승과 설매는 망월정 바로 옆에 있는 초당으로 들어가 뒤엉켰다. 초당은 겨울철에 손님을 맞기 위해 지어 놓은 조촐한 집이었는데, 그들은 망월정에서 술을 마시다가 마음이 내킬 때면 그 초당으로 들어가곤 했다.

그들은 밤이 늦어서야 수월원을 나왔다.

"뭔가 좀 색다른 게 없겠나? 이제 수월원도 싫증이 나는데?"

최한철이 지겨워 죽겠다는 어조로 말했다.

"그러게 말야! 허구헌 날 기생들과 노닥거리다 보니…. 이제 재미가 없는데!"

정치후가 맞장구를 쳤다.

"자고로 계집 맛 중 별미로 치는 것은 비구니와 과부, 지아비 있는 아낙과 깊은 규중에 있는 규수라는 말이 있지!"

"그거, 그럴싸한데?"

그들은 한밤중에 한길을 가면서도 순라꾼을 두려워하지 않고 마음껏 떠들어 댔다.

"잠깐! 긴급 제안! 그럼 우리 내기를 할까?"

이광좌가 갑자기 신바람이 나서 다른 사람의 말을 가로막고 말했다.

"내기라니?"

"여승과 유부녀, 과부, 처녀 중에 적당한 대상을 점찍어 놓고, 누가 먼저 꺾나 내기를 하는 거야!"

"그것, 꽤 재미 있겠는데! 역시 광좌 머리가 제법이야!"

"좋아! 내기라면 자신 있으니까!"

다들 이광좌의 제안에 찬성했다.

생기를 되찾은 그들은 각자 알고 있는 여승과 유부녀, 과부, 처녀 들을 두루 머릿속으로 톺아가면서 가장 접근하기 힘들고 유혹하기 어렵다고 생각되는 사람들을 추천했다. 그리고 추천된 사람들 중에 누가 더 꺾기 힘든 대상인가를 의논해서, 가장 어렵다고 생각되는 사람을 대상으로 낙점했다.

"꼴찌로 여자를 꺾은 사람이 한 달 내내 술값을 전담하는 게 어때? 만약 끝내 여자를 꺾지 못한 사람은 우리의 명예를 떨어뜨린 벌로 두 달 동안 술을 사기로 하고! 물론 어떻게든지 여자를 꺾었다는 걸 증명을 해야겠지! 꺾지도 못하고 헛소리를 하면 안 되니까! 어떤가?"

이광좌의 말에 모두 동의했다. 그들은 새로운 놀이에 신명이 나서 요란하게 떠들어 대며 갈짓자 걸음으로 밤거리를 누볐다.

2. 사공자(四公子)

보제사(普濟寺)는 왕궁의 남쪽에 있는 용수산에 자리한 도량으로, 도성 안에 있는 여러 사찰들 가운데 유일하게 비구니들이 불도를 닦고 있는 곳이었다. 여승들만 있는 곳이기 때문에 남자의 출입을 엄하게 금했고, 그 때문에 여자들만이 보제사를 드나들며 예불을 했다. 보제사엔 주지인 예눌 노스님 밑에 50여 명의 비구니들이 있었는데, 그들 가운데 자운 스님의 이름이 널리 도성 안팎에 알려져 있었다. 자운 스님은 갓 서른을 넘긴 나이인데도 수행이 엄정하여 추호도 법도에 어긋나지 않았고, 독경하고 범패를 부르는 목소리가 낭랑하고 고와서 듣는 사람들의 심금을 깊이 울릴 뿐만 아니라, 특히 그 용모가 놀랍게 고왔다.

"여승이 그렇게 고울 수가 있을까! 관세음보살의 현신 같아요!"

"자운 스님의 범패 소리를 듣고 있자니까 서방정토에 가 있는 듯한 느낌이 들더라니까!"

보제사에 예불을 올리러 갔다가 자운 스님을 본 사람들은 다들 한결같이 그녀의 고운 자태와 화평한 모습을 놀라워했고, 그러한 소문이 입에서 입으로 널리 퍼졌다.

모란이 활짝 핀 4월 중순이었다.

보제사 일주문 앞에 한 중년 여인과 두 명의 건장한 남정네가 나타났다. 두 남정네는 지게에 커다란 봇짐을 지고 있었다.

"짐을 내려놓고, 여기서 기다리게."

여인이 두 사람에게 말하고는, 일주문 안으로 들어갔다. 여인을 본 지객승이 그녀에게 가까이 다가와 합장을 했다.

"시주께선 어찌 이곳을 찾아오셨습니까?"

"안신방(安申坊) 순화궁주 마마의 명을 받잡고 심부름을 왔습니다. 주지 스님을 뵙게 해 주시오. 밖에 공양으로 바칠 짐이 있는데, 그 짐도 안으로 옮겨 주시고요."

"예, 저를 따라오십시오."

비구니가 여인을 주지인 예눌 스님에게 안내했다. 여인은 예눌 스님에게 정중하게 합장을 한 뒤 말했다.

"저는 상감마마의 대고모님이신 순화궁주 마마를 뫼시고 있는 사람이옵니다. 마땅히 궁주마마께옵서 이곳에 납시어서 부처님께 예불을 올리는 것이 도리이겠사오나, 연세가 칠순을 넘으셔서 거동이 어려우신지라 부득이 제가 마마의 명을 받잡고 부처님 전에 올릴 예물을 가지고 왔사옵니다."

여인이 가져온 두 개의 봇짐을 안으로 들여오게 해서 보자기를 풀었다. 보자기 안에는 다섯 개의 버들고리가 들어 있었다. 여인이 네 개의 버들고리를 차례로 열었다. 고리 안에는 정성을 다해 만든 다과와 각종 과일이 가득 들어 있었다.

"변변치 못하나 부처님 전에 바칠 다과이옵니다. 그리고 이것은 절에서 쓰시라고… 약간의 재물이옵니다."

여인이 다시 마지막 고리를 열었다. 고리 안에 휘황찬란한 비단이 가득하고, 비단 위에 은으로 된 활구 5개가 놓여 있었다.

"이런 귀한 것을 시주하시다니, …궁주마마께 부처님의 가피가 있을 것이외다. 나무아미타불."

예눌 스님이 합장을 하며 말했다.

"그리고 궁주마마께옵서…, 이곳 자운 스님의 범패와 독경이 매우 은혜가 넘친다는 소문을 들으시고, 한번 듣기를 간절하게 바라고 계시옵니다. 자운 스님의 독경 소리를 궁주마마께 들려드릴 길이 없겠사옵니까?"

"…그것은 좀…, 우리 절에서는 젊은 비구니들을 밖으로 내보내지 않습니다."

예눌 스님의 얼굴에 난처한 빛이 스쳤다.

"…이곳의 법도가 그러하다면 하는 수 없겠지요. 그러나 궁주마마의 소망이 하도 간절하셔서…. 마마께옵서 거동할 수 있으셨으면 직접 오셨을 텐데…. 궁주마마께옵서 독경을 듣고 싶어하실 뿐만 아니라…, 또한 3년 전에 세상을 떠나신 부마도위(駙馬都尉) 마마의 영전(靈前)에 염불을 들려드리고 싶은 소원이 매우 간절하신지라….”

여인의 말은 정중하였으나, 거역하기 어렵게 완강하였다.

“…그렇게까지 말씀하시니…, 가까운 날에 자운과 자효를 궁주 마마 댁으로 보내도록 하겠습니다.”

“고맙사옵니다. 궁주마마께옵서도 크게 기뻐하실 것이옵니다.”

여인이 환한 얼굴로 몸을 깊이 숙이며 사례했다.

사흘 후 저녁 무렵 안신방에 있는 순화 궁주의 대저택에 고깔을 쓰고 가사와 장삼을 걸친 비구니 두 명이 찾아왔다. 자리에 누워 있던 순화궁주가 심부름을 하는 몸종의 부축을 받아 가까스로 몸을 일으켜 앉았다.

“궁주마마, 보제사에 있는 자효라 하옵니다. 나무관세음보살.”

“자운이라 하옵니다. 나무아미타불 관세음보살.”

두 비구니는 머리를 깊이 조아리고 합장했다.

“나무관세음보살! 보제사의 스님들이 이렇게 찾아주시다니, 이런 고마울 데가 있나요! 내 마땅히 보제사에 가서 재(齋)를 올리고 설법을 들어야 할 것이나, 보시다시피 이렇게 거동이 자유롭지를 못해서 스님들께 폐를 끼치게 되었소. 우리 부마도위 마마께서 3년 전에 별세하셨는데, 나는 그 분께서 극락왕생하시길 바라는 것밖엔 더 바라는 게 없소. 작년에도 왕륜사와 흥국사에서 큰 재를 올렸으나, 그 분의 신위를 모신 사당에서 그 분의 영가(靈駕)가 직접 들을 수 있도록 독경과 범패를 들려 드리는 것이 소원이었소. 오늘에야 소원을 이루게 되었으니, 참으로 기쁘오.”

자운과 자효는 다과를 융숭하게 대접받은 다음 순화궁주를 따라 부마도위의 신위를 모셔둔 사당으로 갔다. 사당은 넓은 후원의 외따로 떨어진 곳에 호젓하게 세워져 있었다. 자운과 자효가 향로에 향을 피우고 나서, 범패 중에 첫 번째 순서인 '할향'을 시작했다.

보오오옹(奉)오오이어어이어아이오옹허(獻)어
허헌이에이에이에에일어이아에이에
에일어이아에히에야에히에이야에히에이야에이에
에이에에이에이에이에이에히에이에이에이어어아

그윽한 향연(香煙) 속에서 울리는 자운과 자효의 범패 소리는 깊은 산에서 들려오는 범종 소리처럼 깊고 그윽할 뿐만 아니라 가을물처럼 맑고, 봄바람같이 온화했다. 길게 끌면서 오묘하게 변하는 가락은 한없이 유장하고 심오해서, 이 세상 소리가 아닌 듯한 느낌을 불러 일으켰다. 또한 두 여승의 자세가 어찌나 경건하고 청아하며 평화롭던지 순화궁주는 정말 극락에서 울려오는 소리를 듣는 듯 마음이 화평해졌다. 그녀는 합장을 한 채 범패 소리를 들으면서 조카 광좌의 말을 따르기를 참 잘했다는 생각을 했다.

나흘 전 조카 광좌가 오랜만에 찾아와서 말했다.

"백모님, 어젯밤 꿈에 백부님을 뵈었습니다. 백부님께서 보제사에 공양을 올리고 내 영전에서 독경을 해주면 극락왕생을 하겠다고 하시지 않겠습니까? 하도 꿈이 이상해서 이렇게 달려왔습니다."

"…그게 무슨 말이냐?"

"글쎄, 백부님께서 그렇게 현몽을 하시더라구요! 듣자니 보제사에 독경 잘하는 스님이 있다던데, 그 스님을 모셔 백부님 영전에서 독경을 해 드리시지요."

"독경 잘하는 스님이 있다고?"

"자운이라는 여스님이 계시다던데, 그 스님의 독경을 들으면 부처님의 말씀을 듣는 듯 온갖 번뇌가 스러지고, 가슴 속에 법열이 샘물처럼 차오른답니다. 백부님께서도 그 독경 소리를 한 번 듣고 싶으신 모양이십니다."

"돌아가신 부마도위께서 그리 현몽을 하셨단 말이냐? 그분께서 극락왕생하신다면 열 번 백 번인들 못 하겠느냐?"

이튿날 순화궁주는 날이 밝자마자 예물을 두텁게 갖추어 사람을 보제사로 보냈다.

광좌는 자운 스님이 독경을 시작할 때부터 친구 한 명을 데려와 함께 이것저것 챙기더니, 자시(子時)가 거의 다 되자 순화궁주에게 말했다.

"백모님, 연로하신 데다 옥체도 미령하신데, 무리하시면 안 되십니다. 제가 친구와 이곳을 보살필 터이니, 이제 그만 내당으로 드셔서 쉬시지요."

"스님들이 큰 수고를 하시는데, 어찌 그럴 수 있겠느냐?"

"궁주 마마 정성이야 어찌 모르겠습니까? 그러나 연치를 생각하셔야지요. 아랫사람들이 다들 걱정하십니다."

이광좌가 여러 번 권하자 순화궁주가 마지못해 자리에서 일어났다.

"내 마땅히 이곳을 지키는 게 도리이나, 늙은 몸이 곤비하여 밤 내내 앉아 있기가 어렵소. 잠깐 안으로 들어가 쉴 터이니, 스님들도 교대로 쉬어 가면서 하도록 하시오. 내 조카를 시켜서 이 사당 앞에 있는 별당에 다과를 준비시켜 두겠소."

순화궁주는 두 스님에게 합장을 한 뒤 사당을 나갔다.

> …경원 이씨 지준 부마도위 영가 이 세상 하직하시니
> 어언간에 3년 세월이 지나 보제사 부처님께 법회를 베풀으사
> 그 공덕이 장하시어 삼천백천 모든 세계 불보살님 강림하사
> 금일 제자 무량성신 선사공양 받읍시고 부억년간 극락세계
> 광풍년대로 모셔갈 제 저한백백 오방오제 가려보자
> 동방에는 청련이요 남방에는 홍련이요 서방세계 백련이요

북방세계는 흑련이요 중앙세계 황련인데….

밤이 깊고, 두 스님도 지칠 만큼 지쳤을 즈음이었다.

"스님, 별당에 다과를 준비해 두었습니다. 밤을 새워가며 수고를 하셔야 할 텐데, 교대로 잠깐 휴식을 취하시지요. 차가 식습니다."

사당을 들락거리던 이광좌가 두 스님에게 말했다.

"자운 스님이 먼저 좀 쉬세요."

"그럴까요?"

자운이 자리에서 일어났다.

"자네는 여기서 자효 스님을 모시고 있게! 내 자운 스님께 차를 좀 대접하고 올 테니까."

이광좌가 조공승에게 그렇게 말하고, 자운을 별당으로 안내했다.

"송나라에서 가져 온 차입니다."

이광좌가 찻잔에 차를 따르며 말했다.

"고맙습니다."

자운이 찻잔을 들어 한 모금 넘겼는데, 맛이 여느 차보다 강하고 색달랐다.

"송나라 차는 여러 가지가 있는데, 일반적으로 향과 맛이 우리 차보다 강한 편입니다. 이 차는 처음 마실 때는 약간 떫은 맛이 있지만, 마시고 한참 지나면 마치 열반에 드는 듯 정신이 쇄락해집니다. 아주 독특한 차이지요."

"공자께서도 함께 드시지요."

"저는 이미 여러 번 마셨습니다. …외람된 말씀이나 스님같이 고운 분이 어찌 출가를 하게 되셨는지 궁금합니다. 특별한 사연이라도 있으신지요?"

"비구니한테 곱다니 …불제자로서 듣기 민망한 말씀이옵니다."

"저는 본래 성정이 솔직해서 본 대로 느낀 대로 말씀드렸을 뿐입니다. 정말 스님처럼 고운 분은 생전 처음 뵈었습니다. 결례를 했다면 용서해 주십시오."

펄럭 촛불이 흔들리며 자운의 얼굴에 살짝 그림자가 어렸다.

"어찌 스님 같은 분이 출가를 하시게 되었는지, 부처님이 원망스럽습니다."

"…그게, 무슨 말씀이신지요?"

"부처님이 아니었더라면 스님이 출가를 하셨겠습니까? 스님이 출가를 하지 않았더라면 저 같은 놈도 스님을 은애할 수 있었을 것 아니겠습니까?"

"아무리 농으로 하시는 말씀이라도 듣기에 민망하옵니다. 차 잘 마셨습니다."

자운이 자리에서 일어나려 하는데, 몸을 가누기가 어려웠다. 그녀는 깜빡 의식을 잃었다. 광좌는 거칠게 자운스님을 덮쳤다. 그 바람에 펄럭 촛불이 꺼졌다.

전(前) 개성부 판관 민의수의 부인 박씨는 이름이 정효로서 밀직사(密直司) 부승지(副承旨)를 지낸 박광보의 딸이었다. 정효는 어렸을 적부터 그 용모가 빼어났다. 처녀티가 나기 시작하면서부터 그녀가 거리로 나가면 사람들은 모두 그녀의 얼굴에서 눈을 떼지 못했다. 정효를 본 많은 귀공자들이 그녀 때문에 가슴앓이를 했고, 그녀의 오빠 친구나 마을의 젊은이 들은 이런저런 핑계를 대고 박광보의 집을 드나들며 정효의 마음을 사로잡기 위해 갖은 애를 썼다. 그러나 그녀는 그런 젊은이들 중 누구에게도 마음을 주지 않았다. 혼기가 되자 그녀의 가문에 비해 조금도 손색이 없는 집안에서 혼담이 줄을 이었으나 정효는 그 모든 혼담을 거절했다.

그 중에 중서령(中書令) 김재명의 아들인 김훈세는 그녀의 마음을 얻기 위해 애처로울 정도로 온갖 노력을 다 기울였다. 그는 자기의 노력으로 그녀의 마음을 움직이지 못하자 부모와 가문의 힘까지 동원했으나, 정효는 끄떡도 하지 않았다. 대대로 정1품 벼슬을 역임하고 있는 명문가의 자제로서 누가 봐도 부족함이 없는 김훈세가 박광보의 딸에게 반해서 문턱이 닳도록 박광보의 집을 드나든다는 소문이 널리 퍼졌고, 그로 인해 정효의 이름이 사람들의 입에 널리 오르내렸다.

정효가 그처럼 뭇 청년들의 구애와 유혹에 흔들리지 않고 혼담을 거절한 것은, 실은 그녀의 마음속에 일찍부터 한 젊은이가 있었기 때문이었는데, 그가 바로 민의수였다.

민의수는 정효의 이웃집에 살고 있는 가난한 과부의 외아들이었으나, 풍모가 준수하고 성품이 근실했을 뿐만 아니라 드물게 총명했다. 본래 그의 집안은 제법 이름 있는 양반 가문이었으나 누대에 걸쳐 벼슬을 하지 못한 데다가 그의 아버지가 일찍 세상을 뜬 뒤로 살림이 더욱 어려워졌다. 그러나 그의 어머니는 의수가 어렸을 때부터 아들에게 글공부를 시켰고, 의수의 학문은 일취월장하여 그 스승들을 놀라게 했다.

정효가 의수에게 마음을 빼앗긴 것은 그가 여느 젊은이들과는 판이하게 달랐기 때문이었다. 다른 젊은이들은 그녀를 보면 으레 그녀의 환심을 사기 위해 갖은 노력을 다하며, 그녀의 얼굴을 한 번이라도 더 보기 위해 사족을 못 썼다. 그런데 의수는 그녀에게 전혀 관심이 없었다. 어쩌다가 길이나 골목에서 마주쳐도 그녀에게 눈길 한 번 주지 않았다. 처음에는 일부러 관심이 없는 척하는 게 아닌가 하는 생각도 들었으나, 그게 아니었다.

흥! 내놓을 것도 없는 주제에 도도하긴!

정효는 의수를 무시해 버리려 했으나, 그게 마음대로 되지 않았다. 그의 반듯한 이목구비가 시도 때도 없이 눈앞에 어른거리며 그의 생각이 마음에서 떠나지 않았다. 혹 그의 모습을 볼 수 있지 않을까 해서 자기도 모르게 마당으로 나가 서성거리기도 했다. 밤 깊은 시간에 담 너머로 그의 방에서 배어나는 불빛을 바라보며, 그의 글 읽는 소리에 귀를 기울이기도 했다. 낭랑하고도 힘찬 그의 목소리가 그렇게 듣기 좋을 수가 없었다. 그러다가 정효는 그런 스스로를 발견하고는 깜짝 놀라곤 했다. 내가 왜 이러나? 삼한갑족(三韓甲族) 가문의 귀공자들이 줄을 섰는데, 저런 가난하고 한미한 집안의 젊은이를, 더구나 자기에겐 관심도 없는 젊은이를 마음에 두다니!

정효는 마음속에서 의수를 지워 버리려 했다. 그러나 그러면 그럴수록 오히려 점점 더 그녀의 마음속에서 그의 모습이 뚜렷해지면서, 그를 생각하고 그리워하는 마음이 깊어져 갔다.

그러던 어느 날이었다. 그날도 정효는 밤이 깊도록 잠을 이루지 못하고 수를 놓다가, 방문을 열고 밖으로 나갔다. 마당에는 달빛이 교교하고, 사위는 깊은 고요에 잠겨 있었다. 그녀는 무엇에 끌린 듯 의수의 방이 보이는 옆뜰의 담장으로 다가갔다. 여느 때와 같이 의수의 방에서 글 읽는 소리가 흘러나오고 있었다. 그녀는 그의 목소리를 듣다가, 담 옆에 놓여 있는 통나무 위로 올라서서 그의 방을 들여다보았다. 보오얀 불빛이 배어나는 장짓문에 민의수의 그림자가 어려 있는데, 그 모습이 그렇게 따뜻하고 다감하게 보일 수가 없었다. 그녀는 넋을 잃고 한참 동안 그의 그림자를 바라보았다.

그런데 갑자기 문이 열리며 의수가 마루로 나왔다. 앗! 그녀는 너무 뜻밖의 일에 놀라 몸의 균형을 잃고 뒤로 넘어졌다. 넘어지면서 뒷머리를 땅바닥에 부딪힌 정효는 그 순간 까무룩하게 정신을 잃었다.

"아니, 도련님! …."

잠시 후에 의식을 돌이킨 정효는 더욱 놀라 제정신이 아니었다. 의수가 담을 넘어와서 그녀를 안아 일으키고 있었던 것이다.

"아가씨, 괜찮습니까? 정신이 나십니까?"

"……!

"이 밤중에 어쩌다가…?"

“…….”

정효는 아무 것도 모르는 숙맥 같은 의수가 야속하고 원망스러워서 불쑥 눈물이 솟구쳤다.

“아가씨! …많이 아프십니까?”

정효의 눈물을 보고 의수가 당황해서 물었다.

“…이게 모두 도련님 때문이예요.”

정효가 의수를 똑바로 응시하면서 말했다.

“…아가씨!”

“도련님은 이런 저를 천박한 계집이라고 멸시하시겠지요?”

섟김에 마음속에 있는 말을 토해내는 그녀의 목소리에서 울음이 묻어났다.

“…아가씨를 멸시하다니요? 어찌 제가 감히 아가씨를…. 저는 아가씨같이 아름다운 분은 아직껏 본 적이 없습니다.”

의수가 크게 당황해서 말했다.

그때였다.

“이게 무슨…!”

두 사람의 등 뒤에서 사나운 사내의 목소리가 울려 왔다. 정효와 의수는 너무 놀라 돌처럼 굳어 버렸다.

“…이런, …이런 고얀 것들이…!”

박광보가 가까이 다가오더니, 딸의 얼굴을 알아보고서 분노 때문에 말을 맺지 못했다. 그는 사랑채에서 서책을 보다가, 바람을 쐬려고 밖에 나와 집 안을 둘러보던 중이었다.

“…네놈이 어떤 놈이냐?! 한밤중에 내 집에 들어와 내 딸을 농락하다니! 내 당장 네놈을 요절내리라!”

“대감, 그것이 아니오라….”

의수가 어쩔 줄 모르고 황급하게 말하자

“아니?! 네놈은 옆집 의수란 놈이 아니냐?”

박광보가 소리쳤다.

그때 정효가 침착하게 말했다.

"아버님, 도련님은 아무 잘못도 없습니다."

"뭐라구?! 이런 못된 것 같으니라구!"

"아버님, 우선 안으로 들어가셔요! 제가 모든 것을 다 말씀드리겠어요."

박광보는 끓어오르는 분노를 억누르며 그의 방으로 들어갔다. 정효는 의수를 보내고 나서, 사랑으로 나아가 박광보 앞에 무릎을 꿇었다.

"아버님, 민의수 도련님은 아무 잘못도 없습니다."

정효가 차분하게 가라앉은 목소리로 말했다.

"이런 괘씸한 것! 내 눈으로 직접 목격한 것이 있는데, 아무 잘못도 없다는 게 말이 되느냐?"

박광보가 사납게 고함을 질렀다.

그러나 정효는 침착하게 자초지종을 말했다.

"…그럼 네가 매일 밤 …저놈이 글 읽는 걸 들으러 갔단 말이냐?"

딸의 말을 듣고 난 박광보가 믿어지지 않는다는 듯 물었다.

"…아버님, 저는 오래 전부터 도련님을 은애해 왔습니다."

"뭐라구?! 이런 당돌한 것이…!"

"…아버님 죄송합니다. …그간 제가 여러 곳에서 들어온 혼담을 거절한 것은 제 마음 속에 도련님이 있었기 때문입니다. …저는 도련님이 아니면 어느 누구와도 혼인하지 않겠습니다. 만약 도련님이 저를 부족하게 여겨서 받아 주지 않으신다면, 출가해서 비구니가 되겠어요!"

정효는 내친 김에 제 속마음을 모두 털어놓았다.

"…이런! …이런 당돌한 것이 있나?!"

박광보는 어처구니가 없어서 할 말을 잃었다.

며칠 후 박광보는 청혼을 하기 위해 민의수의 집에 사람을 보냈고,

혼담은 일사천리로 진행되어, 정효는 두어 달 후에 의수와 혼인을 했다. 그리고 정효가 시집을 간 지 1년이 채 안 되어서 의수는 과거에 급제해서 관직에 나아가고, 3년만에 한림원 학사가 되었다.

정효와 의수는 서로를 끔찍하게 아끼고 사랑했다. 주변 사람들이 모두 부러워하다 못해 흉을 볼 정도로 금슬이 좋았다. 그런데 뜻밖에 아기가 생기지 않았다.

"금슬이 너무 좋아도 아기가 안 생긴다는 말이 있잖아! 삼신할미가 질투가 나서 아기를 점지해 주지 않는다나?"

"신랑과 각시가 너무 사이가 좋으면 귀신이 시샘을 해서 안 좋은 일이 있다던데?"

두어 해가 지나도록 두 사람 사이에 아기가 없자 마을 사람들이 수군거린 말이었다.

그런데 의수가 한림원 학사가 된 지 채 얼마 안 되어서 갑자기 세상을 떴다. 동료 학사의 잔칫집에 가서 잘못 먹은 음식이 동티가 되어 하룻밤 내내 의식을 잃고 불 같은 열에 시달리다가, 말 한마디 못한 채 급사를 했다.

의수가 죽자 정효는 한동안 제정신이 아니었다. 그녀는 온몸의 힘이 모두 빠져나가 버린 듯 몸을 가누지 못하고 넋 나간 사람처럼 멍하니 누워 있었다. 당장 남편을 따라 죽고 싶었으나, 손가락 하나 마음대로 움직일 수가 없었다.

"아씨, 다른 마음 먹어서는 아니 됩니다! 노마님께서도 식음을 폐하시고 다 돌아가시게 되었는데, 아씨까지 이러시면 어찌 합니까? 노마님을 생각해서라도 아씨가 일어나셔야 하지 않겠습니까? 돌아가신 나으리의 마음을 생각해 보십시오. 아씨가 이렇게 누워 계시면 얼마나 마음이 아프시겠습니까?"

정효를 보살피던 행랑어멈의 말에 정효는 억지로 몸을 일으켰다. 다 돌아가시게 된 늙은 시어머니를 보살피기 위함이었다.

스물두 살에 청상(靑孀)이 된 정효는 그러나 여전히 아름다웠다. 젊은 나이에 차마 못 겪을 일을 겪어서 얼굴에 수심이 어렸으나, 그 수심이 오히려 그녀를 더욱 성숙하게 보이도록 했다.

다시 여러 곳에서 그녀에게 혼담이 들어왔다. 아내와 사별하거나 이혼한 사람도 있었고, 숫총각도 있었다. 고관대작이 그녀를 측실로 맞이하기 위해 매파를 보내기도 했다.

"네 나이가 몇인데, 평생을 혼자 지내겠느냐?"

그녀의 친정 어머니도 딸에게 재혼할 것을 은근하게 권했고, 그녀의 시어머니도

"이제 의수의 탈상도 끝났으니, 네가 할 만큼은 했다. 어린애도 없으니 그만 친정으로 돌아가거라. 그리고 적당한 혼처가 나오면 개가하도록 해라."

하고, 말했다.

그러나 정효는 그 모든 권유를 들은 체도 하지 않고, 시어머니를 모시고 굳게 공규(空閨)를 지켰다.

정효는 문이 열리는 듯한 심상찮은 소리에 얼핏 잠이 깼다. 눈을 뜨자 두억시니 같은 시커먼 그림자가 방 안으로 들어오는 게 보였다. 정치후와 최한철이었다.

"…누, …누구요?"

두려움에 질려 그녀의 목소리가 심하게 떨렸다.

"살고 싶으면 꼼짝 마랏!"

최한철이 정효의 목에 섬뜩한 것을 들이대며 목소리를 낮춰 을러댔다. 칼이었다.

"…왜 …왜, 이러시오?"

"찍소리 말고 죽은 듯이 누워 있어! 소리를 지르면 단칼에 목을 벨 테니!"

최한철이 으름장을 놓았다.

"뭐해?!"

최한철의 말에 정치후가 정효에게 달려들었다. 그는 그녀의 속적삼과 속치마를 사정없이 찢어 버린 다음 난폭하게 그녀를 덮쳤다.

"…이 짐승만도 못한 놈들! …이게 무슨 짓이냐!"

공포와 경악으로 숨이 넘어갈 지경이 된 정효가 있는 힘을 다해 정치후를 밀쳐냈다.

"소리를 내면 죽인다고 했지?!"

최한철이 낮은 목소리로 다시 정효를 윽박질렀다.

금방이라도 몸을 빼앗길 것 같은 위기감에 정효는 혼신의 힘을 다해 주먹으로 정치후의 얼굴을 후려쳤다.

"어이쿠! 내 눈! …이 계집년이!"

정치후가 주춤하면서 뒤로 물러났다. 눈을 사정없이 얻어맞아 순간적으로 정신이 어찔했다. 순간 정효가 다시 최한철의 칼 든 팔을 밀치며 벌떡 몸을 일으켰다.

"이년! 죽고 싶어서 환장했어? 고분고분하지 않으면 정말 찔러 버릴 거야!"

최한철이 다급한 목소리로 으름장을 놓았다. 그러나 정효는 최한철의 얼굴을 세차게 할퀴면서 그를 밀치고 방 밖으로 몸을 빼치려 했다. 그 순간 정치후가 그녀를 부등켜안고 다시 방바닥으로 뒹굴었다.

"이 짐승만도 못한 놈들, 이게 대체 무슨 짓이냐?"

정효가 사납게 울부짖자 정치후가

"이년, 성깔 한번 더럽군! 계집년이 나긋나긋 순종하는 맛이 있어야지!"

하고, 우왁스럽게 정효의 몸을 깔고 앉아, 그녀를 덮쳤다.

그때였다.

"아가! 무슨 일이 있느냐?"

하는 소리가 문 밖에서 들려왔다. 정효의 시어머니였다.

"…어머님!"

"찍소리도 내지 마랏!"

정치후가 손으로 정효의 입을 틀어막으며 윽박질렀다.

"…얘야, 무슨 일이냐? 어디 아프냐?"

"사… 람… 살려!… 읍!"

정효가 정치후를 밀치며 소리를 지르려 하자 최한철이 당황해서 엉겁결에 칼로 그녀의 가슴을 힘껏 찔렀다.

"…이런?! 이게 무슨 짓이야?!"

정치후가 당황해서 어쩔 줄 몰라 외치자,

"제길! …다 글렀다! 빨리 튀자!"

최한철이 다급하게 말했다.

두 사람이 허둥지둥 정효의 방을 뛰어나와 마당으로 내려서는데,

"이놈들, 네놈들은 누구냐?"

하고, 작은 체수의 노파가 작대기를 휘두르며 두 사람에게 덤벼들었다.

"…이 늙은이가?!"

정치후가 노파를 향해 세차게 발길질을 하자 노파가 억! 하는 짤막한 비명을 지르며 마당에 털썩 주저앉았다.

"이게 무슨 짓이냐? 이 천벌을 받을 놈들!"

"이 늙은 것이 어디서 소리를 질러?!"

정치후가 노파에게 달려들어 무지막지하게 목을 졸랐댔다. 노파는 손발을 허우적거리다가 금방 사지를 늘어뜨렸다.

"이거, 오늘 재수 옴 붙었다!"

"빨리 튀자!"

정치후와 최한철은 꽁지에 불이 붙은 듯 후다닥 집을 빠져나와, 허겁지겁 골목의 어둠 속으로 스며들었다.

동부(東部)에는 제민천이라는 시내가 있는데, 큰물이 질 때 시냇물이 넘치지 않도록 냇가 양쪽에 높고 긴 둑을 쌓아 놓았다. 이 둑 위에 아름드리 수양버들이 줄지어 서 있는 까닭에 사람들은 이 둑을 양제(楊堤)라 불렀고, 양제 때문에 이곳의 행정 구역 명칭이 양제방(楊堤坊)이 되었다.

양제의 수양버들이 살랑거리는 바람에 실 같은 가지를 하늘하늘 흔들어대고 있는 5월 어느 날이었다.

양제방(楊堤坊)에 있는 좌우위(左右衛)의 낭장(郎將) 이보함의 집 앞에 조공승이 나타나,

"이리 오너라! 이리 오너라!"

하고, 사람을 불렀다.

대문을 열고 나온 하녀가 화사한 대국 비단옷을 입은, 이목구비가 번듯한 귀공자를 보고 놀란 얼굴로 물었다.

"누굴 찾으십니까요?"

"이 집이 이보함 낭장댁이 맞느냐?"

"집은 맞사오나, 나으리께선 아니 계십니다요."

"이 낭장이 서북면에 나가 있다는 건 알고 있다. 내가 지금 그곳에서 왔다! 아씨께서는 계시겠지?"

조공승이 입가에 미소를 띠고 물었다.

"…계시긴 합니다만, …송구하오나 무슨 일로…? 집안에 바깥어른이 안 계셔서…."

하녀가 의아스러운 얼굴로 물었다.

"내 긴한 일로 아씨를 좀 뵈어야겠다."

"…그러시다면 아씨께 여쭈어 보고 오겠습니다요."

하녀가 고개를 숙여 보이고는, 안으로 들어갔다. 그리고 잠시 후에 다시 나와서 조공승을 사랑채로 안내했다. 얼마 지나지 않아서 이보함의 부인이 하녀에게 다과상을 들린 채 사랑채로 나왔는데, 활짝 핀

모란처럼 화사한 용모였다. 과연 헛소문이 아니었구나! 조공승은 그녀의 얼굴에서 눈을 떼지 못한 채 자리에서 일어나, 고개를 숙이며 말했다.

“저는 조공승이라 하오이다. 지금 정당문학으로 계시는 분이 제 부친이 되십니다.”

“그럼 전(前) 문하시중 조탁준 대감의 손자시군요! …귀하고 귀하신 분께서 어찌 이 누추한 곳을 찾으셨습니까?”

이보함의 부인이 놀라서 말했다.

“이번에 서북면으로 유람을 나갔다가, 이보함 낭장을 사귀게 되었는데, 여러 가지로 큰 도움과 환대를 받았소이다. 이 낭장께서 부인께 안부를 전해 달라고 해서, 이렇게 찾아뵙게 되었소이다.”

“…그러셨습니까?”

“이 낭장은 잘 지내고 계시더군요. 원래 그곳이 색향으로 유명한 곳 아닙니까?”

“…그게 무슨 말씀이신지요?”

“하하하하! 영웅호색이라는 말이 있지 않소이까? 젊고 아름다운 기생들이 주위에 득시글거리는데 호방하기 짝이 없는 이 낭장께서 독수공방하실 리는 없지 않겠소이까? 하하하하!”

조공승의 말에 부인의 얼굴이 붉게 달아올랐다.

“제 농담이 좀 지나쳤던 것 같군요. 사실은 이보함 낭장의 호의에 감사드리는 뜻에서 부인께 조그만 선물을 가져왔소이다.”

조공승이 가져온 비단 보자기를 부인 앞에 내놓았다.

“…이것이 무엇입니까?”

“열어 보십시오.”

부인이 보따리를 풀자 금은과 칠보, 산호(珊瑚)와 대모(玳瑁)로 정교하게 세공한 진귀한 노리개 몇 개와 번쩍번쩍 빛나는 비단이 들어 있었다.

“모두 바다 건너 송나라와 머나먼 대식국에서 들여온 것들입니다.”

조공승이 부인의 얼굴을 바라보며 말했다.

“…어찌 이렇게 귀한 것을 가져 오셨습니까? …제가 이런 진귀한 것을 받을 까닭이 없습니다.”

부인의 눈동자가 놀라움으로 크게 열리고 목소리가 떨렸다.

“사양하실 것 없소이다. 제가 이 낭장에게 폐를 끼친 것이 적지 않았으니, 부담 갖지 마시고 받아 주십시오.”

“…그래도 이런 귀한 것을 어찌….”

“자랑이 아니라 사실 이런 물건은 우리 집에 매우 많소이다. 조금도 어렵게 생각하지 마시고 받아 주십시오. 하하하! 실은 이 물건들이 오늘에야 비로소 제 임자를 만났다는 생각이 듭니다!”

“…무슨 말씀이신지…?”

“아까 부인을 처음 뵈었을 때부터 그런 생각을 했소이다. 부인처럼 아름다운 분이야말로 이런 패물에 어울리고, 이런 비단옷을 입을 자격이 있는 분 아니겠소이까? 하하하하!”

조공승이 너털웃음을 웃었다.

“과찬의 말씀이십니다!”

부인이 얼굴을 바알갛게 물들이며 눈가에 교태를 지었다.

“아니오! 부인같이 놀라운 미인은 이제껏 본 적이 없소이다! 세간에 부인이 미인이라는 소문이 자자하더니, 그 소문이 거짓이 아니라는 걸 알았소이다. 정말 눈부시게 아름다운 분이구료! 그런 뜻에서 부인께 고맙고, 부인을 만나게 된 오늘이 나에겐 매우 축복받은 날이오! 이제 이만 물러가겠소이다.”

조공승이 자리에서 일어나며 말했다.

“차라도 한 잔 하시고 가셔야지요!”

“차는 다음에 대접받겠습니다.”

조공승이 돌아간 뒤 이보함의 부인은 한참 동안이나 넋을 잃고 패물과 비단을 만져보고 쓸어보았다. 값비싼 비단옷을 입고 진귀한 패물을 찬 귀부인들을 볼 때마다 그게 얼마나 부러웠던가. 그런데 그런 귀한 물건을 선물로 받다니! 그것도 지체 높고 준수하기 짝이 없는 귀공자에게서!

다음날 오후에 조공승이 또 이보함의 집을 찾아왔다. 부인은 반색을 하고 그를 사랑방으로 맞아들였다.

"어제 깜빡 잊고 전하지 못한 말씀이 있어서 다시 왔소이다."

"…무슨 말씀을…?"

"…이 낭장이 진중(陣中)의 일이 여의치 못해서 내년까지는 개경으로 돌아오지 못하게 되었다는 말씀을 전해 달라는 부탁이 있었소이다. …부인께서 많이 외로우시겠소이다."

"……."

"…부인께서 정히 혼자 지내시기 어려우시면 이보함 낭장을 금방이라도 이곳으로 전출시킬 수 있소이다. 제 조부님께 부탁드리면 그만한 일쯤이야 말 한마디로 해결할 수 있지요!"

조공승이 그녀의 얼굴을 찬찬히 살피며 말했다.

"…말씀만이라도 고맙습니다."

"저는 말만 번지르르하게 앞세우는 놈이 아닙니다. …잘 생각해 보시고, 그럴 의향이 있으시면 저에게 말씀해 주십시오. 그럼 이만 가보겠소이다!"

조공승은 자리에서 일어나다가,

"아 참, 그리고 이걸 받으십시오. 내 이 낭장에게 입은 은혜가 적지 않은데, 빈손으로 오기가 민망해서 들고 왔소이다."

하고는, 옷소매에서 휘황한 빛을 발하는 금팔찌를 꺼내서, 그녀에게 내밀었다.

"…이걸 어찌 저에게…?!"

부인의 눈동자에 놀람과 기쁨, 주저하는 빛이 착잡하게 얽혀 스쳤다.

“어제 물건마다 어울리는 주인이 있다고 하지 않았소이까? 이 팔찌에 어울리는 사람은 부인밖에 없을 것이외다. 자, 한번 차보시오!”

부인이 어찌해야 좋을지 망설이는데,

“부인의 손과 같이 예쁘고 앙증맞은 섬섬옥수는 처음 보았소이다! 이 아름다운 팔찌를 그 팔에 차면 얼마나 아름답겠소이까?”

하며 조공승이 그녀의 손을 붙잡았다. 깜짝 놀란 부인이 손을 빼려 했으나, 조공승은 그녀의 손목을 놓지 않고서 기어이 팔찌를 채워 주고는,

“보십시오! 물건마다 주인이 따로 있는 법 아니겠소이까? 하하하하! 그럼 이만 가보겠소이다!”

하고, 일어나 사랑방을 나갔다.

이보함의 부인은 이름이 화영으로서 금오위 장군 양준기의 딸이었다. 어렸을 적부터 이목구비가 그린 듯이 선명하고 얼굴에 뽀얀 도화색이 돌았다. 처녀가 되자 그 자태가 눈부시게 화사하고 요염해졌을 뿐만 아니라, 가슴과 둔부의 육덕이 말할 수 없이 풍비해져서, 뭇 남자들의 마음을 흔들어 놓았다. 높은 절벽의 소나무는 거센 바람에 시달리기 마련이고, 향기 진한 꽃에는 벌과 나비가 많이 꼬이는 법인지라 화영의 주변에는 그녀를 넘성거리는 젊은이들이 많았다. 그녀의 부친이 경군의 장군이었기 때문에 젊은 하급 장교들이 그녀의 집에 많이 드나들었는데, 화영의 자태를 본 장교들은 하나같이 그 아름다움에 미혹해서 넋을 잃었다. 마을의 젊은이들도 그녀의 미모에 눈독을 들였고, 그녀가 나들이를 할 때마다 그녀의 모습을 본 한량들 또한 그녀의 뒤를 밟곤 했다.

화영이 열여섯 살 때였다.

화영의 이웃 마을에 최천길이라는 젊은이가 있었는데, 가난한 집안

의 자식이었지만 얼굴이 희고 이목구비가 준수했다. 어느 날 나들이를 나간 화영은 우연하게 천길과 얼굴이 마주치게 되었는데, 그 순간 두 사람은 서로의 얼굴에서 눈을 떼지 못했다. 화영은 한참 동안 넋을 잃고 천길을 바라보다가, 부끄러움으로 얼굴을 붉히며 돌아섰다. 그러나 웬일인지 다리가 제대로 떨어지지 않고, 발걸음이 구름이라도 딛고 있는 듯이 허둥거려졌다. 한참 걸음을 옮기다가 무언가가 강력하게 잡아당기는 듯한 느낌에 뒤를 돌아보니, 아까 그 젊은이가 그녀를 따라오고 있는 게 아닌가! 그가 자기를 뒤따라왔다는 것을 깨달은 순간 가슴 속에서 걷잡기 어려운 환희가 용솟음쳐 올랐다. 그녀는 무엇에 홀린 듯 사람들의 눈에 띄지 않는 마을 밖 작은 동산으로 올라갔고, 천길이 멀찍이서 그녀의 뒤를 따랐다. 화영은 소나무 밑 바위에 걸터앉아 그가 오기를 기다렸다. 이윽고 천길이 조심스럽게 그녀에게 다가왔다.

"왜 저를 따라오시나요?"

화영이 묻자

"저도 모르게 그만…."

천길이 얼굴을 붉히며 말했다.

그날 두 사람은 소나무 옆 풀밭에서 한몸이 되었다. 그 후로 두 사람은 밤이 되면 사람들의 눈을 피해 동산에서 수시로 만났다. 만나기만 하면 두 사람은 입을 맞추고 상대방의 몸을 어루만지다가, 격렬한 욕망으로 치열하게 야합을 하곤 했다.

> **얼음 위에 댓잎으로 자리 보아 임과 내가 얼어죽을망정**
> **얼음 위에 댓잎으로 자리 보아 임과 내가 얼어죽을망정**
> **정든 이 밤 더디 새오시라 더디 새오시라.**

화영의 어머니가 딸이 수상쩍다는 것을 눈치챈 것은 두어 달 후였다. 어렸을 때부터 딸이 한 마을에 사는 같은 또래인 초롱이네 집에 가끔씩 밤마실을 갔기 때문에 그녀의 집에서는 화영이 밤에 집을 비워도 이상하게 생각하지 않았다. 그런데 어느 날 저녁 초롱이가 화영의 집으로 화영을 찾아왔다. 화영이 초롱이네를 갔는데, 초롱이가 마실을 오다니?!

며칠 후 어머니는 화영이가 또 마실을 가자 살그머니 그녀의 뒤를 밟았고, 딸이 천길과 만나 야합하는 현장을 목격했다.

그녀는 남편 양준기에게 그 일을 알렸고, 크게 노한 양준기는 검을 가지고 천길의 집을 찾아갔다. 그는 두려움에 어쩔 줄 모르는 천길의 부모와 천길 앞에 시퍼렇게 날이 선 검을 들이대고서, 앞으로 한 번만 더 자기 딸을 만나면, 그날로 쥐도 새도 모르게 천길을 죽여 없애고, 그의 부모와 집안까지 구몰시켜 버리겠다고 으름장을 놓았다. 그는 딸이 집 밖으로 나가지 못하도록 금족령을 내리고, 엄하게 감시했다.

화영은 그 후로 천길을 다시 만나지 못했다. 그러나 그가 그녀의 몸을 어루만질 때 온몸이 둥둥 떠가는 듯하던 그 짜릿한 느낌과, 그와 한 몸이 될 때마다 자지러지는 듯하던 몽환적인 쾌감을 결코 잊을 수가 없었다.

그 때문에 화영은 그 후로 여러 명의 젊은이들과 관계를 갖게 되었다. 그녀는 남자들이 접근해 올 때마다 거부할 수가 없었다.

딸이 타고난 정염을 억제하지 못해 여러 남자들과 관계를 맺고 있다는 것을 안 양준기는 서둘러 그의 부하 장교인 이보함에게 딸을 출가시켰다. 그의 집을 드나드는 장교 중에서 이보함이 이미 화영과 깊은 관계에 있었을 뿐 아니라, 출세를 하려는 야심이 남달리 컸고, 장교로서의 기량 또한 다른 젊은이들보다 뛰어났기 때문이었다.

이보함에게 시집을 간 화영은 이보함이 시키는 대로 남편의 윗사람 집을 드나들었다. 남자가 출세를 하려면 자기 능력이 있어야 함은 말할 것도 없거니와, 아내의 내조가 절대적으로 필요하다는 게 이보함의 생각이었다. 이보함은 윗사람의 집에 생일이나 잔치, 명절 등이 있을 때마다 두터운 부조를 함은 물론, 화영을 그 집으로 보내서 일손을 거들게 했다.

그런데 이보함의 윗사람 중에 화영의 미모에 깊이 침혹(沈惑)해서 그녀에게 손길을 뻗치는 자들이 한둘이 아니었다. 그들은 이보함을 잘 봐 주겠다면서 갖은 감언이설과 선물로 화영을 유혹했고, 화영은 그 손길을 물리치지 못하고 그들과 관계를 맺곤 했다. 남자와 교합할 때의 그 자지러질 듯한 쾌락도 쾌락이려니와, 그들이 주는 값비싼 선물 또한 거절하기 어려웠다.

화영의 그러한 내조 덕택에 이보함은 그의 동료들 중에서 줄곧 가장 먼저 진급을 해서, 스물여덟의 나이에 벌써 낭장이 되었다.

이틀 후, 저녁 어스름이 내릴 무렵에 또다시 조공승이 이보함의 집을 찾아왔다.

"근처를 지나가다가 잠깐 들렀소이다. 실례가 안 되었는지 모르겠소이다."

"…이렇게 누추한 곳을 잊지 않고 들러 주시니 오히려 고맙습니다."

"그 말씀이 진심이시오? 진심으로 그리 생각하신다면 차나 한 잔 주시겠소이까?"

조공승이 정이 뚝뚝 듣는 얼굴로 말했다.

"…사랑채로 드셔요. 곧 술상을 올리겠습니다."

부인이 한참 후 술상을 가지고 방으로 들어왔다.

"집 안에 술을 드실 분이 안 계셔서, 평소에 준비해 둔 것이 없습니다. 박주 산채밖에 없음을 너그럽게 헤아려 주십시오."

부인이 조공승의 잔에 술을 따르며 말했다.

"그간 여러 곳에서 적잖은 술잔을 받아 보았으나, 오늘밤처럼 아름다운 미인에게 이렇게 황공한 술잔을 받아보긴 처음이외다! 참으로 황홀하오이다!"

조공승은 그렇게 말하면서 은근한 눈으로 부인을 바라보다가, 단숨에 술잔을 비우고는,

"예의가 아닌 줄 알지만 부인께 한 잔 따르겠소이다."

하면서, 그녀에게 술잔을 권했다.

"저는 술을 마실 줄 모릅니다."

부인이 난처한 얼굴로 사양했으나, 그는 부인 앞에 술잔을 놓고 술을 따르며 말했다.

"요즈음 개경에서 귀부인치고 술 못 마시는 사람은 귀부인이 아니다라는 말도 못 들었소이까? 술을 마시고 산에 오르면 산이 더욱 높아 보이고, 바다는 더욱 광활하게 보이지요. 또한 정을 둔 남녀는 서로간에 더욱 정겹고, 더욱 상대방이 준수하고 아리땁게 보입니다. 그래서 자고로 시인이 시를 쓰려면 술을 마셔야 한다고 하지 않던가요? 모든 사물이 더 감동적으로 보이니까요. 부인께서도 오늘밤 술을 한 잔 들어 보십시오. 세상이 훨씬 아름답게 보이실 겝니다! 허허허허! 어서 마시고 저한테도 다시 한 잔 주십시오. 왠지 오늘은 목이 탑니다."

그는 너스레를 떨며 술잔을 들어 부인에게 권했다. 부인이 마지못한 듯 술을 마시고, 다시 그에게 잔을 권했다. 그는 즉시 잔을 비우고, 다시 부인에게 잔을 권했다.

술잔이 몇 번 오간 다음 조공승이 정색을 하고 부인을 바라보며 말했다.

"부인, 엊그제 제가 한 말씀을 생각해 보셨소이까?"

"…무슨 말씀이신지?"

"이보함 낭장을 개경으로 전출시키는 것 말이외다."

"…위태롭고 험한 곳에 나가 있는 지아비를 개경으로 불러올릴 수 있다면야 그보다 좋은 일이 어디 있겠습니까만, …그러나 그게 그리 쉬운 일이겠습니까?"

"아, 제가 조부님께 부탁하면 간단하게 해결될 문제라고 하지 않았소이까! 제 조부님께서 반주(班主)에게 부탁하면, 반주가 어찌 감히 조부님의 명을 거역할 수가 있겠소이까? 하하하하! 그 일은 걱정하지 마십시오! 이제 부인의 뜻을 알았으니, 곧 조부님께 말씀드리겠소이다! 우리 조부님은 제가 부탁하는 것은 거절 못하십니다!"

"이 은혜를 어떻게 갚아야 할지…. 정말 고맙습니다."

술잔이 여러 번 두 사람 사이를 오고간 뒤 조공승은 화영의 손을 덥썩 쥐었다. 그리고 호주머니에서 황금 가락지 한 쌍을 꺼내어 그녀의 손가락에 끼워 주었다.

"이게 뭐예요?"

부인이 당황한 얼굴로 말했다.

"섬섬옥수 부인의 고운 손가락에서 이 황금 가락지가 빛나는 모습을 보고 싶소이다. 부디 내 진심을 거절하지 말아 주시오!"

그는 가락지를 부인의 손가락에 끼워 주고, 무엇에 떠다밀린 듯 그녀를 부둥켜 안고 방바닥에 쓰러졌다.

"…아아, 이러시면, …이러시면 어떻게 해요?"

화영은 몸을 떨면서 그를 끌어안았다. 두 사람은 격렬하게 뒤엉켰다.

"내 그대 같은 여인을 이제 만난 게 후회 되오!"

한 차례 폭풍 같은 시간이 지나자 조공승이 말했다.

"저도 그렇사옵니다! 도련님!"

화영이 조공승의 품을 다시 파고들며 말했다.

두 사람은 지치지도 않고 밤이 새도록 서로의 몸을 집요하게 탐했다.

그날 이후로 조공승은 며칠에 한 번씩 마음 내킬 때마다 어둠이 내리면 이보함의 집을 찾아들어 부인과 함께 밤을 새우고는, 새벽 일찍이 사람들의 눈을 피해 그 집을 빠져나가곤 했다.

3. 의원(醫員) 진일규

궁궐에서 병을 치료하고 의약품을 관리하는 관청이 태의감(太醫監)인데, 태의감에는 종3품의 판사(判事) 밑에 정4품의 감(監)이 있고, 그 밑에 종5품의 소감(少監), 종8품의 박사(博士)와 승(丞), 종9품의 의정(醫正)과 조교, 주금박사, 그리고 그들 벼슬아치 밑에서 일을 하는 역원(役員)으로 의침사, 주약, 약동, 주금사, 주금공 등이 있었다.

태의감의 소감으로 있는 진일규는 진맥을 하여 병을 짚어내는 데 귀신 같고, 시침(施鍼)을 하고 뜸을 뜨는 재주가 비상하였다. 또한 탕약을 조제하는 데도 일가견이 있어서, 태의감의 상하 관원들은 물론 조정의 여러 대신들 사이에도 그 이름이 알려져 있었다. 조정의 내로라하는 대신들은 가족이 병이 나면 진일규를 집으로 불렀고, 진일규를 부를 만한 지위나 권세를 지니지 못한 벼슬아치들은 환자를 그의 집으로 데려가 진맥을 청하곤 했다. 그뿐 아니라 상민 중에서도 그의 집을 찾는 사람이 많아, 중부 성화방에 있는 진일규의 집은 언제나 사람들의 출입이 끊이지 않았다. 환자들이 집으로 찾아오는 일이 잦아지자 진일규는 사랑채 옆에 두 칸의 병사채를 세워, 환자를 진료하고, 약재를 보관하는 방으로 쓰고 있었다.

진일규에겐 열여덟 살 난 수진이라는 딸이 있었는데, 용모가 수려하고 기품이 있었으며, 성품이 명랑하고 친절했다. 수진은 집을 찾아오는 손님들에게 다과상을 들고 가기도 하고, 탕약 심부름을 하는 행랑어멈이 바쁘거나 할 때는 탕약 심부름을 하기도 했는데, 그녀의 모습을 본 사람들은 모두 그 해맑고 기품 있는 자태와 밝고 친절한 태도에 경탄을 금치 못했다. 진일규는 그러한 수진이를 끔찍하게 사랑하고, 또 자랑스럽게 생각했다. 그리하여 진일규의 의술도 놀랍지만 그의 딸 수진의 아리따움 또한 놀랍다는 소문이 차츰 널리 퍼져 나갔다.

그믐날이라 하늘에 달이 없고, 낮게 드리운 우중충한 구름 때문에 별도 보이지 않는 어두운 밤이었다.

갑자기 진일규의 집 대문이 요란하게 흔들리며

"이리 오너라! 이리 오너라!"

하는 다급한 목소리가 들려왔다.

"이리 오너라! 빨리 오너라!"

다시 금방이라도 숨이 넘어갈 듯 화급한 목소리와 사납게 문 두드리는 소리가 대문간을 흔들었다. 행랑아범이 달려가 대문을 열자 화사한 비단옷을 입은 귀공자 두 명이 문 밖에 서 있었다. 두 사람의 몸에서는 농탁한 술냄새가 풍기고, 한 명은 옆 사람에게 몸을 의지한 채 의식이 없는 것처럼 흐늘거렸다.

"이 밤중에 뉘시오?"

행랑아범이 머리를 조아리며 물었다.

"이 분은 문하시랑 평장사 이자철 대감의 자제이고, 나는 밀직사사로 계시는 조민휴 대감의 아들일세. 이 분이 갑자기 심한 복통을 일으켜서 모시고 왔소. 진일규 소감의 진맥을 받고 싶은데, 나으리께 통기를 좀 넣어 주겠나?"

귀공자 중의 한 사람이 행랑아범에게 말했다.

"…밤이 깊었는데…."

행랑아범이 난처한 기색으로 말했다.

"병세가 워낙 위급해서 찾아온 게 아닌가? 설마 진 소감께서 문하시랑 대감이나 밀직사사 대감을 모른다고 하지는 않으시겠지? 이렇게 이 대문간에서 꾸물거리고 있다가 이 사람이 덜컥 숨이 넘어가기라도 하면 나중에 뒷갈망을 어찌하려고 이러는 겐가? 빨리 진 소감께 알려 주시게!"

"…그럼 우선 안으로 듭시지요. 나으리께 말씀을 사뢰겠습니다요."

행랑아범은 그의 등등한 기세에 어쩔 수 없이 두 사람을 병사채로 들게 한 다음, 곧바로 진일규에게 알렸다.

행랑아범의 연락을 받은 진일규가 즉시 병사채로 달려왔다. 젊은이 한 명이 진일규에게 머리를 숙여 예를 표하고, 송구스러운 얼굴로 말했다.

"야심한 시각에 이렇게 갑자기 찾아와서 송구하오이다. 나으리께서 태의감에 계시니 문하시랑 이자철 대감과 밀직사사 조민휴 대감을 아시겠지요? 이 분이 바로 이자철 대감의 자제인 이주순이고, 저는 조민휴 대감의 아들 조진경이외다. 기루에서 술을 좀 마셨는데, 갑자기 이 사람이 가슴이 터질 듯이 옥죄이면서, 숨을 쉴 수 없다고 해서…. 경황 중에 진 소감 댁이 생각나서 결례를 무릅쓰고 이렇게 데려왔소이다."

"…결례라니요. …우선 맥부터 보십시다."

진일규는 의식을 잃고 누운 채 괴로운 신음을 토해 내는 환자의 눈을 뒤집어 보고, 이어 손목을 잡고 진맥을 했다.

"…맥이 좀 빨리 뛰는 것 외에 큰 이상은 보이지 않는데…, 가슴이 아프고 호흡이 가쁘다니, 이상하군요."

한참 환자의 용태를 살핀 진일규가 이해할 수 없다는 듯한 얼굴로 말했다.

"이 사람이 평소엔 술을 거의 못 하는데, 오늘 독한 술을 많이 마시더니, 갑자기 안색이 변하면서 통증을 호소했소이다. 심장에 무슨 이상이 있는 게 아닐까요?"

"…글쎄요. 지나치게 과음을 해서 그럴 수도 있으니, 탕제를 처방하겠소이다."

진일규는 행랑아범을 데리고 약제를 보관해 둔 옆방으로 가서, 몇 가지 약제를 골라주며 달이도록 하고는, 다시 두 사람이 있는 방으로 돌아왔다.

"이렇게 폐를 끼쳐서 정말 미안하오이다. 이것을 받아주십시오."

조진경이 주머니에서 활구 한 개를 꺼내어 진일규 앞으로 밀어 놓았다.

"아니, 이것은 활구가 아니오? 이렇게 값진 활구를 받을 수는 없소이다."

"미안함과 고마움의 표시이니, 받아 주십시오."

"이러시면 오히려 제 입장이 난처해집니다. 문하시랑 대감이나 밀직사사 대감의 얼굴을 보더라도 제가 이 활구를 받을 수는 없소이다! 두 분의 마음은 충분히 알겠으니, 그만 다시 넣어 두십시오."

"…이거…, 제 손이 부끄럽지 않소이까?"

"제가 해 드린 것도 없는데, 이런 값비싼 활구를 받을 수는 없소이다."

진일규가 진심으로 사양하자 조진경은 어쩔 수 없다는 듯 활구를 다시 호주머니에 넣었다.

"이 사람도 한결 좋아진 것 같은데…, 이제 탕제를 먹이면 괜찮을 테니, 진 소감께서는 그만 안으로 들어가 쉬십시오. 화급한 일이 있으면 행랑아범을 시켜 연락을 취하도록 하겠소이다."

조진경이 미안한 표정으로 몇 번이나 진일규에게 들어가 쉬길 권하자 진일규가 마지못한 듯

"그럼 예는 아니나 그리하겠소이다. 이 공자의 용태를 보아하니, 너무 걱정하지 않아도 될 것 같으니, 저는 이만…."

하고, 자리에서 일어났다.

잠시 후에 행랑아범이 탕제를 끓여서 들고 왔다. 조진경이 이주순을 부축해 일으킨 다음 탕제를 먹였다.

"우리 때문에 하님이 잠도 못 자고 고생이 많은데…, 이걸 하님께 드리겠네."

탕제를 먹이고 난 조진경이 다시 활구를 꺼내서, 행랑아범에게 주며 말했다.

"…아니, 이런 귀한 것을…저한테 주시다니! …정말입니까요?"

행랑아범이 놀라서 눈을 크게 떴다.

"하하하하! 남아일언중천금인데 장부가 어찌 빈 말을 입에 담겠나? 진 소감에게는 아무 말도 하지 않을 테니, 잘 챙겨 두었다가 긴하게 쓰도록 하시게."

"…이런 고마우실 데가! 과연 지체 높으신 분들이라 마음 씀씀이가 다르시군입쇼!"

행랑아범은 몇 번이나 허리를 굽실거리며 여전히 믿어지지 않는다는 얼굴로 활구를 주머니에 집어넣었다.

"아 참! 이 댁 아가씨의 용모가 대단하다는 소문이 있던데…, 그게 정말인가?"

행랑아범이 활구를 집어넣자 조진경이 우연히 생각났다는 듯 무심하게 물었다.

"우리 수진 아가씨 말씀입니까요? 용모가 놀라울 뿐 아니라 마음씨는 더욱 곱습니다요! 정말 다시없는 아가씨입지요!"

"…그거야, 하님이 권문세가의 정말 아름다운 규수들을 보지 못해서 하는 소리지! 이런 한미한 집안의 처녀가 고우면 얼마나 곱겠나? 공연한 소문일 테지! 하하하하!"

조진경이 일부러 행랑아범의 말을 은근히 폄박하여 말하자 행랑아범이 불쑥 목소리를 높였다.

"아, 아닙니다요! 소인네가 비록 천한 놈이지만, 그러나 두 눈만은 멀지 않았습니다요! 주인 나으리의 분부로 어쩌다가 지체가 하늘 같은 집안에 탕제를 가지고 심부름을 가기도 하고, 그런 집안의 아가씨들도 뵌 적이 있지만 지금까지 소인네가 보아온 처자 중에 우리 아가씨 같은 분은 없었습니다요! 아니, 우리 아가씨의 절반쯤 되는 사람도 본 적이 없습니다요! 나으리께서도 우리 아가씨를 보시면 소인의 말이 거짓이 아니라는 것을 아실 텐데…."

"…정말 그렇게 아름답단 말인가? 아가씨의 거처가 어딘가?"

"지금이 낮이면 우리 아가씨를 직접 보실 수 있었을 텐데…. 아가씨는 안채의 제일 왼쪽방에 거처하시는데, 지금도 아마 주무시지 않고 수를 놓고 계실 겝니다요. 안채의 불이 다 꺼져도 아가씨 방에는 늘 불이 밝혀져 있습지요."

"오늘 수고 많았으이. 이 사람도 이제 많이 회복된 것 같으니, 그만 돌아가서 쉬시게나."

"소인이 없어도 괜찮으시겠습니까요?"

"무슨 일이 있으면 행랑채로 가서 연락을 취할 테니, 가서 쉬도록 하시게."

"…그럼 소인네는 이만 물러가겠습니다요."

행랑아범은 그의 말을 그럴 듯이 여겨 머리를 조아린 뒤 병사채에서 물러났다.

다음 날, 채 날이 밝지 않은 이른 시간에 잠에서 깬 행랑아범은 서둘러 병사채로 두 사람을 보러 갔다. 그런데 뜻밖에도 병사채엔 아무도 없었다. 두 사람이 뒷간에라도 갔나 해서 찾아보았으나, 보이지 않았다. 혹시나 해서 대문간으로 가서 살펴보니, 빗장이 뽑혀져 있고, 대문이 열려져 있었다. 행랑아범은 밤새 아픈 사람이 다 낫자 두 사람이 서둘러 집으로 돌아간 것이라고 생각하며 다시 대문을 닫아걸고 행랑채로 돌아갔다.

진일규의 집이 발칵 뒤집힌 것은 해가 뜨고도 한참이 지난 뒤였다. 그날따라 늘 일찍 일어나던 아가씨의 모습이 보이지 않자 계집종이 그녀의 방엘 들어갔다가 비명을 지르면서 기겁을 해서 뛰쳐나오며 외쳤다.

"나으리, …아가씨가! …아가씨가! …이상해요!"

그녀의 말에 진일규가 수진의 방으로 달려갔고, 딸의 모습을 본 그는 그 자리에서 굳어 버렸다. 수진이 발가벗겨진 몸으로 무슨 말인지 잘 알아듣지 못할 말을 갈라진 목소리로 계속 중얼거리고 있었다.

"…안 돼요. …이러지 마셔요. …안 돼요. …제발."

수진의 윗옷은 찢어진 채 널려 있고, 그녀의 몸은 여기저기 시커멓게 멍이 들어 있었다. 소식을 듣고 사랑채에서 달려온 진일규는 수진이 무슨 일을 당했는지 한눈에 알아보았다. 딸이 누군가에게 강제로 능욕을 당하고, 너무 놀라 넋까지 놓아 버린 게 분명했다. 진일규는 털썩 방바닥에 주저앉았다. 너무 기가 막혀 눈물도 울음도 나오지 않고, 한참 동안 아무런 생각도 할 수가 없었다.

"내 반드시, 반드시 네놈들을 죽이고야 말겠다! 이 짐승만도 못한 놈들!"

진일규는 문득 전날 밤 늦은 시간에 술에 취해서 그의 집을 찾아왔다가 감쪽같이 사라졌던 문하시랑 이자철의 아들 이주순과 밀직사사 조민휴의 아들 조진경의 얼굴을 떠올리며 다짐하고 또 다짐했다. 이 교활한 놈들! 심장이 이상하다던 이주순의 맥박이 뜻밖에도 너무나 정상적이었던 까닭이 이해가 되었다.

"…이러지 마셔요. …안 돼. …제발."

수진은 여전히 제정신이 아닌 채 넋두리를 되풀이하고, 진일규의 부인은 그런 딸을 안고서 미친 사람처럼 끝없이 오열을 터뜨렸다. 평소에 조신하던 그녀는 반미치광이가 되어 진일규에게

"어떤 놈이 우리 집안과 무슨 원수를 졌기에 이런 참혹한 짓을 했단 말이오? 나으리, 혹 누구한테 원한 살 일을 했소? 짐작 가는 데가 없소? 어찌 우리 딸한테 이런 일이 일어났단 말이오? 도대체 어떤 죽일 놈이 이런 짓을 했단 말이오?"

하며 추궁하듯 울부짖기도 했다. 그러나 진일규는 말 한마디 하지 않고 돌부처처럼 앉아 있다가, 마침내 울컥 피를 토하며 방바닥에 쓰러졌다.

"아이쿠머니! 나으리! 왜 이러세요? 괜찮으세요?!"

그가 토한 피를 보고 부인이 새된 목소리로 부르짖으며 그를 안아

일으켰다.

"나는 괜찮소."

진일규는 겨우 들릴 만한 작은 목소리로 신음하듯 말했다.

"이렇게 피를 토했는데, 괜찮다니요?"

"괜찮으니 내 걱정은 말고, 수진이나 돌보시오."

진일규는 억지로 몸을 일으켜 사랑채로 나왔다.

어제까지 화기애애하고 아무 걱정이 없었던 진일규의 집안은 하루 아침에 폐가처럼 변해 버렸다. 진일규는 사랑채에 누워 있고, 그의 부인과 딸은 안채에 누운 채 여러 날을 일어나지 못했다. 세 사람이 자리에 눕자 집안 일을 돌보는 행랑아범과 하녀들도 발소리와 목소리를 죽였다.

진일규는 닷새만에 억지로 자리에서 일어났다. 두 놈을 그대로 두고는 자리에 누워 있을 수도 없었다. 진일규는 채 회복되지도 못한 몸으로 태의감으로 출근했다. 그리고 문하시랑 이자철 대감과 밀직사사 조민휴 대감의 집안을 잘 아는 사람이 누구인가를 은밀하게 수소문했다. 워낙 벌열(閥閱)한 가문들인지라 두 집안을 환하게 아는 사람들이 여럿 있었다. 진일규는 두 대감의 아들에 이주순과 조진경이라는 젊은이가 있다는 것과 두 대감의 집, 그리고 이주순과 조진경이 국자감엘 함께 다니다가 근래에 최현충의 사설 학당으로 옮겨, 과거 준비를 하고 있다는 것 등을 알아냈다.

진일규는 이자철과 조민휴의 집을 미리 알아두기 위해 두 대감의 집이 있는 진안방과 성화방을 찾아갔다. 두 사람의 저택은 임금의 별궁 못지않게 웅장하고 거창해서, 진일규는 새삼 그들의 권세와 부귀가 얼마나 대단한가를 느끼면서 아득한 심정이 되었다. 예상은 했었지만 이주순과 조진경에게 복수를 하기가 쉽지 않으리란 생각이 들었다. 그는 저택 주위를 맴돌면서 저택의 구조와 그 주변을 면밀하게 살피고, 두 대감댁 하인으로부터 두 사람이 그 집에 살고 있다는 걸 확인했다.

며칠 후 밤이 제법 이슥한 시간에 하인 차림을 한 진일규가 이자철 대감의 집을 찾아와, 대문을 두드렸다.

"밖에 뉘시우?"

대문 안에서 굵직한 남자의 목소리가 울려나왔다.

"심부름을 왔습니다요."

진일규가 공손하게 말했다.

"심부름이라니? 이 밤에 무슨 심부름이란 말이우?"

"이 댁 이주순 도련님께 전갈을 가져왔습니다요."

"전갈이라니, 누구의 전갈이우?"

"밀직사사 대감의 자제분이신 조진경 도련님 전갈입니다요. 급한 일이니 빨리 전해 주십시오."

"알았수다! 잠깐 기다리시우!"

발자국 소리가 멀어지더니, 잠시 후에 육중한 대문이 열렸다. 그리고 비단옷을 입은 젊은이 한 명이 하인과 함께 대문 밖으로 나왔다. 진일규는 그의 얼굴을 뚫어지게 바라봤으나, 날이 너무 어두워서 얼굴을 알아보기가 어려웠다.

"이주순 도련님이십니까요?"

"그렇다. 무슨 일이냐?"

"조진경 도련님께서 급히 모셔 오라고 하셨습니다요. 지금 산천루에서 기다리고 계십니다."

산천루는 그곳에서 반 마장쯤의 거리에 있는 유명한 유곽이었다.

"조진경이? …너는 누구냐?"

"예, 저는 산천루에서 심부름을 하는 놈인뎁쇼. 그 도련님께서 지금 산천루에서 혼자 약주를 들고 계십니다요."

"알았다."

이주순이 성큼성큼 걸음을 옮겼다. 진일규가 급히 그의 뒤를 따랐다.

두 사람이 진안방 경계를 막 벗어날 즈음이었다.

"이놈, 이것이 칼이다!"

갑자기 진일규가 이주순의 옆구리에 칼을 들이대면서 낮고 사나운 목소리로 을러댔다.

"…이게, …이게 무슨 짓이냐?"

이주순이 대경하여 온몸이 굳어진 채 말을 제대로 하지 못했다.

"이놈, 조금이라도 허튼 짓을 하면 칼침을 맞을 줄 알아라!"

진일규가 이주순의 팔을 사정없이 비틀어 쥐면서 다시 으름장을 놓았다.

"…대체 왜 이러는 게요?"

이주순이 온몸을 떨며 물었다.

"저 개울가로 내려가자! 옆구리에 맞창 나지 않으려면 순순히 내 말을 따라라!"

진일규가 이주순의 옆구리에 더 바짝 칼을 들이대며 말하자 이주순이 개울가로 내려갔다.

개울가엔 여뀌풀과 갈대가 무성하고, 두어 길 되는 수양버들이 몇 그루 서 있었다. 진일규는 이주순을 사람들의 눈에 잘 띄지 않는 으슥한 곳에 있는 버드나무 밑으로 끌고 갔다. 그는 그곳에 미리 준비해 놓은 밧줄로 이주순의 팔을 버드나무 둥치 뒤로 돌리게 해서 묶고, 다시 그의 목과 다리를 나무에 묶었다.

"이보시오! 대체 왜 이러시는 게요? 영문이나 압시다!"

"이런 가증스러운 놈! 십여 일 전에 네놈과 조진경이란 놈이 내 집에 와서 한 짓을 벌써 잊어 버리진 않았겠지?"

"도대체 무슨 말씀인 모르겠소이다! 나와 진경이가 무슨 짓을 했다고 이러시오?"

"이런 죽일 놈! 오리발을 내밀어?!"

진일규가 부르르 치를 떨며 칼을 치켜들었다.

“잠깐만! 잠깐만! 나는 절대로 그런 적이 없소이다! 뭔가 오해가 있나 본데, 나는 죽어도 그런 적이 없소!”

이주순이 숨이 넘어갈 듯 다급하게 부르짖었다.

진일규는 이주순의 말에 퍼뜩 이상한 생각이 들어서 손길을 멈추고, 그의 얼굴을 찬찬히 뜯어보았다. 그러나 너무 어두워서 얼굴을 확실하게 알아볼 수가 없었다. 그는 주머니에서 부싯돌을 꺼내서 이주순의 얼굴에 대고 쳐댔다. 부시에서 불길이 쏟아지면서 순간적으로 그의 얼굴이 드러났다. 뜻밖에도 그의 집을 찾아왔던 그 이주순이 아니었다. 얼굴 모습이 전혀 딴판이었다. 아뿔사!

“이놈, 네놈은 누구냐? 이주순은 어디 가고 네놈이 나왔느냐?”

진일규는 다시 그의 목에 칼을 들이대고 외쳤다.

“내가 이주순이오! 내가 이주순인데, 도대체 무슨 말인지 모르겠소!”

“…그게 정말이냐?”

진일규는 비로소 그놈들이 자기를 속이려고 엉뚱한 사람의 이름을 댔다는 걸 깨달았다. 그러고 보니 몸이 아프다는 것도 모두 거짓말이었고, 처음부터 수진이를 노리고 온 놈들이 분명했다. 죽일 놈들! 교활하게 남의 이름을 대신 쓰면서 못된 짓을 하다니! 내 네놈들을 결코 용서치 않으리라!

진일규는 이를 악물며 결의를 굳혔다. 그러나 이렇게 치밀한 놈들이라면 찾아내기가 쉽지 않을 것 같은 생각이 들었다.

“내가 사람을 잘못 보았소이다! 정말 송구하게 되었소이다!”

그는 이주순을 풀어주고, 깊이 고개를 숙였다.

진일규의 딸 수진은 끝내 바른 정신을 회복하지 못하고 실성한 사람이 되었다. 딸의 실성한 모습을 본 진일규는 며칠 후 태의감에 사직서를 냈다. 분노가 극에 달한 그는 범인을 찾아내기 위해 아침부터 저녁까지 거리를 쏘다녔다. 그는 엿장수의 모습으로 꾸미고서 국자감과 최현충의 학숙을 오가면서 그곳에서 글공부를 하는 귀공자들의 얼굴을 샅샅이 훑어보았다. 이주순과 조진경의 이름을 아는 놈들이라면 십중팔구 국자감에 다니거나, 아니면 최현충의 학숙에서 공부를 하는 놈들일 것이라는 생각이 들었던 것이다. 그러나 여러 날을 국자감과 최현충의 학숙 앞에서 진을 치고 살펴보아도 그날 밤 보았던 두 놈의 얼굴은 보이지 않았다.

진일규는 다른 학당들을 기웃거리면서 두 놈을 찾아 헤맸다. 그러나 도성 안에 있는 학당들을 샅샅이 훑어봐도 그들의 얼굴은 보이지 않았다. 아무런 성과도 없이 달포쯤이 헛되이 지나가자 진일규는 차츰 지쳐 갔다. 종일 헛수고를 하고 피곤해질 대로 피곤해진 몸으로 귀가할 때면 어쩔 수 없이 절망과 체념이 진일규의 가슴을 음습하게 적시곤 했다. 그러나 집에 와서 수진이를 보면 다시 걷잡을 수 없는 분노가 솟구치면서 결코 이대로 주저앉아 버릴 수는 없다는 결의와 투지가 다시 끓어오르곤 했다.

"내 기필코 너를 이렇게 만든 놈들을 찾아내어 징치하겠다!"

그는 아무 것도 의식하지 못하고 누워 있는 수진이의 손을 잡고서 눈물을 흘리며 다짐하고 또 다짐했다.

학당에서 두 사람을 찾아내지 못한 진일규는 이름난 기루를 찾아가, 그 앞에 엿판을 벌여 놓고서 기루를 드나드는 젊은이들의 얼굴을 살피기 시작했다. 남의 집을 찾아와 태연하게 그런 짓을 하고 사라질 놈들이라면 글공부보다 기방 같은 곳에 틀어박혀 노닥거릴 것 같은 생각이 들었다.

두 놈을 찾아 나선 지 두 달쯤 지난 어느 날 진일규는 광덕방에 있는 수월원을 찾아갔다. 그는 수월원 앞에 엿판을 벌여놓고 있다가, 수월원에서 심부름하는 어린 중노미가 집 밖으로 얼굴을 내밀자 손짓을 해서 불렀다. 그는 중노미에게 엿을 주고 나서, 혼잣말처럼 넌지시 말했다.

“이런 곳은 아무나 드나들 수 없겠구나?”
“그럼요! 임금님을 뫼시는 높은 대감들이나 큰 귀족들이 아니면 이 집 문턱도 밟지 못하지요!”
중노미가 의기양양하게 말했다.
“이런 집을 드나드는 젊은이도 있냐?”
“하하하! 그럼 요즈음 대갓집 젊은 도련님들이 어떻게 노는지 모르세요?”
“…놀다니?! 다들 글공부하느라고 놀 새가 어디 있단 말이냐?”
“글공부요?! 하하하! 이 집에 드나드는 도련님들은 예쁜 기생들에게 활구를 마구 뿌리며 논다구요!”
“뭐라구? …설마 그 귀한 활구를…!”
진일규는 그날 사례를 한다고 활구를 내놓던 젊은이의 모습을 떠올리며 갑자기 가슴이 심하게 뛰었다.
“권세 있는 집안에, 무진장으로 있는 재물이니, 무슨 짓인들 못하겠어요?”
“아무려나 그럴려구?! 귀한 집 도련님들이 공부는 안 하고 기생들한테 그 귀한 활구를 뿌리며 논단 말이냐?”
“골치 아픈 글공부를 뭣 때문에 하겠어요? 글공부 안 해도 대대로 벼슬할 수 있는 길이 얼마든지 있다던데요!”
“…그래? 그런 도련님들이 여럿이냐?”
“여럿이지요! 다들 패거리를 지어 오는데, 오늘은 한 패도 안 왔어요.”
“그럼 언제 오는지 모르느냐?”
“아무 때나 마음 내키면 오지요! 어떨 때는 거의 매일 오다시피하고, 어떨 때는 한참 동안 뜸하기도 하고! 요즈음은 좀 뜸하더라고요. 이제 그만 가 봐야겠네요. 일 시키는 칼자 아저씨가 호랑이라 잠깐만 자리를 비워도 혼쭐나요!”

"그래? 너, 엿 먹고 싶으면 언제든지 오너라! 내 공짜로 줄 테니."
"고마워요!"
중노미는 머리를 꾸벅하고는 안으로 달려들어갔다.

싸구려 싸구려 굵은 엿!
정말 싸구려 파는 엿!
사월 남풍에 꾀꼬리 빛 같고
맛 좋고 색깔 좋고
동지 섣달 설한풍에
백설같이 하얀 엿!
싸구려 싸구려 굵은 엿!
강원도 금강산 일만이천 봉
팔만 구암자
석달 열흘 백일 산제
동삼으로 만들었다.
싸구려 싸구려 굵은 엿!

진일규는 그날부터 수월원 앞에 진을 치고 수월원으로 들어가는 젊은이들의 얼굴을 유심히 지켜보며, 그놈들이 나타나기를 기다렸다. 진일규가 그곳에서 그들을 기다린 지 열이틀째 된 날이었다. 오후 미시(未時)쯤 되었을 때 저만치 한길에 화려한 비단옷을 입은 젊은이 네 명이 왁자지껄하게 떠들면서 수월원 쪽을 향해 다가왔다. 사공자였다. 그들이 진일규의 앞을 지나치는 순간 그는 가슴이 금방 폭발해 버릴 듯이 뛰고, 온몸이 견딜 수 없이 부들부들 떨렸다. 그들 중 두 놈이 바로 그가 그렇게 찾아 헤매던 놈들이었던 것이다.

그는 중노미를 통해 그 둘이 바로 참지정사 최태순의 아들 최한철이라는 놈이고, 나머지 한 놈은 지문하성사 정감하의 아들 정치후라는 것을 알아냈다.

4. 응보(應報)

초저녁부터 휘황한 불빛으로 불야성을 이루던 수월원 전각들이 밤이 깊어 가면서 하나 둘 불이 꺼져 갔다. 이 전각 저 전각에서 흘러나오던 풍악소리와 기생들의 노랫소리, 술 취해서 기고만장하게 웃으며 왁자하게 떠들어대던 사내들의 목소리도 차츰 잦아들었다. 인경이 가까워지면서 파장에 손님 빠져나가듯 사람들이 삼삼오오 돌아갔다. 그러나 외따로 떨어져 있는 망월정에서는 여전히 비파와 가야금, 필률 소리가 유장하게 흘러나오고, 악기 소리에 맞춰 곱고 낭랑한 기생의 노랫소리가 흘러나오고 있었다.

> 비단휘장 반쯤 드리워져 있고, 문도 반쯤 열려 있는데,
> 깜빡거리는 등불은 외롭고, 조각달은 사방을 호젓이 비추네.
> 북두칠성 차츰 기울어 가고, 먼동이 트려 하니,
> 물시계(漏刻)도 새벽을 재촉하누나.
> 임의 손을 잡고 이별주를 권하노니,
> 눈물이 떨어져서 금잔에 방울지네.
> 묻노라 임이여, 오늘밤 떠나시면 어느 때 다시 오나요.

"명창이오!"
"잘한다!"
"좋구나!"

설매가 노래를 마치자 가향과 추국, 동월이 박수를 치며 말했다. 그러나 사공자는 이미 술이 취할 대로 취해서 설매의 노래를 제대로 듣지도 않고, 횡설수설 떠들어대고 있었다.

"어머머, 이런 법이 어디 있어요? 최 공자 나으리, 애써서 노래를 불렀는데 듣지도 않고 다른 말씀을 하시다니! 이제 최 공자 나으리께서 노래를 하실 차례입니다!"

설매가 최한철에게 눈을 예쁘게 흘기면서 투정을 부리듯 말했다.

"음? 벌써 다 불렀나?"

최한철이 얼굴을 돌리며 설매에게 말했다.

"이 술 한 잔 받으시고, 평소에 잘 부르시던 '임강선(臨江仙)'이나 한 곡조 뽑아 보시지요."

설매가 술잔에 술을 가득 따라서 최한철에게 권하며 말했다. 기다렸다는 듯 가향이 비파를, 설매와 추국이 가야금과 필률로 임강선의 전주곡을 탄주했다. 최한철이 호기롭게 술을 들이키고, 노래를 부르기 시작했다.

꿈 속에서 문득 잠을 깨니
작은 정원에 찬바람 점점 쌀쌀해지누나.
창 밖엔 가을 소식 완연한데,
떨어진 나뭇잎들 모진 바람에 휘날리니
내 마음 속까지 흔들리네.
물시계 소리에 방 안은 쓸쓸하고
촛불도 다 타고 새벽도 멀지 않은 듯.
비단이불 원앙베개에 누워
이 밤을 헛되이 보내니
쓸쓸하기 짝이 없네.

웬 일인지 최한철의 노래가 오늘 따라 매우 쓸쓸하고 애절했다. 그 때문에 그의 노래가 끝난 뒤에도 사람들이 숙연한 분위기에 젖어 잠시 말이 없었다.

"나으리의 노래를 듣고 나니, 저 달까지 쓸쓸해 보입니다!"

설매의 말에 사람들이 모두 반 쯤 열린 문 밖 하늘로 시선을 돌렸다. 하늘에는 언월도 같은 조각달이 희읍스름한 빛을 흘리며 창백하게 떠 있었다. 소슬한 바람이 일며 나뭇가지가 스산한 소리를 내며 흔들리고, 망월정 앞 연못의 물이 한쪽으로 쓸렸다.

끼룩! 끼루루룩!

무엇에 놀랐는지 갑자기 커다랗고 시커먼 새가 비수에 찔린 듯 날카로운 울음을 토해내면서 망월정 옆 수양버드나무에서 날아올랐다.

"저게 무슨 새인가?"

정치후가 묻자

"글쎄! 저렇게 시커멓고 큰 새는 처음 보았네! 깜짝 놀랐네!"

조공승이 놀란 얼굴로 대답했다.

"이 사람들, 그까짓 새 때문에 놀란 몰골이라니! 자, 자, 술이나 드세!"

이광좌가 호기롭게 말했다.

그때 문 밖에서 인기척이 나더니,

"아씨, 송나라에서 가져온 특별한 술을 대령했사옵니다."

하는 사내의 목소리가 들렸다.

동월이 정자 밖으로 나가보니, 십여 일 전에 새로 들어와 주방의 궂은 일을 하는 심부름꾼이 진귀한 도자기병을 상에 받쳐 들고 서 있었다.

"특별히 주인 어르신께서 사공자 나으리를 대접하신다고 보내셨습니다요. 이 술은 그냥 대접하시는 것이라 술값은 받지 않으시겠답니다."

"그래요? 수고했어요."

동월은 사내에게서 술상을 받아들고 정자 안으로 들어갔다. 두루미 병은 은은한 푸른색 바탕에 버드나무와 연못, 나룻배와 낚시하는 늙은이가 그려져 있었는데, 색깔이나 그림이 고급스럽기 이를 데 없는, 한눈에 송나라에서 가져온 술이 분명했다.

"주인 어르신께서 사공자 나으리를 특별히 대접하기 위해 송나라에서 가져온 진귀한 술을 보내셨습니다. 물론 이 술값은 받지 않으시겠답니다."

"그래? 물 건너온 술이야 우리가 늘 마시는 것이지만, 어쨌든 그 뜻이 고맙구나! 그럼 한 잔씩 돌려 보아라!"

이광좌가 흡족스러운 얼굴로 말했다.

기생들은 새로 가져온 술을 사공자에게 권했다.

"어따! 물 건너온 술이라 과연 독하기는 독하구나!"

"정말 목구멍이 찌르르하는 게 세긴 세구먼!"

"크으! 송나라 놈들이 확실하긴 확실해!"

사공자는 술을 들이키고 나서 한마디씩 했다.

"술맛이 그렇게 독하옵니까?"

동월이 묻자,

"하하하! 너도 이 술이 마셔 보고 싶은 게로구나? 걱정 마라! 너희들에게도 한 잔씩 돌릴 테니!"

이광좌가 동월이에게 술을 따랐다. 기생들도 차례로 술을 마셨다. 술맛은 너무 강렬해서 마시기가 어려울 지경이었으나, 그들은 송나라의 진귀한 술이라는 말에 거푸 술잔을 돌렸다.

한 식경쯤 후에 술병을 들고 왔던 사내가 발소리를 죽이고 다가와 정자 안을 들여다보았다. 교자상에는 술병과 안주가 낭자하게 널려 있고, 바닥에는 사공자와 기생들이 아무렇게나 뒤엉킨 채 나가떨어져 있었다. 사내는 그들이 모두 정신없이 잠에 곯아떨어진 것을 확인하고, 민첩한 동작으로 정자 안으로 뛰어들었다. 그는 허리춤에서 서슬이 시퍼런 예도(銳刀)를 꺼내 들었다. 그리고 거침없이 정치후와 최한철, 이광좌와 조공승의 바지를 벗기고 사정없이 하초를 도려냈다.

피투성이가 된 사공자를 처음 발견한 사람은 심부름을 하는 중노미였다. 그는 새로운 안주를 가지고 망월정으로 갔다가, 머리털이 솟구치게 놀라 고함을 질러댔다.

"사람이 죽었다! 사공자가 죽었다!"

그는 소리 소리 지르며 사람들이 있는 곳으로 내달았다.

"사공자가 죽었다! 사공자가!"

중노미의 고함 소리에 사람들이 망월정으로 달려갔다. 사람들은 너무나 끔찍한 모습에 우두망찰하여 잠깐 어찌해야 할지를 몰랐다. 망월정이 온통 피바다였다. 사공자 중에 두 명은 이미 사망했고, 두 명은 가까스로 숨이 붙은 채 죽어가고 있었다. 기생들은 피가 흥건한 바닥에 아무렇게나 드러누워 깊은 잠에 떨어져 있었다.

"빨리 의원을 불러라! 두 공자는 아직 살아 있다!"

수월원 주인은 하인을 시켜서 의원을 불렀으나, 의원이 당도하기도 전에 조공승과 정치후도 숨을 거두고 말았다.

세상에! 장안에서도 갑족 중의 갑족 집안 자제들인 사공자가 한꺼번에 엽기적인 모습으로 죽음을 당하다니! 수월원 주인은 그들의 죽음과 함께 자기 집도 망했다는 걸 깨닫고 망연자실했다. 조정을 쥐고 흔드는 대신들의 자식 네 명이 그의 집에서 죽임을 당했으니, 그 뒷갈망을 어떻게 한단 말인가! 그러나 관청에 알리지 않을 수는 없었다.

그날밤 수월원 사람들은 한 사람도 빠짐없이 모두 관청으로 잡혀가, 옥방에 갇히는 신세가 되었다. 수월원이 있는 광덕방은 행정 구역이 중부(中部)에 속해 있었는데, 전례 없이 중부의 행정과 치안의 책임자인 부사(府使)와 부부사(副府使)가 직접 나와서 수월원 사람들을 엄혹하게 문초했다. 그들은 중서시랑 이지헌을 위시한 조정 중신들의 자제들이 살변을 당했다는 데 크게 놀랐고, 그 죽음이 매우 치욕스러우며 처참하고, 의아스러운 점이 많다는 데 더욱 놀랐다. 아들들이 죽은 후 중서시랑 이지헌과 지문하성사 정감하, 참지정사 최태순, 정당문학 조인실은 서로 약속이나 한 듯이 조정에도 나오지 않고 집 안에서 칩거하고 있었다. 그러나 중부의 책임을 맡은 사또와 부사 또는 그들 4명의 대신이 언제 책임을 추궁할지 몰라 전전긍긍하면서 범인을 체포하기 위해 전력을 다했다. 중부의 벼슬아치들뿐만이 아니었다. 다른 4부의 감무(監務)들도 휘하의 장교와 군졸들에게 조금이라도 수상쩍은 놈이 있으면 모두 잡아들이라는 엄명을 내렸고, 또한 2군과 6위의 장군들도 제 부대의 장졸들에게 도성의 경계를 엄히 하고, 번(番)을 철저히 서도록 군령을 발했다.

수월원에서 살변이 난 지 사흘째 된 날이었다.

"정첨 교위님, 진준 중랑장의 명령입니다! 최명학 교위와 함께 급히 오시랍니다!"

응양군 중랑장 진준의 당번병이 정첨을 찾아와 말했다.

"알았다!"

정첨은 망이의 막사를 찾아가, 그와 함께 진준의 집무실이 있는 막사로 갔다. 두 사람이 경례를 하자, 진준은 두 사람에게 앉도록 권한 다음 물었다.

"그대들도 조정 중신의 자제들이 끔찍하게 살변을 당했다는 소문은 들었겠지?"

"들었습니다!"

"두 교위도 알다시피 이번 사건은 조정 중신들의 자제들이 엽기적으로 살해당한 매우 충격적인 사건인지라 조정은 물론이고 도성 안팎의 모든 이목이 이 사건에 집중되어 있다. 사건의 직접적인 책임 부서인 중부는 말할 것도 없고, 지금 동서남북 4부(四部)의 민완 군관들과, 6위(六衛)는 물론 용호군(龍虎軍)의 내로라하는 장교들이 군졸들을 거느리고 모두 범인을 잡기 위해 은밀하게 뛰고 있다. 이 사건을 해결하면 범인을 잡은 본인은 물론이고 그가 속한 부대의 이름까지 한껏 떨칠 수 있다! 이러한 때에 우리 응양군(鷹揚軍)만 수수방관하고 있을 수는 없다. 경군(京軍) 최고의 부대로서 우리의 명성을 다시 한번 떨쳐야 한다! 우리 응양군에서 이런 사건을 맡아 해결하는 데는 그대 둘이 가장 적임자라고 생각한다. 지난번 문하시중 대감의 손자를 구출해 낸 것도 그대들 두 사람 아닌가! 그러니 두 교위는 우리 응양군의 실력을 보여 주기 바란다! 알았나?!"

"알았습니다!"

두 사람은 목소리를 맞춰 큰 소리로 말했다.

두 사람은 진준의 막사를 물러나와, 곧바로 수월원으로 향했다. 수월원 주인과 젊은 하인들 몇은 아직도 중부의 옥사에 갇혀 있었으나, 기생들과 어린 중노미, 늙은이 들은 수월원으로 돌아와 있었다.

망이와 정첨은 그날 밤 사공자와 함께 망월정에 있었던 기생들과 심부름을 한 중노미, 허드렛일을 하는 늙은이 등을 불러서, 당시의 정황을 꼬치꼬치 캐물었다.

"우리는 정말 아무 것도 모릅니다! 술에 취해서 잠에 떨어져 있었으니까요."

기생들은 한결같이 아무 것도 아는 게 없다면서 답답함을 호소했다. 그녀들의 표정을 보니 거짓말을 하고 있는 것 같지는 않았다. 칼자나 중노미들도 마찬가지로 아는 게 전혀 없어 보였다.

"혹 그 일이 있은 뒤에 없어진 놈은 없느냐?"

"…십여 일 전에 밥이나 먹여 달라면서 허드렛꾼으로 들어온 뜨내기 사내가 한 명 있었는데, 그날 이후로 보이지 않습니다요."

부엌에서 일하는 늙은 칼자가 말했다.

"뭐라구? 자세히 말해 봐라!"

"마흔 살쯤 되어 보이는 사내였는데, 덩치도 조그마하고 힘도 보잘것없어 보이는 작자였습죠. 그런 놈이 그런 끔찍한 일을 저질렀을 리가 있겠습니까요? 살변이 나고 군졸들이 들이닥치니까 뭔가 뒤 구린 데가 있는 놈이라서 '엇, 뜨거라!' 하고 베잠방이에 방귀 새듯 슬그머니 새버린 게지요."

"그놈 이름이 무엇이냐?"

"엿장수라고만 불렀지, 어디 사는 어떤 놈인지는 모릅니다요."

"엿장수라니?"

"그놈이 이곳에 들어오기 전에 엿장수를 했던 모양입니다요."

정첨과 망이는 그 사내의 인상과 모색을 상세하게 캐물었다. 그러나 칼자의 말에도 일리가 있었다. 죄 지은 놈이 여기저기 떠돌아다니다가 군졸들을 보자마자 겁이 나서 도망쳐 버렸는지도 모를 일 아닌가. 또 그 자가 범인이라 할지라도 어떻게 건장한 네 명의 젊은이를 혼자서 처치한단 말인가.

망이와 정첨은 뭔가 조그마한 단서라도 잡기 위해 몇 번이나 수월원을 찾아갔으나, 수사는 별다른 진전이 없었다.

그러던 어느 날이었다. 그간 꽤 낯이 익은 어린 중노미에게 엿장수에 대해 물었더니, 중노미가 무심하게 말했다.

"그 사람은 어쩐지 그런 허드렛일을 할 사람 같아 보이지 않았어요."

"그게 무슨 말이냐?"

정첨은 중노미의 말에 정신이 퍼뜩 났다.

"글을 아는 사람 같았어요."

"그래? 그게 정말이냐?"

"언젠가 글이 가득 적힌 종이를 들여다보고 있는 걸 봤어요."

"그거야 글을 모르는 사람도 들여다볼 수 있는 것 아니냐?"

"그 얼굴이, 문자를 아는 것 같았어요!"

"그래? 또 뭐 생각나는 것 없느냐?"

"…그 사람의 한쪽 손에 심하게 덴 흔적이 있었어요. 어쩌다 그렇게 되었느냐고 물어 봤더니, 약을 달이다가 엎질렀다고 하더라구요."

"그래? 그럼 뭐 또 다른 것 생각나는 것 없느냐?"

"…그밖에 생각나는 건 별로 없어요."

"그래도 잘 생각해 봐라."

"…아, 참, 바늘통 같은 걸 가지고 다니는 걸 한번 본 적이 있어요."

"바늘통?"

"예! 허리춤에 넣고 다니다가 떨어뜨리는 걸 봤는데, 크고 작은 바늘이 수십 개나 들어있더라구요!"

"그래?!"

그 말을 듣는 순간 정첨은 어둠 속에서 갑자기 횃불이 켜지듯 머릿속이 환해지는 느낌이 들었다. 약을 달이다가 화상을 입고, 바늘통에 바늘이라니! 그 바늘은 부녀자가 침선할 때 사용하는 것이 아니라, 의원이 환자에게 침을 놓을 때 사용하는 것 아니겠는가! 어떻게 네 명이나 되는 청년들이 그렇게 그에게 당하게 되었는지, 그리고 그들과 함께 있었던 기생들이 그렇게 감쪽같이 아무 것도 모른 채 잠에 떨어져 있었는지, 정첨은 모든 것을 알 수 있을 것 같았다. 의술에 능한 그 자가 사공자와 기생들이 술에 이취(泥醉)한 것을 보고서, 술에 잠자게 하는 약을 몰래 타서 먹인 게 틀림없다는 생각이 들었다. 그렇지 않다면 네 명의 기생이 옆에서 사람이 죽어가는 것도 모르고 그렇게 깊은 잠에 떨어질 수가 있겠는가.

"망이 교위, 들었지요? 그놈이 의원이 틀림없는 것 같소. 그놈이 그 네 젊은이한테 원한이 있거나, 아니면 그 부모한테 원한이 있어서 술에 약을 탔을 것이오."

정첨이 확신이 선 듯 긴장한 눈빛으로 말했다.

"약이라니?"

"잠자게 하는 약을 미리 준비했다가 남몰래 술에 섞으면 술 취한 사람들이 그걸 어떻게 알겠소?"

"……!"

"약을 안 타고서야 어떻게 네 명을 그렇게 죽일 수가 있으며, 또한 함께 있었던 기생들이 어떻게 그렇게 까맣게 모를 수가 있겠소?"

망이가 감탄해서 고개를 끄덕였다.

"우선 도성 안에서 약방을 열고 있는 의원들을 차례차례 찾아가, 그놈과 인상이 비슷한 자가 있으면 중노미나 기생들을 데려가, 대질시켜서 확인을 하는 게 어떻겠소?"

"그렇게 합시다."

나이가 40살쯤 돼 보이는, 키가 작고 강단져 보이는 얼굴에, 손에 화상 흔적이 있는 사내. 정첨과 망이는 그런 사내를 찾아내기 위해 도성의 약방들을 찾아가, 약방에서 일하고 있는 사람들을 하나하나 확인하기 시작했다. 물론 그 사내가 도성 안의 약방에 있을 것이라는 근거는 없었다. 그러나 사공자나, 그들의 부친과 원한이 있다면 도성 사람일 가능성이 높았다. 사공자가 도성 밖에 사는 사람들과 접촉할 일이 별로 있을 것 같지 않았기 때문이었다. 그들은 동부에서부터 시작해서 중부, 남부, 서부, 북부에 있는 약방이란 약방은 하나도 빠뜨리지 않고 차례차례 톺아나가면서 약방에서 일하는 남자들을 만나, 주의 깊게 살폈다. 두 사람은 엿새 동안 도성의 모든 약방을 수색했다. 그러나 성과는 없었다. 손에 화상이 있는 사내가 없었고, 그런 사내를 봤다는 사람도 없었다.

"이제 도성 안은 모조리 훑어본 셈인데…."

정첨이 이제 어떻게 하면 좋겠느냐는 듯 막막한 얼굴로 말했다.

"안 가 본 곳도 있지요."

망이가 말했다.

“안 가 본 곳이라니요?”

“혜민국(惠民局)과 태의감이오.”

“정말 그렇군요!”

혜민국은 예종(睿宗) 7년(서기 1112년) 나라에서 설치한 약국으로서, 판관(判官)과 영(令), 승(丞), 주부(注簿), 녹사(綠事) 등의 벼슬아치가 있었고, 그 밑에 많은 구실아치들이 그들의 지휘와 감독을 받으면서 각종 약재를 관리하면서 백성들의 병을 치료해 주고 있었다. 병마에 시달리는 어려운 백성들을 정성껏 보살피고, 임금의 백성 사랑하는 뜻을 널리 편다는 명분은 갸륵하고 아름다웠으나, 모든 관청이 그러하듯이 혜민국 또한 벼슬아치들과 구실아치들의 횡포가 심해서 유명무실한 곳이 되었고, 그 때문에 백성들이 선뜻 찾아가기를 꺼려하게 되었다.

망이와 정첨은 혜민국을 찾아갔다. 그러나 혜민국 또한 혐의를 둘 만한 사람은 없었다. 두 사람은 다시 태의감을 찾아갔다.

“혹시 태의감에서 일하는 사람 중에 손에 화상을 입은 사람이 없소이까?”

정첨이 태의감에서 오래 근무한 하급관리인 주금사를 찾아가 물었다.

“…그런 사람은 없는데, 왜 그런 걸 물으시오?”

주금사가 의아스러운 얼굴로 두 사람을 바라봤다.

“그냥 좀 알아볼 게 있소이다.”

“지금은 태의감을 그만두셨지만 얼마 전까지 소감(少監)으로 계시던 진일규 나으리의 손에 화상 흔적이 있었소이다만….”

망이와 정첨은 주금사의 말에 크게 놀랐다.

“…그 나으리는 왜 태의감을 그만두었소이까?”

망이가 물었다.

“집에 우환이 있어서 그만두었다는 말을 들었소.”

"우환이라니? 무슨 우환이 있어서 벼슬까지 그만두었단 말이오?"

"딸이 많이 아프다는 말을 들은 것 같소이다만, …나도 자세한 것은 모르오. 이 태의감에서도 의술이 가장 뛰어나고 인품이 도저하다고 평판이 자자하던 분인데, 아까운 일이지요."

두 사람은 진일규의 집이 어디 있는지를 알아내고, 곧바로 진일규를 찾아갔다.

대문을 두드리자 행랑아범이 문을 열고 나왔다.

"진일규 나으리 계시오?"

"계시긴 합니다만, 우환이 있어서…."

"지금 어디 계시오?"

정첨은 행랑아범의 말을 무시하고 고압적인 자세로 물었다.

"사랑방에 계십니다만, 우환이 있어서 손님을 만나지 않습니다요."

"알았소!"

정첨과 망이는 행랑아범을 밀치고 집 안으로 들어갔다.

"손님! 손님 이러시면 안 됩니다요! 집안에 우환이 있다니까요!"

놀란 행랑아범이 뒤따라오며 만류했으나, 두 사람은 성큼성큼 사랑채로 향했다.

두 사람은 신발 한 켤레가 오두마니 놓여 있는 사랑방으로 거침없이 들어갔다. 두 사람을 본 진일규가 놀란 얼굴로 자리에서 일어나며 말했다.

"누구신데, 이리 무례하오이까?"

"우리는 응양군의 장교들이오. 나으리께서 수월원에서 살변을 저지른 것을 알고 찾아왔소이다."

정첨이 칼로 치듯 날카롭게 말했다.

"……!"

진일규의 동공이 크게 열리며 얼굴이 허옇게 질렸다.

"자, 이제 갑시다!"

"…잠깐만! 잠깐만 기다려 주시오!"

진일규의 눈동자가 체념의 빛으로 서서히 잦아들며, 다급하게 말했다.

"무슨 일이오?"

망이가 물었다.

"내 지병이 있어서 약을 좀 챙겨 가겠소이다. 잠깐이면 되오이다."

진일규가 그렇게 말하고, 문갑에서 종이에 싼 것을 꺼내더니, 그것을 재빨리 입으로 가져갔다. 그러나 옆에서 지켜보고 있던 정첨이 번개같이 진일규의 손에서 그것을 채뜨려 빼앗았다.

"허튼 짓 마시오!"

"…제발 부탁이오! 그 약을 돌려주시오!"

"터무니없는 소리! 우릴 어떻게 보고 그 따위 부탁을 하는 게요?"

"…제발 부탁이오! 나를 죽게 해 주시오! 지금 끌려가면 온갖 수치를 당하고 나서, 어차피 죽을 목숨! 제발 은혜를 베풀어 주시오!"

진일규가 애원하듯 말했다. 그의 눈에 눈물이 보였다.

"그런 것을 훤히 아는 사람이 그런 끔찍한 짓을 저질렀단 말이오? 설마 끝까지 잡히지 않을 줄로 생각한 건 아니겠지요?"

"…그놈들이 내 딸을 망쳐 놨는데, 아비로서 내 어찌 가만 있겠소?"

진일규의 눈에서 눈물이 터져 나왔다.

"…그게 무슨 말이오? 나으리는 태의감에서도 의술이 빼어난 분으로 이름이 높고, 인품 또한 훌륭하다고 들었는데, 어쩌다가 그런 살변을 저질렀는지 궁금하오이다."

망이가 말했다.

"필시 피치 못할 까닭이 있는 것 같은데, 그 까닭을 들어 봅시다."

정첨도 말했다.

"내 딸 아이가 지금 정신을 놓아 버린 폐인이 되어 저쪽 골방에 누워 있소이다."

진일규가 다시 분함이 솟구쳐 줄줄 눈물을 흘리면서 자초지종을 이야기했다.

"왜 상서형부에 고발을 하지 않으셨소?"

이야기를 듣고 난 망이가 물었다.

"조정이 어떻게 돌아가는지 내 훤히 아는데, 고발해 봐야 무슨 소용이요? 그놈들을 처벌하기는커녕 오히려 나만 죽게 될 게 뻔하외다!"

"……!"

"……!"

진일규의 이야기를 들은 망이와 정첨은 할 말이 없었다. 두 사람은 진일규의 이야기를 듣고 맹렬한 의분을 느꼈다. 고관대작의 자식들이라고 그런 짓까지 서슴없이 하다니! 오히려 그런 놈들을 징치한 진일규가 우러러보이기까지 하였다. 어렵게 얻은 태의감 벼슬까지 팽개치고 몇 달을 엿장수 노릇을 하면서 복수를 하다니! 그게 어디 보통사람이 할 수 있는 일인가. 권세와 부귀에 중독이 되어서 온갖 못된 짓을 자행하다가 부녀자를 함부로 능욕하는 놈들이라면 마땅히 그 대가를 치러야 할 게 아니겠는가.

망이와 정첨은 차마 진일규를 끌고 갈 수가 없었다. 두 사람은 눈짓으로 서로의 마음을 알아차리고, 정첨이 말했다.

"우리는 여기 온 적도 없고, 아무 것도 아는 게 없소. 만난 적도 없소이다."

두 사람은 자리에서 일어났다.

망이와 정첨이 중랑장 진준에게 불려 간 것은 그로부터 닷새 후였다.

"어찌 되어가나?"

"죄송합니다."

"아직도 오리무중인가?"

"……."

"……."

두 사람은 시선을 밑으로 떨어뜨렸다.

"이건 용호군에서 새나온 극비 사항인데, 범인이 의원인 것 같고, 그 의원이 그들의 술에 잠자는 약을 탄 다음 범행을 저지른 것 같다는 게야! 뭔가 구체적인 단서가 포착된 모양인데, 의원인 것이 밝혀졌으니 체포는 이제 시간 문제 아니겠는가? 이 도성 안에 의원이 몇이나 되겠나? 남들은 이렇게 차근차근 범인을 향해 한 발 한 발 다가가고 있는데, 그대들은 도대체 무얼 하고 돌아다니는 겐가?"

"죄송합니다!"

"죄송합니다!"

"그 따위 죄송하다는 말을 듣자고 부른 게 아니야! 빨리 나가서 의원놈들을 수색해서 범인을 잡아오라구!"

두 사람은 진준의 막사에서 나오자마자 곧바로 중부 성화방에 있는 진일규의 집으로 달려갔다.

"나으리, 일이 급박하게 된 것 같소이다! 빨리 이곳을 피해야겠소!"

사랑방에 앉자마자 정첨이 말했다.

"그게 무슨 말이오?"

진일규의 눈동자가 심하게 흔들렸다.

"살변을 저지른 이가 의원이라는 것까지 밝혀졌다 하니, 금방 포졸들이 들이닥칠 것 같소이다. 그 전에 피해야 하오!"

"…피할 곳이 어디 있단 말이오? …갈 곳이 없소이다!"

"그렇다고 이곳에 앉아서 죽음을 기다리고 있을 수는 없는 일 아니겠소?"

"……."

"…정히 갈 곳이 없으면 양주(楊州) 왕방산(王方山)으로 가도록 하시오! 그곳에 가면 이광이라는 사람이 거느린 산사람들이 있소이다. 우리가 보내서 왔다고 하면 받아줄 것이오."

"…듣자 하니 세상을 등진 사람들이 숨어 사는 산채 같은데…."

"…산채라서 꺼려지오이까? 그곳도 다 사람 사는 곳이오. 이런저런 까닭이 있어서 그렇게 숨어 사는 것이지요."

"두 분은 어떤 분들이기에 그런 곳을 그렇게 소상하게 알고 있소이까?"

"그곳에 가 보면 우리가 어떤 사람인지도 저절로 알 게 될 것이오. 시간이 없으니 서둘러야 하오! 언제 포졸들이 들이닥칠지 모릅니다. 한 시각이 급하오!"

"…은혜가 참으로 크오이다."

진일규가 망이와 정첨에게 깊숙이 고개를 숙여 감사의 뜻을 표했다.

며칠 뒤, 용호군의 민완 장교 두 명이 군졸 몇을 거느리고 성화방 진일규의 집을 덮쳤다. 그러나 그의 집은 텅 비어 있었다. 이웃들에게 알아보니, 며칠 전에도 사람이 있었다는 얘기였다. 그들은 간발의 차이로 진일규를 놓친 것을 알고 백방으로 그의 행방을 찾았다. 그러나 끝내 진일규 일가가 어디로 갔는지는 알아내지 못했다.

진일규가 그의 가솔들을 거느리고 자취를 감춘 뒤 사공자가 왜 그런 변을 당하게 되었는지, 누가 그런 일을 저질렀는지, 그 세세한 내막이 여항에 전염병처럼 놀라운 속도로 퍼져 나갔다. 누가 맨처음 그 소문을 퍼뜨렸는지는 알 수 없었으나 얼마 지나지 않아 도성 안 사람들 중 그 일을 모르는 사람이 거의 없게 되었다. 대대로 조정을 휘두르는 권문세가의 자식들이 세상 무서운 줄 모르고 날뛰다가 하초를 거세당하고 죽다니! 사람들은 모두들 사공자가 살변을 당한 걸 통쾌하게 여기고, 그런 일을 하고 잠적해 버린 진일규를 장하게 생각했다.

그러나 개경에 망이와 정첨이 그 일과 관련이 있다는 걸 아는 사람은 아무도 없었다.

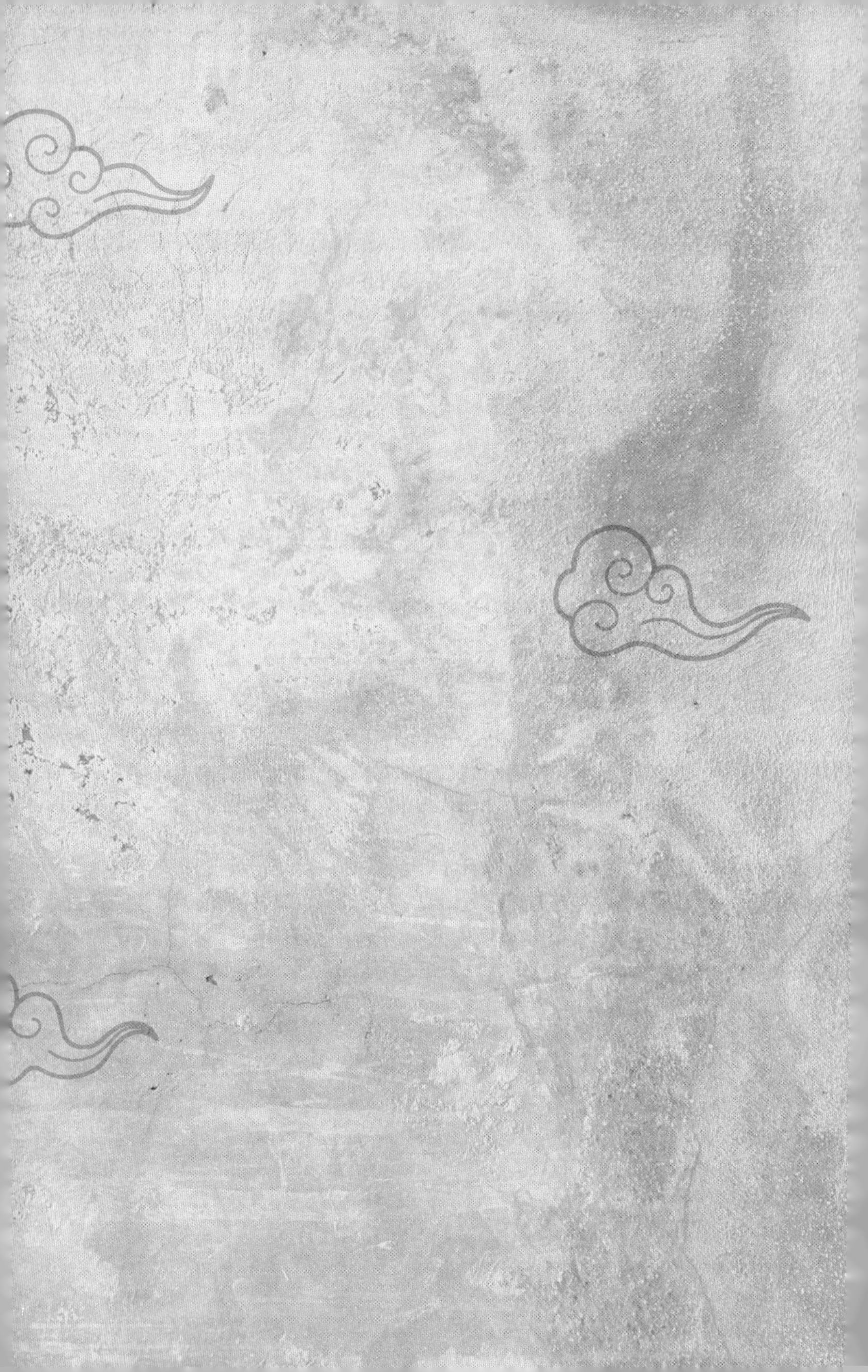

제4장

난세(亂世)

1. 토지 탈점(奪占)

경기도 양주 땅에 조반량이라는 퇴직 벼슬아치의 넓은 장원이 있었다. 조반량은 젊은 나이에 과거에 급제하여 중서성의 높은 관직을 두루 역임하고 치사(致仕)한 뒤에 낙향하여, 양주의 별저(別邸)에 내려가 있었다. 양주에 있는 그의 장원에서는 해마다 벼 500여 석이 생산되었고, 그는 별 부족함 없이 한가롭게 전원생활을 즐기고 있었다.

그해 가을이 무르익어 수확을 코앞에 둔 어느 날, 농장의 외거노비 몇 명이 그를 찾아왔다. 다들 얼굴에 당황한 기색이 역력했다.

"대감마님, 지금 우리 논의 벼를 어떤 놈들이 베어가고 있습니다요."

"그게 무슨 말이냐?"

"그놈들이 자기 논이라고 우기면서 근처에도 못 오게 합니다요."

"뭐라?! 그래서 너희들은 찍소리도 못하고 그냥 물러났단 말이냐?"

"그놈들의 숫자가 워낙 많고, 가까이 가면 사정없이 몽둥이를 휘두릅니다요!"

조반량은 노비의 말을 이해하기가 어려웠다. 무슨 착오가 있었나? 그는 말을 타고 20여 리 떨어져 있는 장원으로 달려갔다. 노비들의 말대로 그의 논에서 30여 명의 장정들이 벼를 베고 있었다.

"이놈들, 남의 논에서 이게 무슨 짓이냐? 왜 남의 벼를 베느냐?"

조반량은 목소리를 높여 드레있게 꾸짖었다. 그러자 몇 놈이 그에게 다가왔다.

"왜 그러슈? 이건 우리 주인의 땅이요!"

우두머리인 듯한 놈이 배때벗게 말했다.

"뭐라구? 너희 주인이 누구냐?"

"지문하성사 왕광준 대감이시오."

왕광준 대감이라면 그도 좀 아는 사람이었다. 그의 전답과 한쪽 경계선이 맞닿아 있는 저쪽의 넓은 땅이 모두 왕광준의 소유였다.

"너희들이 뭘 잘못 알았다. 왕 대감의 땅은 저쪽 도랑 너머부터이다."

"그건 댁이 잘 모르는 소리요! 저기 저 산과 이 산 사이가 모두 우리 왕 대감님 땅이요."

조반량은 울화가 치밀었다. 노비 놈 주제에 감히 자기한테 '댁'이 무엇이며, 게다가 터무니없는 떼를 쓴단 말인가! 그는 벌컥 화를 냈다.

"네 이놈, 감히 누구한테 터무니없는 억지를 부린단 말이냐?"

"늙은이 나이 대접을 해줬더니 적반하장이 따로 없네! 이보슈! 그간 우리 땅을 지어먹은 땅값이나 내놓으슈."

사내는 옷소매를 걷어 부치며 불량스럽게 말했다. 한 번 해 보자는 투였다. 조반량은 왕광준의 졸개들이 노골적으로 그의 땅을 탈점(奪占)할 속셈임을 알아차렸다. 그렇다고 놈들에게 덤빌 수도 없었다. 놈들은 숫자도 많고, 하나같이 힘꼴깨나 씀직한 놈들 아닌가.

조반량도 근래에 들어 임금의 총신(寵臣)들이나 세력있는 지방 호족들이 남의 토지를 우격다짐으로 빼앗는 일이 비일비재하다는 것을 알고 있었다. 그러나 조정의 높은 벼슬을 지낸 그에게 이런 일이 생기리란 생각은 꿈에도 해 본 적이 없었다.

조반량은 이튿날 선물을 준비해서 왕광준의 수노비(首奴婢) 미도이를 찾아갔다.

"자네가 뭘 잘못 알았으이. 나와 왕 대감은 서로 모르는 사이도 아니거니와, 그간 몇십 년을 내 노비들이 그 논을 경작해 왔다는 건 자네도 잘 알지 않나?”
“그게 그간 경계를 잘못 지었다는 것입지요. 저희 같은 아랫것들이 무얼 압니까요. 주인께서 시키는 대로 하는 것입죠.”
조반량은 양주 관아를 찾아갔다. 수령은 겉으로는 정중하게 예를 갖췄으나, 조정의 전(前)·현(現) 대신들의 이해(利害)가 걸린 일이라는 걸 알고선 슬그머니 손을 뺐다. 구체적인 것은 아전이 하는 일이라는 것이었다. 아전은 지적공부(地籍公簿)를 들여다보더니, 옛날 지적 기록은 부정확한 것이 많고, 기재 안 된 것도 많다며,
“두 분 대감이 서로 모르는 사이도 아니시니, 만나서 원만히 해결하시지요.”
하고 물러났다.
조반량은 비단 다섯 필과 은병 다섯 개를 상자에 넣어 하인에게 짊어지게 하고 개경으로 왕광준을 찾아갔다. 조정에 나아간 관력(官歷)으로 보면 자가가 훨씬 선배였으나, 아쉬운 부탁을 하러 가면서 빈손으로 갈 수는 없었다. 그는 왕광준을 만나 저간의 일을 이야기했다.
“그런 일이 있었소이까?”
이야기를 듣고 난 왕광준이 난처한 얼굴로 말했다.
“물론 대감께서 시키신 일은 아니시겠지요?”
“아니 무슨 그런 말씀을! 그곳 책임자인 수노비 미도이가, 이놈이 몇십 년을 놓아먹였더니 간뎅이가 부어서… 대감께서 욕을 보셨군요. 내 이놈을 당장 불러다 혼쭐을 내겠소이다.”
왕광준은 미도이를 불러 말했다.
“이놈아, 땅을 빼앗는 것도 사람을 보고 해야지, 아무 땅이나 마구 걸터먹어서야 탈이 나지 않겠느냐? 조반량 대감의 땅은 돌려주어라.”
“대감마님, 이빨 빠진 호랑이가 무서울 게 뭐 있습니까요?”

"이놈아, 수양산 그늘 강동 팔십 리 간다는 말도 못 들었느냐. 호랑이는 늙어도 호랑이니라."

왕광준은 조반량과 안면도 있고, 또 조반량이 어떤 인맥으로 자기를 흠집낼지 몰라 그렇게 말했다. 그러나 주인의 권력을 믿고 주인보다 더 심한 권세를 부리고 있던 미도이는 그 땅을 돌려주지 않았다.

"아니 이 늙은이가 또 왔네, 그려! 개경 우린 쥔 어르신댁에도 찾아간 모양이던데, 나이를 그만큼 먹었으면 세상 돌아가는 이치를 알아야지!"

미도이는 콧방귀를 뀌면서 다시 찾아온 조반량을 심하게 모욕하고, 조반량의 하인들에게 몽둥이질까지 해서 내쫓았다. 그러나 조반량은 그 땅을 그렇게 빼앗길 수는 없었다. 그게 어떤 토지인가. 조상 대대로 물려받은 금쪽 같은 땅 아닌가! 그는 성품이 본래 착하고 유약해서 오랜 벼슬살이를 하면서도 가렴주구(苛斂誅求)를 몰랐다. 그냥 조정에서 내려주는 녹봉에 의지하여 평생을 살았다. 그러면서 늙으면 관향으로 돌아가 세습된 그 땅에 의지하여 안빈낙도(安貧樂道)할 생각이었다.

그는 다시 선물을 가지고 미도이를 찾아가, 땅을 돌려달라고 간청했다.

"내가 체면 불고(不顧)하고 이리 부탁함세! 내 벼슬을 오래 했다 하나, 남은 게 이 땅 하나일세!"

"이 늙은이가 이제 구걸을 다 하네! 그런다고 될 일이 아니니, 더 창피 당하지 말고 그만 돌아가슈!"

미조이는 거만하게 턱을 치켜들고 포학을 떨었다. 이런 죽일 놈! 내 비록 늙었다 하나 과거에 급제하고 정3품 벼슬까지 한 대신인데, 한낱 미천한 노비놈에게 이런 능멸을 당하다니! 그는 분기탱천하였다. 조반량은 즉시 집으로 돌아와 모든 노비들을 불러모았다. 그리고 미조이의 집으로 가서, 그 집을 둘러싼 뒤, 미도이를 죽이고, 그의 집에 불을 질렀다.

홧김에 일을 저질렀으나 조반량은 은근히 뒷갈망할 일이 걱정되었다. 왕광준은 임금 옆에서 최고의 권력을 휘두르고 있는 내시 한뢰, 백선연, 정함, 임종식 등과 한 패거리가 되어, 무소불위(無所不爲)의 권력을 행사하고 있지 않는가.

그는 생각다 못해 다시 집에 있는 귀중품을 챙겨 왕광준을 찾아갔다. 왕광준에게 사유를 말하려 함이었다.

노비의 연락을 받은 왕광준은 잠깐 짜증이 났다. 기어이 미도이가 욕심을 부리다가 변을 당했다는 얘기인데, 그는 잠깐 어떻게 해야 할지 갈피가 잡히지 않았다. 물론 미도이가 잘못한 것은 틀림없지만, 그렇다고 조반량을 그냥 둘 수는 없었다. 그 동안 그런 식으로 남의 토지를 탈점한 게 어디 한두 건인가. 그의 노비가 죽음을 당했는데도 그냥 조용히 있으면 세상이 그를 깔볼 것 같았다.

그는 입궁하여, 잔치를 하고 있는 임금에게 다가가 말했다.

"전(前) 좌우상시 조반량이 역모를 꾀했다 하옵니다. 마침 제 노비 미도이라는 놈이 양주 그의 거처에서 가까운 데 사는데, 우연찮게 그가 역모를 꾀하고 있는 것을 알고 저에게 고하려 했는데, 그걸 미리 알아챈 조반량이 미도이를 죽이고 그의 집을 불태웠다 하옵니다."

"누가 역적 모의를 했다고?"

"전 좌우상시 조반량이옵니다."

"그럼 당장 잡아 와야지 무얼 하고 있소?"

"알겠사옵니다. 신이 직접 가겠나이다."

왕광준은 서둘러 궁에서 나와, 그의 저택으로 갔다. 그런데 벌써 조반량과 그의 노비 5명이 그의 저택에 와 있는 게 아닌가. 그는 즉시 조반량과 그의 노비들을 체포하여 역적모의죄로 상서형부(尙書刑部)에 넘겼다.

의종 시대 재판을 담당하던 상서형부는 추관(秋官)이라고도 불리었는데, 판사, 상서, 지부사 각 1명, 율법박사 1명, 율학조교, 주사 각 2명, 영사 6명, 서령사 4명, 계사 1명, 기관 6명, 산사 2명, 장수(杖首) 26명으로 구성되어 있었다.

반역을 도모했다는 건 당시 가장 큰 죄였기 때문에 형부에서는 즉시 조반량과 그의 노비들을 치죄하였다. 이때 심문을 맡은 이는 조반량의 모반죄를 고한 왕광준과, 그와 가까운 내시의 족당(族黨)들로 구성되었다. 왕광준은 조반량의 고백을 받아내려 참혹한 고신을 가했지만, 조반량은 입이 다 찢어지면서도 당당하게 말했다.

"백성들의 삶을 가장 먼저 걱정하고 살펴야할 벼슬아치들이, 위로는 재상에서부터 아래로는 말단 관리들까지 가노(家奴)들을 사방으로 보내어 남의 땅을 강탈하고 백성들을 잔인하게 짓밟고 있으니, 이들이 바로 나라를 좀먹는 큰 도적이다! 내가 이번에 미도이를 죽인 것은 이런 도적과 그 하수인 들에게 경종을 울리기 위함이었을 뿐이다. 그런데 내가 역적모의를 도모했다는 게 도대체 무슨 말인가?"

그러나 왕광준은 어떻게든지 조반량을 반역죄인으로 만들어야 했다. 그는 형리(刑吏)를 시켜 조반량에게 무자비한 고신(拷訊)을 가했다. 매에는 장사가 없다는데 제까짓 늙은이가 버틴들 얼마나 버티겠는가. 그러나 조반량은 거의 죽어가면서도 끝내 죄를 자백하지 않았다. 지독한 놈! 왕광준은 결국 조반량의 추국서에 강제로 손도장을 찍게 하고서, 그를 멀리 추자도로 귀양 보냈다.

이러한 토지 탈점은 고려조의 말(末)로 갈수록 더 심해졌으니, 훗날 한 사관이 기록하길,

"이렇게 정사(政事)를 마음대로 처리하고 매관매직(賣官賣職)을 일

삼으면서 다른 사람의 토지를 빼앗고, 다른 사람의 노비를 강탈하는데, 그 무리가 천백이나 되었다. 심지어는 능침(陵寢)과 궁고(宮庫), 주현(州縣)과 진역(津驛)의 토지에 이르기까지 그들에 의해 점거되지 않은 것이 없었고, 또 주인을 배반한 노비들과 부역을 기피한 백성들이 집을 떠나 무리를 지어 행횡하는 것이 연못이나 늪에 물고기 모여드는 것과 같았다. 그런데도 조정의 벼슬아치나 지방의 수령들이 감히 잡아들이지 못했다. 이로 말미암아 백성들은 흩어져 도둑이 되었고, 공사의 재물이 고갈되니, 서울 시골 없이 사람들이 이를 갈았다."

하였다. 또한

"근년에 와서는 겸병(兼倂)이 더욱 심하여 간사하고 흉악한 무리들이 주(州)를 넘고 군(郡)을 포괄하면서 산천을 경계로 삼고 말하길, 조상이 남겨준 전답이라 하고서는, 서로 훔치고 빼앗으니 1무(畝)의 주인이 5, 6명을 넘으며, 한해의 조세(租稅)가 수확의 8, 9할에 이르고 있다." 하였다.

이러한 광범위한 토지 탈점의 방법은, 사급전 사칭, 불법적 탈점, 터무니없는 가격의 강압적 매매, 권력가에 대한 토지의 기탁, 토지문서의 허위 기재를 통한 점유, 지방 수령 및 아전들과 결탁하거나 가노를 동원하여 전토를 빼앗는 등 매우 다양하였다. 이리하여 산과 강을 경계로 삼을 정도의 광대한 농장이 형성되었고, 이는 모두 권세가의 강력한 정치권력을 바탕으로 한 것이었다.

왕광준은 조반량이 유배를 떠난 날 대낮부터 혼자 기루에 갔다. 그는 풍악을 울리는 악사들과 여러 명의 기생을 불러놓고 노래를 부르고 춤을 추게 했다. 그리고 마구 엽전을 뿌리며 호기를 뽐냈다. 술이 취한 뒤에 그는 기생들과 함께 덩실덩실 춤을 추고 노래도 불렀다.

"암! 잘했지! 잘했어!"

그는 가끔 신음 같은 말을 내뱉었다.

"잘하고 말고! 내가 누군데! 나, 왕광준이야! 왕광준!"

그는 결국 곤드레가 되어 바닥에 쓰러졌다.

2. 충신(忠臣)과 총신(寵臣)

왕광준의 증조부는 장성부원군 왕거신으로, 지중추부사를 지낸 명신(名臣)이었다. 그러나 그의 할아버지와 아버지는 벼슬을 하지 못한 학생으로 머물러, 그의 집안은 심한 가난에 시달렸다. 왕거신이 청백리로서 재물을 탐하지 않았고, 조부와 부친 모두 생업이 없었기 때문에 하루 세 끼 입에 풀칠하기도 어려웠다. 그러나 왕광준은 어렸을 때부터 매우 명석하여, 신동이 났다는 말을 들었거니와, 향교엘 다닐 때에도 다른 아이들과는 비교가 되지 않게 일취월장하였다. 그는 불철주야 공부에 매진하여, 열여덟에 과거에 장원급제를 하고 환로에 나아갔다. 그는 나라에 충성하고 백성들의 삶을 나아지게 할 원대한 꿈을 가졌고, 그 꿈을 향해 열심히 노력했다.

왕광준은 토지대장인 양안(量案)과 호적(戶籍)을 정리하여 국가의 재정을 튼튼히 하는 데 크게 공헌하였고, 여러 번 명나라 사신을 접대하면서도 뛰어난 외교력을 발휘했다. 당연히 승진도 남보다 빨랐다. 의종이 임금이 된 뒤 정사(政事)에는 뜻이 없고, 부처님 예불과 풍류에만 집착하자 왕광준은 여러 번 임금께 직간(直諫)을 하는 상소문을 올렸다. 그의 직책이 중서사인이나 간의대부였기 때문에 임금에게 바른 말을 하는 것은 그의 임무에 속했다. 그는 임금의 옆에서 임금을 잘못 보필하는 내시 백선연, 한뢰, 영의 등을 탄핵하는 글도 올렸다. 그러다가 그들에게 되술래잡혀 흑산도로 귀양을 가게 되었다.

처음 그는 임금의 화가 풀리면 금방 해배(解配)의 소식이 오리라 생각했다. 일편단심으로 임금과 백성만을 위해 살아 온 그가 그리 오래 유배 생활을 할 리가 있겠는가. 그는 유유자적한 마음으로 섬을 돌아보고 시(詩)도 짓고, 낚시도 하고, 노래도 불렀다. 그러나 조정에서 소식은 오지 않았다. 마치 그가 유배되었다는 것을 모두 잊어버린 듯 어떤 소식도 없었다. 몇 년 동안 아무런 소식도 없자 그는 초조했다. 그는 그럴 때마다 정서(鄭敍)의 〈정과정곡〉을 읊조리곤 했다.

내 님을 그리사와 우니다니
산 접동새 나는 이슷(비슷)하오이다.
(진실이) 아니시며 거츠르신(거짓인) 것을 아으
잔월효성(殘月曉星)이 아시리이다.
넋이라도 님과 함께 녀져라(살아가고 싶어라).
벼기더신(내게 죄있다고 우기던) 이 뉘러시니이까.
과(過)도 허물도 천만(千萬) 없소이다.
말힛말이신뎌(뭇 사람들이여)
살읏븐뎌(슬프도다)
님이 하마(벌써) 나를 잊으셨나이까.
아소, 님하(님이시여) 도람드르샤(마음 돌리시어) 괴오쇼셔
(사랑해주소서)

정서는 임금 의종의 이모부가 되는 명문거족으로, 전(前) 임금 인종의 지극한 총애를 받았다. 왕광준도 그런 정서를 보면서 마음속으로 부러워한 적이 한두 번이 아니었다. 그러나 지금 임금 의종이 즉위하자 정서는 그의 미움을 받아 부산 동래로 귀양을 갔다. 그가 귀

양을 간 까닭은 의종의 아우인 대령후와 가깝게 지내면서 역적모의를 했다는 것이었다. 물론 터무니없는 모함이었다. 의종은 정서를 귀양 보내면서, 신하들의 반대가 잠잠해지면 금방 불러올릴 것이니, 잠깐 내려가 있으라 했다 한다. 그러나, 거의 20년이 다 되어가는 지금까지도 정서의 귀양은 풀릴 줄을 몰랐다. 그가 임금을 그리워하고 자기의 억울함을 읊은 노래가 〈정과정곡〉인데 그 노랫말이 매우 애절하여, 순식간에 나라 안에 널리 퍼지게 되었다. 정서는 오늘도 동래현 바닷가 바위에 걸터앉아 임금이 불러주길 간절히 바라고 있을 것이었다.

왕광준은 자기도 정서처럼 완전히 잊혀진 사람이 될까봐 마음을 잡지 못했다. 정서 같은 명문거족도 한번 귀양을 가니 그만인데, 하물며 자기처럼 조정에 아무 끈도 없는 사람을 누가 생각해 주랴.

귀양간 지 7년이 지나자 왕광준은 더는 기다릴 수가 없었다. 그는 한뢰, 백선연, 영의 등 그전에 그가 탄핵했던 내시들에게 편지를 썼다. 그가 철이 없어서 밤낮없이 임금을 위해 애쓰는 그들의 공을 몰라보고 섣부른 행동을 했으니, 원악도에 유배된 것은 당연하다. 이제 그 잘못을 뼈저리게 느끼고 있다. 은혜를 베풀어 해배에 도움을 준다면 결초보은하고, 평생 충성을 다하겠다고 맹세를 했다. 그는 그를 위로하러 찾아온 사촌 형에게 편지를 전해주길 부탁했다. 나중에 귀양이 풀리면 그가 갚겠다면서 준비할 수 있는 한 융숭한 선물을 마련하여 함께 전달해 주도록 했다.

그가 선물과 편지를 보낸 지 3달 만에 귀양이 풀렸다. 그는 상경하자마자 한뢰와 백선연, 영의를 찾아가, 큰절을 올리며 감사를 드리고, 또다시 충성을 맹세했다. 그들은 금세 그에게 다시 그 전보다 더 높은 벼슬을 내렸고, 왕광준은 그들의 도당(徒黨)이 되었다.

왕광준은 귀양살이를 하는 동안 심대한 정신적 타격을 받았다. 그가 흑산도 바닷가에서 깨달은 것은, 관료 생활은 아무리 자신이 청렴결백해도 남이 알아주지 않고, 오히려 그 청렴결백을 피곤하게 여기며, 임금에게 바른 말을 해도 임금 또한 그런 말을 귀찮게 여긴다는 불편한 진실이었다. 맑은 물엔 고기가 살기 어렵고, 우뚝한 나뭇가지가 거센 바람에 먼저 꺾인다는 말이 있잖은가.

이제 왕광준은 뇌물을 서슴지 않고 받고, 윗사람들에게도 뇌물을 듬뿍듬뿍 바치는 영악한 사람이 되었다. 알고 보니 돈 싫어하는 사람 없었다. 돈이야말로 가장 확실하고 힘 있는 권력이었다. 천하의 주인이라는 임금도 그가 외국에서 들여온 진귀한 물건을 바치면 입이 함박만큼 벌어졌다. 옛날 한(漢)나라의 사마천이 지은 〈사기(史記)〉 '화식열전(貨殖列傳)'에도 만금(萬金)이 있으면 어떤 경우에도 자식을 죽이지 않는다는 구절이 있지 않던가. 그는 이제 돈을 벌기 위해 노골적으로 뇌물을 요구했다. 스스럼없이 청탁을 하고, 권력형 부정축재를 마음대로 했다. 그는 엄청난 재화를 축적하였다. 청기와를 얹은 대저택을 8채나 소유하였고, 창고마다 대국비단과 은금보화가 그득그득 쌓였다. 그의 사랑채엔 분경(奔競)을 위해 뇌물을 바리바리 싸온 사람들, 죄를 짓고 감형을 받으려는 청탁꾼들, 억울함을 호소하려고 온 사람들로 매일 저잣바닥 같았다. 왕광준이 이러하니, 그의 하인들은 한 술 더 떴다. 예로부터 정승보다 정승댁 하인의 떠세가 더 심하다고 하는 말이 괜히 생긴 말이 아니었다.

왕광준은 어렸을 때 청렴결백한 충신, 백성을 위해 선정(善政)을 베푸는 목민관이 되리라 생각했었다. 그러나 지금 그는 세상 사람들이 손가락질하는 탐관, 달콤한 말로 임금의 보비위나 맞추는 총신(寵臣), 간사한 말로 임금을 그릇된 길로 이끄는 간신(奸臣)이 되어 있었다. 왕광준은 한번 권세에 도취되자 그 달콤한 맛에 푹 빠져 예전 그가 생각했던 사람과는 정반대의 사람이 되었다.

잡초가 무성하면 아무리 아름다운 꽃도 얼마 지나지 않아 자취를 감추듯 조정에서 왕광준 같은 간총(奸寵)들이 판을 치자 바른 말을 하는 신하는 차츰 자취를 감추고, 임금은 갈수록 혼군(昏君)이 되어갔다. 당연하게 정사(政事)는 갈수록 어지러워지고, 백성들의 삶은 더욱 더 간고해져 갔다.

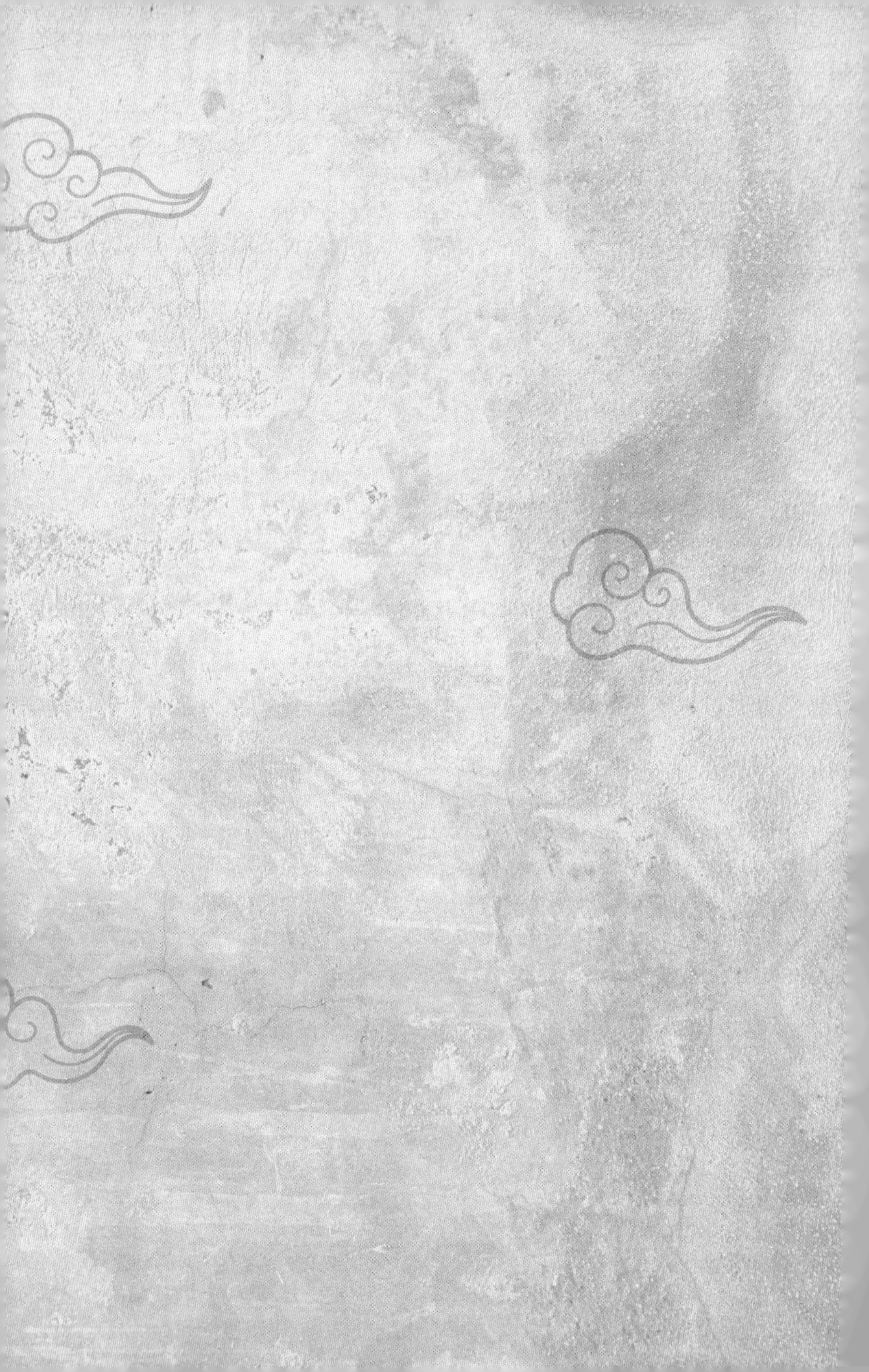

제5장

손청(孫清)

1. 손몽교

예산현(禮山縣)은 백제시대 땐 고산현, 통일신라 땐 오산현으로 불리다가, 태조 왕건에 의해 예산현으로 그 이름이 바뀐 곳으로, 양광도 중북부에 자리하고 있는 유서 깊은 고을이었다. 백제가 나당연합군에 의해 멸망한 뒤 백제 부흥운동의 거점(據點)이 되었던 대흥의 임존성(任存城)이 아직까지 남아 있거니와, 그러한 저항운동이 가능했던 것은 예산 지역이 동으로는 차령산맥이, 서북쪽으로는 가야산맥이 울타리처럼 둘러 있어서 자연적인 요새가 되었고, 금마천, 무한천, 삽교천이 넓은 내포벌을 적셔주어, 예로부터 물산이 그만큼 풍부했기 때문이었다. 따라서 예산현에는 대대로 대농원을 소유한 호족들이 많이 살았다.

그들 호족 중에 신양 마을에 사는 손몽교라는 사람이 있었다. 그의 가문은 대대로 예산현 뿐 아니라 이웃 고을인 청양현(靑陽縣)에까지 방대한 장원을 소유한 토호로서, 삼백여 명의 외거노비와 수백 호(戶)의 전호(佃戶)를 거느려서, 그 위세가 개경의 왕족이나 권문세가에 못지않았다. 그는 성품이 호방하고 도량이 넓어서 노비와 전호 들은 물론 고을 사람들의 존숭을 한 몸에 받아왔다. 그에게 한 가지 아쉬움이 있다면 집안 대대로 손이 귀하다는 것이었다. 몽교 또한 혼인한 지 15년이 넘어서야 겨우 아들 하나를 얻었다.

몽교가 서른일곱 살이 되던 해 어느 날 청양에 있는 한 장원을 둘러보러 갔다가 날이 저물었다. 그날 그곳 외거노비들의 책임자인 수노(首奴) 진다노의 집에서 하룻밤을 머무르게 되었는데, 저녁 밥상을 들고 들어온 진다노의 딸이 심히 아름다웠다.

“네 나이가 몇이며, 이름이 무엇이냐?”

“열여덟이옵고, 자소라 하옵니다.”

자소가 머리를 조아리고 조용조용 말하는 품이 단정하고 우아하였다. 시골에서 보배움 없이 자란 노비의 딸이라기보다 호족 집안의 교양 있는 규수 같았다. 조촐한 밥상 또한 정갈하고 깔밋하였다.

몽교가 밥을 다 먹고 수저를 놓으려 할 때 자소가 숭늉을 가지고 들어왔다.

“저녁을 네가 지었느냐?”

“…예.”

“밥이 달더구나.”

“시골이라 찬이 없습니다, 나으리.”

자소가 머리를 조아리며 말했는데, 그 아미(蛾眉)가 그린 듯이 곱고, 빰 속에 촛불을 켜 놓은 듯 얼굴이 보얗게 빛났다.

“여쁜 딸을 두었구려.”

상을 물린 후 몽교가 진다노에게 말하자

“어려서 어미를 잃구 혼자 자란 애라서, 배운 것이 없습니다유.”

진다노가 여쭈었다.

그날 밤 몽교는 잠을 이루지 못하고 몇 번이나 방을 나와, 마당을 서성거렸다. 자소의 방 장지문에서 옅은 불빛이 배어났는데, 수를 놓고 있는 자소의 그림자가 장지문에 어려 있었다.

몽교는 예산에 돌아와서도 자소를 잊을 수가 없었다. 한 번 본 자소의 모습이 밤낮으로 생각났다. 공자는 나이 사십이면 불혹(不惑)이라 했는데, 이 무슨 망신인고! 그는 그런 스스로를 나무랐으나, 자소는 잊혀지지 않았다.

가을걷이가 끝나갈 즈음 몽교는 혼자서 말을 타고 다시 청양 진다노의 집엘 들렀다. 그해의 작황(作況)을 알아본다는 명분이었으나, 실은 자소를 보기 위함이 더 컸다.

"올해는 농사가 어떠한가?"

"작년과 별 다름이 없습니다유. 다만 마정 마을 벼가 지난번 태풍에 많이 쓰러져서 수확에 약간 차질이 있을 것 같습니다유."

"애써 다 지어놓은 농사가 바람에 쓰러졌다니, 마정 마을의 도조(賭租)는 평년의 절반으로 하고, 다른 장원의 도조도 작년의 7할(割)만 받으시게."

"쥔 어르신, 그렇게씩이나 너그럽게 생각해 주시니, 고맙습니다유! 다들 어르신의 은덕을 잊지 않을 것입니다유."

진다노가 감동하여 머리를 조아렸다.

"은덕은 무슨?! 그들이 아니면 누가 농사를 짓겠는가?! 그건 그렇고, 자네 딸아이는 어디 갔나?"

몽교는 아까부터 눈으로 자소를 찾았으나, 자소는 보이지 않았다.

"그 아이 외갓집에 잠깐 심부름을 보냈습니다유. 이제 올 때가 되어 갑니다유."

진다노의 말대로 얼마 지나지 않아 자소가 돌아왔다.

"나으리, 오셨습니까유?"

자소는 수줍게 인사를 했는데, 지난번에 보았을 때보다 한층 성숙해지고, 더 아름다워져 있었다. 몽교는 소년처럼 가슴이 뛰었다.

자소가 차린 점심도 또한 정갈하고 맛있었다. 나물 몇 가지로 차린 조촐한 점심이었으나, 몽교의 입맛에 맞았다.

점심 후 한겻이 지나 진다노의 집을 나서려는데, 자소가 말을 끌고 왔다. 그런데 말이 깨끗하게 목욕을 하고, 안장도 말끔하게 닦여 있었다.

"말을 씻겼느냐?"

"예. 먼 길 오시느라 먼지가 앉아서유. 말이 참 순합니다유."

"네가 수고했구나!"

몽교가 마을을 떠날 때 진다노가 동구 밖까지 배웅을 나왔다.

"자네, 참 고운 딸을 두었구먼!"

헤어지면서 몽교가 진다노에게 말했다.

"…어르신, 제 아이가 마음에 드시면 본댁에 데려다가 심부름을 시키십시유."

진다노가 말했다.

몽교가 자소를 바라보는 눈빛을 보고 진다노는 몽교의 마음을 알게 되었다.

"심부름은 무슨……."

몽교가 당치 않다는 듯 말했다.

몽교는 예산으로 돌아오는 내내 무언가 소중한 것을 청양에 두고 온 듯한 허전함에 시달렸다. 자소의 고운 자태가 계속 머릿속을 떠나지 않았다.

그해 초겨울 몽교는 다시 진다노의 집에 가서, 진다노에게 말했다.

"내 자소와 혼인을 하고 싶은데, 지나친 욕심인가?"

"…대대로 나으리 댁의 은혜를 입구 살아 온 노비로서 어찌 주인 어르신의 뜻을 거스를 수 있겠습니까유."

"내가 주인으로서 자소를 데려가려는 게 아니라, …이 나이에 민망한 말이지만 한 사내로서 자소에게 마음이 가네! 나도 이런 마음은 처음일세. 자소를 소실이 아니라 정식 부인으로 맞이하고 싶네."

"자소를 불러오겠습니다유."

진다노가 안채로 들어가, 자소를 데려왔다.

"어르신께서 너와 혼인을 하구 싶다 하시는데, 네 생각은 어떠냐?'

진다노가 딸에게 물었다.

자소가 놀라 얼굴색이 변했다. 한 참 후에 자소가 머리를 조아리며 말했다.

"어르신의 뜻과 아버님의 뜻이 그러하시다면, 소녀는 그 뜻을 따르겠습니다유."

몽교는 육례를 갖춰서 자소와 혼례를 올리고, 자소를 예산 본가로 데려왔다. 혼인 후 몽교는 진다노를 노비 신분에서 해방시켜 양인이 되게 했다. 이 시대에 노비를 해방시킨다는 것은 주인의 뜻만으로 되는 게 아니었으나, 몽교는 현령과 아전들에게 많은 재물을 바치고, 현청에 있는 진다노의 노비 호적을 양인으로 바꾸었다. 그리고 청양에 있는 장원 하나를 진다노에게 넘겨주었다.

몽교가 자소 부인을 데려오자 그의 본부인 하련이 달려와 말했다.

"나으리, 청양에서 계집종을 데려오셨소?"

"자소는 계집종이 아니라 둘째 부인이오. 앞으로 잘 보살펴 주시오."

"소첩에게 한마디 말도 없이 어찌 이러실 수가 있나요?"

"미리 말을 했다면 부인 마음만 어지럽지 않았겠소?"

"…마치 저를 위해 그리 하셨다는 말씀같이 들리는군요."

"미안하오. 괜찮은 아이요. 기왕 이리 되었으니, 앞으로 사이좋게 지내시오."

하련 부인은 견디기 어렵게 화가 나고 질투가 치밀었으나, 어쩔 수 없었다. 자손이 귀한 집에 자기도 십수 년이 지나 이제야 아들 하나를 낳았을 뿐이니, 마냥 지아비를 탓할 수만도 없었다. 게다가 세(勢)가 있는 가문일수록 부인을 여럿 두는 게 세태 아닌가. 하련은 스스로의 마음을 달래려 하였으나 그것이 뜻대로 되지 않았다. 그녀의 마음은 가시방석에 앉은 듯 영 편치 않았다.

자소는 몽교가 즐기는 차를 끓이고, 몽교가 글을 쓸 때 문방구를 준비하고 벼루에 먹을 갈았다. 그녀는 눈치가 빠르고, 머리가 명석했으며. 겸손하고 예의가 발랐다. 그리고 하인들에게도 너그럽고 자상하게 대해서, 집안의 아랫사람들도 모두 그녀를 공경하고 좋아하게 되었다.
어느 날 자소가 벽에 걸려 있는 족자를 보고서,
"나으리, 이 글자는 어떻게 읽나요?"
하고 물었다.
"그건 당 나라의 고개지라는 사람이 쓴 시(詩)이다. 춘수만사택(春水滿四澤)하고, 하운다기봉(夏雲多奇峰)이라. 추월양명휘(秋月揚明輝)하고, 동령수고송(冬嶺秀孤松)이라."
몽교는 시를 읽어 주고 나서,
"그 뜻은 봄물이 사방의 연못에 가득하고, 여름 구름이 기이한 봉우리를 많이 이루었으며, 가을달이 드높아서 밝게 빛나고, 겨울 고개에 외로운 소나무가 우뚝하다는 뜻이다."
하고 설명해 주었다.
그러자 자소가
"그림도, 글도 참 아름답습니다."
하고 한참 동안을 족자를 바라보았다.
"글을 배우고 싶으냐?"
"어찌 감히 저 같은 것이…."
"네가 원한다면 내 매일 몇 자씩 가르쳐주마."
그날부터 몽교가 책을 보거나 글을 쓸 때 그의 곁에서 자소는 몽교가 가르쳐 준 글자를 익혔다. 자소는 매우 총명하여 한 번 배운 것은 잊지 않았고, 몽교는 그러한 자소가 기특하여 본격적으로 글을 가르쳤다. 자소는 일신우일신하였다.

자소가 몽교의 집으로 온 지 다섯 달쯤 지난 어느 날이었다.
몽교와 자소가 나란히 누워 잠이 들었다. 사방이 칠흑같이 어두운 밤인데, 갑자기 죽창 같은 비가 쏟아지고, 우레와 번개로 천지가 섬홀하는데 거대한 검은 용이 두 사람을 향해 덤벼들었다. 몽교는 비명을 지르며 잠에서 깨어났다. 꿈이었다. 온몸이 땀으로 범벅이 되어 있는데, 밖에는 방금 꿈에서처럼 장대 같은 비가 쏟아지고 있었다. 간헐적으로 번개가 하늘을 가르고, 우레가 하늘과 땅을 뒤흔들었다. 그는 옆에 누워 있는 자소를 깨워 꿈 이야기를 들려주었다. 그리고 그녀를 안았다.

열 달이 차서 자소가 사내애를 낳았는데, 그가 청(淸)이었다. 청은 태어나면서부터 골격이 남다르게 굵직했고, 고고지성 또한 유난히 컸다. 몽교는 자소 부인을 매우 사랑한지라 청 또한 애지중지했다.

몽교가 하련 부인에게서 낳은 아들 명(明)과 자소 부인이 낳은 청(淸)은 두 살 사이 이복형제가 되었다.

명이 여섯 살이 되자 집에 훈장을 모셔다 놓고서 글공부를 시켰는데, 장난삼아 청도 함께 공부를 하게 했다.

하루는 몽교가 훈장에게 아이들의 공부가 어떠한가를 묻자 훈장이

"명 도령도 총명하나, 청 도령은 정말 놀라운 천품을 지녔습니다. 하나를 들으면 열을 안다는 말이 있는데, 청 도령이 바로 그런 아이입니다."

하고 말했다.

"이제 네 살밖에 안 된 청이 그렇게 총명하다니?! 지나친 칭찬이 아니시오?"

"아닙니다. 직접 한번 보시지요."

몽교가 두 아이들을 데려다 글을 읽혀 보고서야 훈장의 말이 과장이 아니라는 것을 알고, 더욱더 청을 대견하게 여겼다.

명은 두 살이나 나이가 어린 청이 자기보다 훨씬 뛰어나고 아버지의 총애를 받게 되자 청을 몹시 미워하고 사사건건 괴롭혔다. 그리고 엄발이 나서 아버지 몽교에 대해서도 반항적이 되었다. 몽교가 대놓고 청을 편애한 것은 아니었으나, 명은 그의 아버지가 자소 부인과 청

을 더 사랑한다는 것을 저절로 알게 되었다. 명은 하인들에게도 소증사납게 굴었고, 걸핏하면 용골대질을 하였다. 자연히 하인들 사이에 명에 대한 흠구덕이 오갔고, 몽교는 그런 명을 여러 번 타일렀다. 그럴 때마다 명은 지르퉁한 얼굴로 서털구털 변명을 늘어놓았다.

날이 갈수록 몽교가 청과 자소 부인을 소중하게 여기자, 하련 부인 또한 자소와 청을 더욱더 시기하게 되었다.

"오늘 밤도 어르신이 자소의 방에 들었느냐?"

하련 부인은 몽교가 밤에 그녀의 거처를 잘 찾지 않는 것 또한 자소의 탓이라 여겨, 밤마다 몸종을 시켜 몽교가 자소의 방에 들었는지를 알아오게 했다. 그리고 몽교가 별채에 있는 자소의 방에 든 밤이면 제대로 잠을 이루지 못했다. 그녀는 자기도 모르게 두 사람이 뒤엉켜 있는 모습을 머릿속에 떠올리며 질투로 밤을 하얗게 밝혔다. 그리고 이렇게 밤잠을 이루지 못한 날이면, 다음날 자소를 불러다 놓고,

"나으리가 자주 자네 방을 찾아가는 것 같은데, 남자가 너무 색을 밝히면 수명이 짧아진다는 것은 알고 있겠지! 알아서 삼가게!"

하고 닦달했다. 하련 부인은 자소 부인을 총애하는 몽교가 두려워서 자소부인과 청에게 대놓고 심하게 하지는 못했으나, 마음은 나날이 강팔라져 갔다.

청이 자랄수록 첫부인 하련에게 자소와 청은 눈엣가시가 되어갔다. 자기 소생인 명이 잔주접을 떨고 졸들어서 왜소한 데 비해, 두 살이나 어린 청은 자랄수록 용모가 귀성스러웠고, 명의 성품이 매꿎고 웅한 데 비해, 청은 의젓하고 늡늡했다. 게다가 글공부 또한 명이 어린 청에게 뒤떨어지고, 집안의 하인들까지 명에게보다 청에게 심복하는 게 하련의 눈에 보였다. 하련 부인은 어린 청을 볼 때마다 자기도 모르게 용심이 나서 견디기 어려웠다.

청이 여덟 살이 되던 해 여름이었다.

삼경이 지난 시간에 자소 부인은 뭔가 섬뜩한 기척에 잠을 깼다. 어렴풋이 문이 닫히는 소리를 들은 것도 같았다. 그녀는 자리에서 일어나, 부시를 쳐서 등잔에 불을 붙였다. 그 순간 그녀는 너무 놀라 어진혼이 나갔다. 방바닥에 엷은 회색과 갈색의 무늬를 지닌 뱀 두 마리가 납작하고 세모진 머리를 쳐든 채 혀를 날름거리고 있는 게 아닌가!

"뱀이다!"

그녀는 자기도 모르게 밖으로 뛰쳐나갔다.

"희례야! 희례야! 빨리 일어나라! 뱀이, 뱀이 나왔다!"

그녀는 윗방에서 자고 있는 하녀를 깨웠다.

희례는 부리나케 행랑채로 달려가, 노복들을 불러왔다. 희례의 말에 별채로 달려온 노복들은 몽둥이로 뱀을 때려잡았다.

별채에서 소동이 난 것을 안 몽교가 득달같이 별채로 달려왔다.

"어찌 그 방에 살모사가 들어갔단 말이냐?"

몽교가 몇 번이나 같은 말을 되풀이하며 의아해 했으나, 대답하는 사람이 아무도 없었다. 몽교는 하련 부인에게 의심이 갔으나 그런 생각을 입 밖에 내지는 않았다.

그해 가을 한밤중이었다.

"불! 불났다!"

"불이야!"

하는 외침에 자소 부인은 잠을 깼는데, 청이 자고 있는 별채 쪽이 대낮처럼 환했다. 그녀는 신발도 신지 않은 채 별채로 달려갔다. 다행히 청은 밖으로 뛰쳐 나와 있고, 장지문에 불이 붙어서 타오르고 있었다. 불길은 삽시간에 별채를 삼켜 버렸다.

화재로 청이 거처하던 별채가 폭삭 주저앉아 버리고 난 며칠 뒤였다.

"집안에 재앙이 겹치니, 수덕사에 가서 재(齋)를 올려야겠소."

몽교는 수노(首奴)를 덕숭산 수덕사(修德寺)로 보내어, 그간 집에서 일어난 재앙을 이야기하고 날짜를 잡아오게 했다. 나흘 후 몽교는 소달구지 다섯 대에 쌀 50 가마와 비단 열 필, 모시 열 필, 은병과 엽전 등 재물을 가득 싣고, 그의 두 부인과 두 아들을 데리고 수덕사(修德寺)로 떠났다. 심부름할 노비도 열댓 명을 대동하였다.

덕숭산 수덕사는 백제 말에 숭제법사(崇濟法師)에 의해 창건된 이 지역의 대찰(大刹)로서, 몽교의 집안은 해마다 막대한 재물과 곡식을 수덕사에 공양해 오고 있는 대단나였다. 그 때문에 몽교나 그의 식구들이 예불을 하러 가면 수덕사 스님들의 대접이 융숭했다.

보통 재는 한 시간 정도로 끝났으나 몽교는 특별한 대단나인지라 하루 종일 지내기로 했는데, 대웅전에 부처님께 공양할 음식을 진설하고, 주지스님과 상좌 스님들이 교대를 해가며 재를 진행했다. 몽교의 식구들도 스님들의 뒤에 앉아 합장을 했다.

한참 재를 지내고 있는데, 긴 수염이 학처럼 하얗게 센 노스님이 대웅전으로 들어왔다.

"길옹 큰스님, 내려오셨습니까?"

대웅전에서 재를 지내던 모든 스님들이 그에게 정중하게 합장 배례를 올렸다.

길옹 대사는 오랜 동안 수덕사의 주지 스님으로 계시다가, 10여 년 전에 덕숭산 깊은 곳에 자리잡은 쌍수암(雙修菴)으로 옮겨가, 칩거(蟄居)하며 참선하고 있는 노스님이었다. 그는 이미 연세가 팔순을 넘었는데, 법력이 신통해서 마구니를 쫓고, 사람의 과거세(過去世)는 물론 내세까지도 꿰뚫어 본다는 얘기가 나돌았다. 길옹 대사는 쌍수암으로 물러앉은 뒤로는 특별한 일이 없으면 밖에 나오지도 않고, 바깥사람들을 만나지도 않았다. 그 때문에 수덕사 스님들 중에도 길옹 대사가 쌍수암에 계시다는 것을 잊어버린 사람들도 많았다.

몽교와 그의 식구들이 모두 길옹 대사에게 합장 배례하고, 몽교가

"큰 스님, 오랜만에 뵙겠습니다. 큰 스님께서 이리 납셔 주시니, 저희 집안의 큰 광영이옵니다."

하고 치사를 했다.

"누구시던가?"

길옹 대사가 묻자 주지 전법 스님이 말했다.

"우리 아란야(阿蘭若)의 큰단나이신 예산 손씨 댁의 주인 손몽교 시주이십니다! 집에 화마가 들어 재를 지내고 있는 중입니다."

"오래 전에 선친과 함께 뵈온 적이 있었지요?"

길옹 대사가 몽교에게 알은 체를 했다. 길옹 대사는 몽교의 식솔들 얼굴을 유심히 바라보고는 대웅전을 나갔다.

재를 시작한 지 한 나절쯤 지나서였다. 쌍수암에서 길옹 큰스님의 시중을 드는 몽구리가 몽교를 찾아와, 노스님이 뵙기를 청한다는 전갈을 전했다. 몽교는 몽구리를 따라 쌍수암으로 갔다. 몽교가 쌍수암 마루에 앉기를 기다려 길옹 대사가 입을 열었다.

"둘째 자제를 멀리 보낼 수 있겠소?"

"그게 무슨 말씀이십니까?"

"그렇지 않으면 더 큰 재앙이 일어날 수도 있소이다."

"…재앙이라니…요?"

"집안에 재난이 그치지 않는 것이 모두 그 자제로 인한 것이외다. 그 자제가 집안에 있게 되면 결국 돌이킬 수 없는 화가 일어날 늦이 보이오."

"예?!……!"

"…나무관세음보살. 내 오늘 마음이 어지러워 산을 내려갔더니, 그게 그 자제 때문이었소이다."

길옹 대사가 합장을 하고 눈을 감았다.

"대체 제 아이가 어떤 명운을 타고 났기에…?"

"어린 시절을 무사히 넘기면 바람과 비를 타고 하늘로 오를 것이외다."

"……!"

몽교는 놀라서 할 말을 잃었다.

"먼 곳으로, 집안 식솔들이 알지 못할 곳으로 보내야 하오이다."

"……!"

"그럴 의향이 있으면 자제를 내게 맡기시지요. 자제가 가서 있을 만한 곳을 알고 있소이다."

며칠 후, 몽교는 아무도 몰래 청을 길옹 대사에게 데려 갔다. 차마 청을 혼자 보낼 수 없어서, 청과 동갑으로 늘 친구처럼 함께 어울려 자란 노복(奴僕) 모돌이를 동행시켰다.

"이제부터 너는 스님의 말씀을 따라야 한다."

몽교는 아무 것도 모르는 청과 모돌이를 쌍수암에 떨어뜨려 놓고 혼자 귀가했고, 길옹 대사는 곧바로 상좌승인 전보(傳寶) 스님을 불러 서찰 한 통을 주면서 말했다.

"전라도 옥과(玉果) 성덕산에 관음사라는 절이 있고, 그곳에서 십 리쯤 떨어진 곳에 정혜암(定慧菴)이라는 암자가 있다. 그곳에 율행이라는 중이 있는데, 그에게 이 아이들을 데려다 주고 오너라! 그리고 이 일은 누구도 알아서는 안 된다. 너 또한 다녀온 뒤엔 이 일을 잊어 버려라. 지금 즉시 떠나라."

"알겠습니다, 큰스님."

전보 스님은 청과 모돌이를 정혜암에 데려다 주고, 곧바로 예산으로 되돌아왔다.

2. 관음사 정혜암

관음사(觀音寺)는 전라도 옥과현 성덕산에 있는 대찰이었다.

〈관음사 사적〉에 의하면, 옥과 관음사는 백제 분서왕 3년(서기 301년)에 창건되었다고 기록되어 있는바, 그 내용은 다음과 같다.

《양광도 대흥현에 원량(元良)이라는 장님이 홍장(洪莊)이라는 딸을 데리고 단둘이 살았다. 철들면서부터 홍장이 남의 집 일을 해주고 눈이 먼 아버지 원량을 봉양했는데, 그 효성이 지극하고 총명해서 고을 사람들의 칭찬이 자자했다. 게다가 용모가 심히 아리따워서 그 소문이 나라 안은 물론 널리 중국에까지 알려졌다.

어느 날 홍법사(弘法寺) 성공(性空) 스님이 원량을 찾아와 시주를 부탁했다.

"보시다시피 제 집에 아무 것도 없어서…."

"저 따님이 있지 않소? 귀한 것을 시주해야 부처님의 감응이 큰 법이지요."

성공 스님의 말씀이 너무 엄청났다. 하나밖에 없는 외동딸을 시주하다니! 그러나 불심이 지극했던 원량은 성공 스님의 말씀을 거역할 수 없어서, 딸 홍장에게 성공 스님의 말씀을 전했다.

"아버님 원이 그러시다면 딸인 제가 마땅히 따라야지요."

원홍장은 성공 스님을 따라나섰다. 성공 스님이 원량을 찾아온 것은 그 전에 미리 부처님의 계시가 있었기 때문이었다.

그는 홍장을 데리고 소량포구로 나아갔다. 때 맞춰 2척의 중국 배가 나타났다. 중국 진(晉)나라의 사신들이 홍장을 모셔가기 위해 진귀한 예물을 싣고 온 배였다. 진나라 황제의 꿈에 신인(神人)이 나타나 동방의 나라로 가서 원홍장을 황후로 맞이하라는 현몽이 있었다는 것이었다.

원홍장은 그 배를 타고 진나라로 가서, 황후가 되었다. 평소 부처님을 극진히 모셨던 홍장은 황후가 된 후에도 힘써 정업(淨業)을 닦았다. 그리고 많은 절을 짓고 백성들에게 널리 부처님의 가르침을 전파하였다. 또한 모국을 잊지 못해 탑과 불상 들을 만들어 배에 실어 보냈다.

홍장 황후가 마지막으로 보낸 금동관음보살을 실은 배가 표류하여 낙안포(지금 보성군 벌교)에 이르렀다. 그때 옥과현에 살던 성덕(聖德)이라는 처녀가 꿈에 관음보살의 계시를 받고 낙안포로 갔다. 관음보살님이 오시니 영접하여 모시고, 절을 세우라는 계시였다. 성덕이 낙안포에 이르자 사공도 없는 돌배(石船) 한 척이 다가오는데, 휘황찬란한 광채에 눈이 부셨다. 그 배 안에 실려 있는 금동관음보살상에서 쏟아져나오는 광채였다.

성덕이 관음보살상을 옮기려고 등에 업었는데, 뜻밖에도 보살상이 새털처럼 가벼웠다. 그녀는 관음보살상을 업고서 절을 지을 곳을 찾아 이곳저곳 돌아다녔다. 그런데 지금의 관음사 자리에 이르자 갑자기 관음보살상이 엄청나게 무거워졌다. 한 걸음도 떼기가 어려웠다. 바로 이곳이로구나! 성덕은 그것이 관음보살의 계시임을 깨달았다. 그녀는 그곳에 절을 세워, 관음보살상을 원불로 모시고, 이름을 관음사라 하였다.

후세 사람들은 관음사의 개산조(開山祖)가 된 성덕을 기려, 그 산을 성덕산이라 불렀다. 원량은 딸 홍장과 이별할 때 너무나 많은 눈물을 흘렸는데, 그러고 나자 홀연 눈이 밝아졌다.》

이러한 연기설(緣起說) 때문인지 일찍부터 관음사의 관음보살은 신통하기로 이름이 나서, 소원을 빌면 이루어지지 않은 것이 없다고 소문이 났다. 그 때문에 가깝고 먼 데서 소원을 빌고자 하는 사람들의 발길이 끊어지지 않았고, 고려조에 들어와서는 전라도에서 제일 큰 사찰 중의 하나가 되었다. 관음사에는 50여 명의 승려와 70여 명의 대중이 살고 있었고, 전답이 수천 결(結)에, 외거 노비와 소작을 짓는 전호(佃戶)가 수천 호(戶)였다.

정혜암은 관음사에 속해 있는 여러 암자 중 하나로서, 성덕산 깊은 골짜기에 숨어 있었다. 법당이라고 해야 백성들이 사는 작은 초가집처럼 게딱지만했고, 방에 작은 불상 하나가 덩그렇게 모셔져 있을 뿐, 그럴싸한 좌대도 없고, 울긋불긋한 탱화도 없었다. 정혜암의 주인인 율행은 서른 댓 살쯤 되어 보이는, 술명하게 큰 키에 유난히 눈빛이 맑고 강한 스님이었다. 또한 그는 매우 과묵하여, 길옹 대사의 서찰을 읽고서도 청과 모돌이에게

"이제 여기가 너희 집이다."

하고, 말했을 뿐 별다른 말이 없었다.

법당 뒤에 다섯 채의 초가집이 있고, 그 초가집에 20여 명의 어린이가 기거하고 있었다. 역병과 흉년으로 인해 부모를 잃고 버려진 아이들을 율행이 데려다 기르는 것이었다. 그날부터 청과 모돌이도 그들과 함께 지내게 되었다.

청과 모돌이가 정혜암에 온 다음날이었다.

아이들이 다들 정신없이 자고 있는데, 율행이 잠을 깨우고는,

"빨리 나와서 밥 먹어라! 오늘은 저 묵정밭의 풀을 모두 매고, 씨앗을 뿌려야겠다!"

하고 말했다.

"풀을 매고 씨앗을 뿌려요?"

청이 의아해서 물었다.

"밥을 먹으려면 일을 해야 한다."

"저는 일을 해 본 적이 없는데요?"

"일을 안 하고 밥을 먹는 사람은 남의 것을 훔치는 도둑이다. 일하

기 싫으면 굶어야 한다."

율행의 말투는 조용했으나, 뜻은 매우 강고했다.

그날부터 청과 모돌이는 아이들과 함께 오전에는 논밭에 나가서 일을 하고, 산에 가서 나무를 하거나, 두엄에 쓸 풀을 베었다. 산 속을 돌아다니면서 약초를 캐기도 했다. 청이 괭이질과 낫질로 손에 물집이 잡히거나 지게질에 어깨의 살갗이 부르터서, 떼를 쓰거나 엄부럭을 떨면 율행은 가차없이 밥을 굶겼다. 얼마 지나지 않아서 청과 모돌이는 해야 할 일을 하지 않으면 반드시 그에 상응하는 대가를 치러야 한다는 걸 알게 되었다. 오후와 밤에는 공부를 했다. 공부도 청이 집에서 하던 글공부와는 다른 것이었다. 그가 집에서 글공부를 할 때는 논어, 맹자, 중용, 대학, 예기, 춘추, 상서 같은 책을 처음부터 끝까지 줄줄 내리 외는 것이었다. 그러나 율행은 아이들에게 글공부 외에 농사와 의약(醫藥), 산술(算術), 풍수지리 등 실제 생활에 도움이 되는 기술을 가르치고, 수벽치기와 검법, 창술, 그리고 활쏘는 법을 익히게 했다.

"공부란, 흐르는 물을 거슬러 오르는 것과 같아서, 위로 오르기는 어렵고, 뒤로 밀려 내려가기는 쉽다. 하루만 게으름을 피워도 뒤로 저만치 밀려나게 마련이다. 특히 몸으로 하는 공부는 더욱 그러하니, 매일 쉬지 않고 꾸준히 해야 한다."

청과 모돌이는 율행의 가르침을 잘 따랐다. 해가 갈수록 청과 모돌이는 일취월장했고, 특히 청은 천품이 뛰어나 그 성취가 놀라웠다. 함께 지내는 아이들도 다들 청을 존중하여 따랐고, 청은 자기도 모르게 그들의 줏대잡이가 되었다.

청이 열다섯 살 되던 해에 나라 안에 큰 역병이 돌았다. 몇 년간 흉년이 계속되더니, 마침내 역병이 창궐한 것이다. 이 고을 저 고을 가릴 것 없이 사람들의 생활은 말이 아니었다. 죽이라도 끓일 수 있는 집은 그래도 형편이 나은 셈이었고, 아니면 풀뿌리를 캐고 나무껍질을 벗기기 위해 산과 들을 헤맸다. 그것도 어려우면 사람들은 먹을 것을 찾아 유맹(流氓)이 되어 떠돌았다. 마을마다 병들어 죽거나 굶어죽는 사람이 생겼고, 환자가 없는 집이 드물었다. 가족 전체가 병이 나서, 간병하는 사람도 없이 죽기만을 기다리고 있는 집도 있었다.

"병이란, 못된 역귀가 달라붙어 생기는 것으로 생각하는 사람들이 많지만, 그보다는 평소의 섭생과 관련이 있다. 농사를 지어 보아서 알겠지만, 땅에 거름을 두둑하게 하고, 비와 바람, 햇빛이 순조로우면 모든 곡식이 잘 자라지 않더냐? 그러나 땅이 척박하거나 가뭄과 장마가 계속되면 그해 농사는 망치게 마련이다. 올해의 역병은 흉년으로 못 먹어서 비롯된 병이니, 무엇보다 섭생을 잘하는 것이 급하다. 백성이 도탄에 빠지면 마땅히 조정에서 구호해야 할 것이나 지금처럼 조정이 있으나마나한 상황에선 뜻 있는 사람들이 나서야 한다."

율행은 청과 모돌이를 데리고 관음사로 가서 주지에게 말했다.

"주지 스님께서도 아시다시피 몇 년 간 거듭된 흉년으로 백성들은 지금 아비지옥과 규환지옥에 떨어졌습니다. 식량이 떨어져서 죽어가는 백성들에게 절의 곡식을 방출하여, 구휼하셔야 하지 않겠습니까?"

"…절 곡식을 방출하여 구휼을 하다니요?"

"굶어 죽어가는 사람들을 모른 체할 수는 없지 않습니까?"

"몇 년 간 계속된 흉년으로 우리 절 사람들이 먹을 식량도 유여치 못한 실정이외다."

주지는 난색을 표했다.

"절 소유의 전답이 얼마인데 스님들 먹을 식량이 넉넉하지 못하단 말씀입니까? 소작인들과 사노(寺奴)들이 땀 흘려 농사를 지어 절에 바치면 스님들은 손가락 하나 까딱하지 않고서 그 곡식으로 배불리 먹으면서, 이제 소작인과 사노 들이 다 죽게 되었는데도 모른 척한단 말씀입니까? 그들이 다 죽고 나면 스님들이 전답에 나가 손수 농삿일을 할 것입니까?"

"가난 구제는 나라도 못한다는 말도 못 들었소이까? 나라도 못하는 일을 어찌 우리가 나선단 말이오? 한 번 곡식을 방출하기 시작하면 그 다음엔 흉년이 들 때마다 으레 절로 쫓아올 텐데 그 일을 어찌할 것이오? 누구나 스스로 감당해야 할 몫이 있는 법인데, 지금 백성들의 굶주림은 그들이 감당해야 할 몫이지 우리가 어찌할 수 있는 것이 아니외다."

"절에는 곳간마다 곡식이 채곡채곡 쌓여 있는데, 그걸 눈앞에 보면서 굶어 죽어 가는 백성들의 심정을 생각해 보십시오. 불제자가 이런 상황을 그냥 강 건너 불 보듯 한다면 저 대웅전에 계시는 부처님께서 뭐라 하시겠습니까?"

그러나 주지가 면치레로 내놓은 곡식은 아주 미미했다.

율행은 매일 아이들을 데리고 산 아래에 있는 마을로 내려가, 마을 이정(里正)의 행랑채에서 밥과 국을 끓여, 병자들에게 먹였다. 그리고 평소에 채취해 두었던 약초를 달여서, 병자들에게 먹였다.

율행은 또 옥과 현청(縣廳)을 찾아가 사또에게 관곡을 방출해 줄 것을 청했으나, 사또는

"관가의 창고가 텅텅 빈 지가 언제인지 모르오! 스님이라면 염불이나 열심히 하실 일이지, 과람하게 이런 일에는 왜 나서는 게요?"

하고, 불쾌한 기색으로 불퉁스럽게 쏘아부쳤다.

"죽어가는 백성들을 외면하고 그냥 염불이나 하고 앉아 있을 수가 없었소이다. 고을 백성들을 구휼하는 게 사또의 책임인데, 관곡이 없다면 고을의 호족들이나 부자들을 설득해서라도 구휼 곡식을 내놓도록 해야 하지 않겠소이까?"

"허어, 이런 답답한 스님 보았나! 내 진작에 고을의 부자들에게 구휼미를 내도록 했으나, 그들도 다들 죽겠다며 사당치레로 겨우 몇 석씩의 곡식을 내놓았을 뿐이오!"

율행은 직접 고을의 이름있는 호족들을 찾아다니면서 백성을 구휼하도록 설득했다. 그러나 호족들에 대한 실망과 분노만 커졌을 뿐 그 성과는 극히 미미했다.

"세상이 못 쓰게 되어 버렸다! 가진 자들은 욕심 때문에 짐승만도 못하게 되고, 못 가진 자들은 가난 때문에 짐승만도 못하게 되었으니, 말세(末世)다!"

청과 모돌이는 율행 스님을 따라다니며 백성들의 처참한 삶을 속속들이 알게 되었다. 그리고 백성들을 착취하여 안락한 삶을 누리면서도 정작 그들의 비참한 삶에는 무관심하고 무책임한 관청과 호족들에 대해 깊은 의분을 느꼈다.

그러던 어느 날이었다.

키가 훌쩍하고 마른 몸매에 유난히 눈씨가 날카로운 스님이 정혜암을 찾아왔다.

"아니, 계암 스님이 아니오? 이게 얼마만이오? 어서 오시오!"

율행이 깜짝 놀라 반색을 하며 손을 맞이했다.

"내 율행 스님의 허락도 받지 않고 보살도(菩薩徒) 20여 명을 정혜암으로 모이라고 했는데, 괜찮겠소?"

"괜찮다 뿐이겠소? 그렇지 않아도 계암 스님의 생각이 간절했었소!"

"온 나라가 다 아비규환인데, 이곳 사정은 어떻소?"

"여기도 마찬가지지요! 백성들이 초근목피로 근근이 목숨을 이어가고 있는데, 사정이 말이 아니오."

"내가 때 맞춰 잘 왔다는 뜻이오?"

"그렇지요! 내 그렇잖아도 이곳 관청이나 호족들에게 구휼미를 내도록 부탁해 보았으나, 쇠귀에 경 읽기요! 지옥에 떨어질 사람들에게 덕을 쌓게 해서 극락왕생하도록 하는 것이 보살행 아니겠소? 하하하!"

"그렇게 말씀해 주시니, 제 마음이 편하오! 내 이 정혜암에는 아무런 뒷근심이 없도록 주의하겠소! 하하하하!"
계암이 통쾌한 웃음을 터뜨리자 율행이
"우리 아이들 중에 다 큰 아이들이 두어 명 있소이다. 이번 기회에 그 아이들에게 그 보살행을 구경시키고 싶소!"
하고 말했다.
"아이들이 놀라지 않을까요?"
"명석한 애들이라 깨닫는 것이 클 것이오."
"율행의 뜻이 그러시다면 어려운 일이 아니지요!"
계암이 고개를 끄덕였다.

그날 밤 삼삼오오 몇 명씩 건장한 사내들이 정혜암을 찾아왔다. 계암이 말한 보살도들이었다. 그들은 다음 날부터 몇 명씩 무리를 지어 나갔다가 이틀이나 사흘만에 돌아왔고, 또 몇 날이 지나면 날이 어둡기를 기다려 정혜암을 나섰다.
"오늘은 어디라고 했던가?"
"창평현 원강 마을에 사는 장순근이라는 호족이라고 안 했던가? 그놈이 엄청난 부자인데, 못된 짓은 골라서 하는 모양이더라구!"
"그놈 오늘 염라대왕 만났구먼!"
"염라대왕이 아니라 부처님이지! 우리 덕택에 착한 일을 하게 되었으니, 부처님을 만난 게 아닌가. 하하하!"
손청은 어느 날 우연히 계암의 무리들이 하는 말을 엿들었으나, 구체적으로 그들이 무슨 일을 하는지는 잘 몰랐다.
20여 일이 지난 어느 날 율행이 손청과 모돌이를 불렀다.
"너희들 오늘 밤 계암 스님의 보살행을 따라가 보겠느냐?"
"…보살행이라니요?"
"가 보면 저절로 알게 될 것이다!"
그날 밤 손청과 모돌이는 계암 스님을 따라나섰다. 계암의 보살도는 밤새 걸음을 재촉하여 새벽녘에 곡성현의 읍내에 도착했다. 그들은 미리 점찍어 두었던 상월리의 호족 김삼조의 집을 완전히 점령하고, 새벽녘에 깊은 잠에 빠져 있던 김삼조의 식솔들을 한 명도 빠짐없이 붙잡아 창고집에 가두었다. 그들은 인근 여러 마을로 가서,

"상월리 김삼조 나으리가 구휼미를 낸다 하오! 빨리들 상월리로 가시오!"

"구휼미요! 구휼미! 상월리로 가시오!"

하고 고함을 질렀다.

인근 여러 마을 사람들이 앞다투어 상월리로 향했고, 그날 해름이 되자 김삼조의 여러 동(棟) 창고가 모두 텅 비었다.

김삼조의 집을 떠나기 전 계암 스님이 김삼조에게 말했다.

"오늘 나으리는 큰 공덕을 쌓았소! 나으리네 전답에선 해마다 곡식이 화수분처럼 쏟아져 나오니, 앞으로도 의식(衣食) 걱정은 전혀 없을 것이오!"

계암의 무리는 보살행을 마치고 삼삼오오 무리를 지어 상월리를 떠났다.

계암은 다음날 정혜암을 떠나면서 청과 모돌이에게 말했다.

"내가 이번에 한 일은, 곧 숨이 넘어가는 백성들에게 한 모금의 죽을 먹여 준 것과 같고, 언 발에 오줌 누는 격이다! 이런 임시 처방으로는 이미 잘못 되어 버린 세상을 바꿀 수 없다. 새 세상이 와야 한다. 빈부귀천이 따로 없는 평등한 새 세상, 대동 세상이 와야 한다. 석가 부처님이 말하는 화엄 세상, 미륵 부처님이 오실 용화 세상이 바로 그런 세상이다. 그러나 미륵 부처님이 오신다 한들 누구와 함께 그런 세상을 이룩하겠느냐? 너희가 용화 세상을 이루는 미륵부처님의 첨병(尖兵)이 되어야 한다!"

청과 모돌이는 계암의 보살행에 큰 충격과 감동을 느꼈고, 그가 떠나면서 남긴 말은 화두(話頭)가 되어 그들의 마음속에 깊은 화인(火印)

으로 남게 되었다.

3. 시앗싸움

만귀잠잠한 밤이었다.

시커먼 그림자가 발소리를 죽이고 자소부인이 거처하는 별채로 다가갔다. 그는 잠깐 주변의 기미를 살피고 나서 마루로 올라서더니, 소리 없이 방문을 열고 안으로 스며들었다. 그는 방 아랫목에 펼쳐져 있는 이불을 젖혔다.

아뿔사!

아랫목에 자고 있어야 할 자소 부인이 없었다.

그는 민첩하게 별채를 빠져 나와, 안채로 향했다. 안방 앞에서 몸을 낮추고 주위를 살핀 그는 신발을 신은 채 방으로 들어갔다.

"그래, 해치웠느냐?"

어둠 속에서 나직한 목소리가 들려왔다.

"자소 마님이 방에 없었습니다유."

"뭐라고?!"

"…뭔가 눈치를 채구 몸을 피한 것 같습니다유."

"…낭패로구나. …이리 오너라."

곧 두 그림자가 뒤엉켜서 어둠 속으로 쓰러졌다.

다음 날 새벽, 자소 부인은 그녀의 방 앞 마루에 흘려둔 밀가루에 어지러운 발자국이 찍혀 있는 것을 보고 깜짝 놀랐다. 요즈음 갈수록 하련 부인의 기미가 심상치 않아서, 밤에 잠을 잘 때 그녀는 다른 사람 모르게 대청 건너편에 있는 몸종 소비의 방으로 건너가 자곤 했다.

그녀는 급히 소비를 불러다가 발자국을 보게 했다.

"어떤 놈이 마님을 해치러 온 게 분명합니다유."

"다른 사람이 눈치채지 않게 밀가루 흔적을 따라가 보아라!"

"알겠습니다유."

소비는 밀가루가 떨어져 있는 흔적을 따라갔다. 밀가루는 희미하긴 했지만 별당에서 안채로 이어져, 하련 마님이 거처하는 안채로 이어져 있었다.

"마님, 밀가루는 안채 하련 마님 방으루 이어져 있었습니다유. 그러나 하련 마님의 갖신에는 밀가루가 묻어 있지 않았습니다유."

"내 예상대로구나! 노복(奴僕)들이 거처하는 행랑채와 곁딸림채에 가서 밀가루가 묻어 있는 신발이 있는가 살펴보아라."

소비는 사내종들이 거처하는 곁딸림채로 가서 토방에 놓인 신발들을 살펴봤다. 옳거니! 곁딸림채 끝방의 토방에 언뜻 보면 잘 모를 정도의 밀가루가 묻은 미투리가 한 켤레 놓여 있었다. 젊은 노복 창쇠의 신발이었다.

그날 오후에 자소 마님이 소비를 불러, 나직나직 뭔가를 일렀다. 소비는 곧바로 산겸이를 찾아갔다. 산겸이는 오래 전부터 소비와 좋아하는 사이였다. 그녀는 산겸이를 호젓한 곳으로 데려가, 물었다.

"너, 자소 마님과 하련 마님을 어뜨케 생각하냐?"

"느닷읎이 그게 무슨 말이여?"

"두 마님에 대한 네 생각을 솔직히 말해 봐!"

"우리 같은 아랫것들이야 상전이 시키는 대루 하믄 되지, 웃사람이 어떻든 무슨 상관이여?"

"그래두 네 생각이 있을 거 아녀?"

"그야 …하련 마님이야 본래 귀한 집에서 당금아기로 자란 분이라 우리 같은 것들이야 어디 사람으루 봐 주기나 하냐? 자소 마님은 당신께서 우리 같은 천출이라서 그런지는 몰러두 우리들을 친 동기 같이 생각해 주시지! 우리 집에서 그걸 모르는 사람이 어디 있남? 그런데 왜 뜬금읎이 그런 걸 묻구 그러남?"

"…실은, 지금 자소 마님이 큰 위험에 처해 계셔!"

"무슨 일인디 그려?"

"……."

소비가 목소리를 낮춰 소곤소곤 말했다. 소비의 말을 듣는 산겹이의 얼굴이 변했다.

"그럼 창쇠가…?!"

"아직 확실하지 않으니까 그걸 확인하려는 거여!"

"알었어!"

산겹이가 고개를 끄덕였다.

며칠 후, 달도 없는 한 밤중에 검은 그림자 하나가 안채 하련 마님의 방으로 소리없이 스며들었다. 그리고 나무 그늘 아래에서 그걸 지켜보고 있던 산겹이가 사랑채 몽교에게 달려갔다. 잠시 후 횃불을 든 수노(首奴) 차은노와 하인 몇, 그리고 몽교가 안채 마당으로 들어섰다.

몽교는 성큼 마루로 올라 방문을 열어젖혔다. 그러나 방문은 안에서 잠겨 있어, 열리지 않았다. 몽교가 문고리를 사정없이 잡아채자 문짝이 떨어져 나갔다. 횃불의 얼룩거리는 불빛에 발가벗은 하련 부인과 노복 창쇠의 당황해 어쩔 줄 모르는 모습이 적나라하게 드러났다.

"이런 죽일 것들!"

몽교의 입에서 신음 같은 탄식이 새어 나왔다.

"저놈을 곳집으로 끌고 가라!"

몽교의 명이 떨어지자 하인들이 창쇠를 끌어내서 곳집으로 데려갔다. 몽교가 노한 목소리로 창쇠에게 말했다.

"내 눈으로 직접 봤다. 할 말이 있느냐?"

"…죽여 줍시우."

"네 놈이 며칠 전 자소 마님을 해하려 마님 방에 침입했겠다? 그것도 물론 하련 마님이 시킨 일이겠지?"

"…묻지 마시구, 그냥 죽여 줍시우."

"안 되겠다. 이놈을 매우 쳐라!"

둔탁한 몽둥이가 창쇠의 엉덩이에 어지럽게 떨어졌고, 얼마 지나지 않아서 피가 사방으로 튀었다.

"맞아죽기 전에 나으리께 모든 것을 고해 올려라!"

창쇠가 좀처럼 입을 열지 않자 차은노가 말했다.

"수노 어른, 단매에 제 머리통을 쳐서 죽여 줍시우!"

창쇠가 헉헉 숨을 몰아쉬며 차은노에게 애걸했다.

"이런 죽일 놈! 내 영을 거역하고 끝내 말을 않겠다는 것이냐? 저놈 입에서 바른 말이 나올 때까지 더욱 쳐라!"

몽교의 말에 하인들이 더욱 세차게 몽둥이질을 했다.

"…나, 나으리, 죽여 주십슈! 저는 드릴 말씀이 읎습니다유."

창쇠는 의식을 잃고 늘어지면서도 입을 열지 않았다.

"나으리, 더 때렸다간 이놈이 숨이 끊어질 것 같습니다유."

수노 차은노의 말에

"저놈, 도망치지 못하게 단단히 묶어 두어라."

몽교가 그렇게 이르고 안채로 갔다.

안채엔 촛불이 밝혀져 있고, 하련 부인이 그림자처럼 앉아 있었다. 몽교가 한참 말없이 하련 부인을 노려보다가, 이윽고 말했다.

"부인이 이처럼 막된 사람인 줄은 몰랐소."

하련 부인이 마치 죽은 사람 같은 창백한 얼굴로 말했다.

"…모두 제 잘못입니다. 창쇠는 내가 시킨 대로 한 죄밖에 없습니다! …그러나 저도 할 말이 없는 건 아닙니다. 하루아침에 젊은 계집종에게 나으리를 빼앗겼는데, 사람이라면 어찌 마음이 편하겠습니까? 제가 아무리 나이가 들었다 하나 저 역시 지아비의 고임을 받고 싶은 계집입니다. 나으리가 새파랗게 젊은 계집종에 빠져서 저를 거들떠보지도 않을 때 제 심정이 얼마나 참담했는지 짐작이나 하십니까? 나으리가 자소와 다정하게 밤을 보내는 모습이 장지문에 어리비칠 때 그 그림자를 지켜보는 제 눈에서 얼마나 피눈물이 났는지 아십니까? 나으리께서 자소를 생각하는 마음의 십분지 일만 저에게 주셨더라도 오늘 이러한 일은 없었을 것입니다. 게다가 청을 편애하는 나으리를 볼 때마다 제 가슴이 얼마나 찢어졌는지 아십니까? 나으리는 너무 청을 편애하셨습니다. 나으리는 명의 성격이 삐뚤어지고 나으리의 말에 순종하지 않은 것을 탓하시나, 그 까닭이 모두 나으리의 사랑을 받지 못한 때문이라는 생각은 해 보지 않으셨습니까?"

"…나의 허물이 전혀 없다고는 못 하나, 이제 와서 그런 걸 일일이 따져서 무엇 하겠소? 이제 이 지경이 되었으니, 내 어찌 부인과 한 집에서 살 수 있겠소? 내 내일 중으로 부인의 거처를 따로 마련하겠소!"

"…이제 돌이킬 수 없게 되었다는 건 저도 알고 있습니다. 다만 나으리께 한 가지만 부탁하겠습니다. 창쇠는 어린 노비로서 제 명을 거역하지 못하고 시킨 대로 했을 뿐이니, 부디 그 목숨만은 거두지 말아 주십시오."

하련 부인은 다음날 아침 안방에서 들보에 목을 맨 채 죽어 있었다. 몽교는 하련 부인의 시체를 처음 발견한 하녀에게 무슨 일이 있어도 그 사실을 발설하지 못하도록 단단히 이르고, 부인이 잠을 자다가 급서(急逝)하였다고 발표했다.

어두운 밤이었다. 문득 의식을 되돌린 창쇠는 한참 후에야 그에게 무슨 일이 일어났는지 알아차렸다. 이제 죽을 구덩이에 떨어졌구나! 그는 하련 마님이 시킨 대로 자소 마님을 해치려 하였으나, 자소 마님에 대해 어떤 나쁜 감정도 없었다. 늘 친절하게 하인들을 대해주는 자소 마님이었다. 그러나 하련 마님의 말을 거역할 수는 없었다. 그는 5년이 넘게 하련 마님과 밀통(密通)을 해 왔고, 진작부터 그녀의 꼭두각시가 되어 있었다. 처음 아무도 몰래 하련 마님이 그를 불렀을 땐 겁이 나서 죽을 것 같았으나, 하련 마님의 농익은 몸매에 한번 빠지자 헤어날 수가 없었다.

철커덩!

곳집 문에 채워놓은 자물쇠 열리는 소리가 들리고, 누군가 곳집으로 들어왔다.

"이놈, 내 너를 죽이려 했으나, 마님의 마지막 부탁이 있어 너를 놓아 준다! 내 눈에 띄지 않도록 멀리 가거라!"

창쇠는 목소리의 주인이 몽교 나으리란 것을 알았다.

그는 몽교의 집을 나와, 어둠 속으로 숨어들었다.

몽교의 큰아들 명은 어렸을 때부터 배다른 아우 청 때문에 심한 열등감에 사로잡혀 살았고, 나이 들면서부터 걸핏하면 하인들과 마을 사람들에게 주먹을 휘두르곤 했다. 명은 열댓 살이 되어 군눈을 뜨게 되면서부터 몽교의 눈을 피해 학업은 태만히 하고 기루(妓樓)를 드나들었는데, 어머니 하련 부인이 죽자 더욱 엇나가, 걷잡을 수 없이 주색에 침윤하였다.

그해 겨울 어느 날 밤 이슥한 시간에 술에 취해 비틀거리며 귀가하는 명을 본 몽교가

"네 이놈, 너는 이 집안의 대를 이을 놈이 이게 무슨 꼬락서니냐? 명색이 이 집안의 큰아들이라는 놈이 창고에서 재물을 훔쳐 내서 밤낮으로 술과 계집에 절어 지내다니! 괘씸한 놈! 못난 송아지 엉덩이에서 뿔난다더니!"

하고 나무랐다. 그러자 명이

"아버님! 못나서 죄송합니다! 그러나 아버님께서 언제 한번이라도 저를 이 집안의 큰아들로 대접해 준 적이 있으셨습니까?"

하고 대들었다.

"뭣이?!… 이놈이…!"

몽교는 너무 기가 막혀서 말을 잇지 못하고 얼뺨을 후려쳤다.

"더 치십시오! 더 치세요! 저도 죽여주십시오! 제가 모르는 줄 아십니까? 저도 어머니가 어떻게 돌아가셨는지 다 압니다!"

명이 눈을 불손하게 뜨고 사납게 울부짖었다.

"뭐라구?! …이놈! 썩 나가라! 꼴 보기 싫다!"

몽교는 다시 명의 뺨을 사정없이 후려치며 부르짖었다.

"예! 아버님 소원대로 다시는 이 집에 발길을 들여 놓지 않겠습니다!"

명은 그날 밤 다시 기루로 가서 삼경이 넘도록 폭음을 했다. 그리고 이튿날 아침 개울의 복찻다리 밑에서 머리를 박은 채 얼어 죽은 모습으로 발견되었다.

명이 그렇게 죽었다는 말을 들은 몽교는

"뭐?! …명이 죽어?!"

하고 외마디 소리를 지르고는, 벼락이라도 맞은 듯 털썩 넘어졌다. 몽교는 한번 자리에 눕자 끝내 일어나지 못했다.

몽교는 죽기 직전에 자소 부인에게

"내 비록 덕이 없어서 집안이 이 지경이 되었으나, 청을 데려와 이 집안을 지켜 주시오!"

하고, 세상을 떴다.

졸지에 하련 부인이 죽고, 명과 몽교가 사망하자 자소 부인은 수덕사 쌍수암으로 길옹 대사를 찾아갔다.

"나무아미타불! 내 이런 일을 피하려고 자제 분을 멀리 보냈건만, …나무관세음보살! 이제 영식(令息)도 곧 성년이 될 것이니, 데려와 가업을 맡기시오."

자소 부인은 옥과현의 정혜암으로 하인을 보내서, 청과 모돌이를 데려 왔다. 청과 모돌이는 어느새 당당하고 의젓한 젊은이가 되어 있었다. 그러나 청은 귀향한 지 며칠 지나지 않아서 자소 부인 앞에 무릎을 꿇고서 말했다.

"어머님, 저는 다시 정혜암으로 돌아가겠습니다. 이곳에서는 제가 할 일이 없으나 정혜암에는 율행 스승님께서 저를 기다리고 계시고, 또 제가 형제처럼 생각하는 동학(同學)들이 제가 돌아오기를 기다리고 있습니다. 아버님과 어머님께서 저를 낳아 주셨으나, 저는 정혜암에서 자랐고, 그곳에서 사람이 어떻게 살아야 하는가를 배웠습니다. 또한 지금 세상이 얼마나 잘못 되었는가도 알게 되었습니다. 저는 앞으로 그곳의 동학들과 함께 세상을 바꿔 볼 생각입니다. 세상을 바꾸는 큰일을 하기 위해서는 공부를 더 하고, 심신을 더욱 갈고 닦아야 하며, 그들과 형제 같은 깊은 유대를 다져야 합니다. 어머님께서 고적한 처지이신데, 이렇게 떠난다는 게 큰 불효인 줄 아오나, 어머님, …부디 허락해 주십시오."

청의 말은 공순했으나, 그 뜻은 강고하여, 자소 부인은 청을 붙잡을 수 없다는 걸 알았다.

"네가 이루고자 하는 세상은 어떤 세상이냐?"

"모든 사람이 사람답게 살 수 있는 세상, 존비귀천이 없는 세상, 대동 세상입니다."

자소 부인은 청의 마음이 이미 자기의 손이 닿지 못하는 높은 곳으로 갔다는 걸 깨달았다.

"이곳에 있는 전답이 모두 네 것이니, 필요할 땐 쓰도록 해라!"

"농사를 짓는 사람들이 주인이라 생각하고 그들에게 너그럽게 하십시오."

"알았느니라. 부디 몸조심해라."

자소 부인은 어쩔 수 없이 청과 모돌이를 다시 정혜암으로 보냈다.

자소 부인은 비록 아녀자의 몸이었으나 마음이 서그러우면서도 강단이 있어서 손씨 집안의 광대한 토지와 수많은 노비, 전호들을 몽교못지않게 잘 다스렸다. 특히 그녀는 어려운 백성들의 처지를 누구보다도 잘 알아서 소작인들과 외거노비들에게 받아들이는 작료(作料)와 신공(身貢)을 과감하게 낮춰 주어, 전호와 노비들의 존숭을 한몸에 받았다.

손청이 스무 살이 된 어느 날, 율행 스님이 청에게 말했다.

"이제 내가 너희들에게 가르칠 것이 없다. 네 동학 20여 명은 다들 한 몫을 할 수 있는 장부들이니, 함께 세상으로 나아가라!"

"…스승님, 저는 아직 멀었습니다!"

"공부보다 실행이 중요하다! 공부는 그만하면 됐으니 세상에 나아가 뜻을 펼쳐라!"

며칠 후 손청은 정혜암에서 함께 수학(修學)한 20여 명의 동학들을 데리고 예산으로 돌아왔다.

손청이 돌아온 지 며칠 안 되어 자소 부인이 말했다.

"네 동학들을 어떻게 할 작정이냐?"

"왜 그런 말씀을 하십니까?"

"네가 저들과 무슨 일을 하려는지는 내 묻지 않겠다만, 아무래도 세상의 이목이 있는데, 젊고 군센 스님들이 20여 명씩이나 우리 집에 붙박이로 지내고 있다면, 주의를 끌지 않겠느냐?"

"아버님의 명복을 빈다고 소문을 내면 되지 않겠습니까?"

"그것도 잠시 잠깐이지…."

"세상 사람들이 남의 일에 뭐 그리 관심을 가질까요?"

"큰 둑도 쥐구멍 하나로 무너지는 법이다. 내 생각엔 수덕사 전보스님 밑에 두면 어떨까 싶다. 거기는 원래 큰 절이고, 스님들과 대중들이 백여 명이 넘으니, 남의 눈에 띄지도 않을 것 아니냐?"

"수덕사에서 쉽게 받아주실까요?"

"전에 너를 관음사로 데려다 준 전보 스님이 지금은 주지 스님으로 계신다. 내가 부탁하면 거절하지 않으실 게다."

다음날 자소 부인은 벼 200가마와, 저포 1동, 비단 20필, 그리고 많은 은병과 엽전을 우마차에 나누어 싣고 수덕사로 갔다. 그리고 며칠 후 손청의 동학들은 서너 명씩 무리를 지어 수덕사로 향했다.

4. 대망(大望)

산막엔 계룡산 녹림당 두령 웅태와 부두령 강쇠, 명학소의 망소이, 예산의 손청과 모돌이가 둘러 앉아 술을 마시고, 공터에선 졸개들이 술판을 벌이고 있었다. 돼지를 두 마리나 잡고 탁배기를 여러 통 걸러서, 흥겹고 질벙진 잔치가 벌어졌다.

살어리 살어리랏다.
청산에 살어리랏다.
머루랑 다래랑 먹고
청산에 살어리랏다.
얄리얄리 얄라셩 얄라리 얄라.

울어라 울어라 새여.
자고 닐어(일어나) 울어라 새여.
널라와(보다) 시름 한(많은) 나도
자고 닐어 우니로라.

얄리얄리 얄라셩 얄라리 얄라.

술이 몇 순배 돌자 공터 마당에서 여럿이서 함께 부르는 노래 소리가 울려 왔다.

"오늘 손청 장사와 모돌이 장사, 망소이 장사 덕택에 우리 산채 사람들이 오랜만에 실컷 먹고 마시고, 흥겹게 노래까지 부르게 되었소! 오랜만에 있는 일이우. 내 그런 뜻으로 세 분에게 한 잔씩 권하겠소."

웅태가 손청에게 술잔을 권하면서 말했다.

"이렇게 융숭하게 맞아 주시니, 정말 고맙소이다. 내 망소이 장사한테 웅태 두령의 얘기는 여러 번 들었거니와, 직접 만나게 되니 정말 반갑소이다."

손청이 사례의 인사를 했다.

"세상에서 쫓겨나, 이 산 속에서 구차하게 목숨을 부지하고 있는 사람을 이리 대접해 주시니, 황감하우."

웅태가 심중하게 말했다.

손청은 관음사 정혜암에서 예산으로 돌아온 뒤 예산과 공주, 청양 등에서 이름이 알려진 호족 젊은이들을 찾아다니면서 친교를 맺었다.

공주의 호족 젊은이들과 술자리를 할 때였다. 여러 이야기 끝에 힘센 장사들의 얘기가 나왔다.

"지금 응양군의 상장군이며 병부상서인 정중부 장군이 원래는 해주(海州)의 천출(賤出)이었는데, 풍채가 뛰어나고 힘이 천하장사라서 상장군까지 되었다면서요?"

"얼굴도 보기 드물게 잘 생겼다는 얘기가 있습디다. 신언서판이란 말이 괜히 있는 게 아니지요!"

"옛날 중국 역사를 보면 초패왕 항우가 힘과 기백이 그렇게 절륜했다던데요?"

"자기 스스로 힘은 산을 뽑아올리고 기백은 세상을 덮는다(力發山兮氣蓋世)고 하였으니, 보통 사람은 하기 어려운 말이지요!"

"우리 고을에도 초패왕만은 못해도 정중부 못지않은 형제 장사가 있습니다."

"아니, 그게 무슨 말이오?"

손청은 귀가 번쩍 뜨였다.

"나도 직접 본 적은 없지만 몇 년 전부터 8척 장신에 힘이 천하장사라고 소문이 자자합니다."

"그게 누굽니까?"

"명학소란 마을에 망이, 망소이란 장사 형제가 있다는 말을 들었소이다."

다음날 손청은 모돌이와 함께 명학소를 찾아갔다.

망이는 집에 없었으나 망소이와 손청은 서로 보자마자 의기가 통하였고, 두 사람은 명학소와 예산을 여러 차례 오가며 우의(友誼)를 굳혔다.

그리고 오늘 망소이와 손청은 계룡산으로 웅태를 찾아왔다. 웅태는 망이가 웅태의 산채를 떠난 뒤 가끔씩 망이네 집을 찾았고, 망소이와도 금방 간담상조하는 사이가 되었던 것이다.

술잔이 계속 돌고 서먹서먹한 분위기가 가신 뒤였다.

"그런데 손청 장사가 이곳을 찾은 까닭이 궁금하구료! 손청 장사는 엄청난 재산을 가진 호족이라면서…. 설마 우리 같은 녹림당을 혼내 주려는 것은 아닐 테고…."

웅태가 정색을 하고 손청에게 물었다.

"남들은 나를 아무 생각 없이 호의호식하고 부귀영화나 누리는 호족 집안의 젊은이로 생각할지도 모르지만, 나도 지금 세상이 잘못되었다는 걸 누구보다 잘 알고 있소이다."

"…세상이 잘못 되어요?"

"잘못 되었지요! 사람의 생김새를 보면 다 똑같이 생겼는데, 상전이란 사람들은 평생 일 한 번 하지 않고 온갖 부귀영화를 누리고, 노비나 소작인은 평생 허리 한 번 펴지 못하고 죽살이로 일을 하여 상전을 떠받들고 살아갑니다. 이런 세상을 어찌 제대로 된 세상이라 하겠습니까?"

손청의 목소리가 높아졌다.

"호족인 손청 장사가 그런 생각을 갖고 있다니 놀랍구려! 손청 장사는 어쩌다 그런 생각을 갖게 되었수?"

웅태가 물었다.

"내 비록 호족 집안 출신이라 하나 어려서부터 집을 떠나 옥과 관음사 정혜암이란 곳에서 세상에서 버려진 아이들과 함께 자랐소이다. 그리고 그곳 율행이란 스님께 귀천이 없는 평등 세상, 대동 세상에 대해 배웠소이다."

"…그런 스님이 계시다니, 한번 뵙고 싶구려! 그런데 우리 같은 산사람과 사귀어서 무슨 이익이 있겠소? 이런 곳에 숨어 사는 사람들이란, 대개 그 신분이 미천하고 밝은 세상에서 얼굴을 들고 살기가 어려운 사정이 있는 사람들이오."

"그걸 모를 리가 있겠소? 내가 여러분과 사귀고자 하는 것도 바로 그 때문이외다!"

손청의 목소리에 힘이 들어갔다.

"그건 무슨 말씀이우?"

웅태가 영문을 모르겠다는 듯 의아한 얼굴로 물었다.

"내 비록 비단옷을 입고 호족 행세를 하고 있으나, 모친이 노비 출신으로서 천출(賤出) 서자(庶子)의 통한을 뼈저리게 느끼며 자랐소. 지금 글공부하는 사람들이 큰 스승으로 삼고 있는 사람 중에 맹자라는 사람이 있는데, 그의 가르침에는 임금이 덕이 없어서 백성을 괴롭히고 고난에 빠뜨릴 때엔 그러한 임금을 백성들이 갈아치울 수 있다는 내용이 있소. 이는 임금이 나라의 주인이 아니라 백성이 나라의 주인이라는 뜻이 아니겠소? 생각해 보면 천하의 주인은 마땅히 천하에 사는 모든 사람들의 것이지, 어찌 한 사람의 것이 될 수 있겠소?"

"……?"

"……?"

손청이 다시 말했다.

"지난 인종(仁宗) 임금 때에 조정에서 이자겸이란 자의 반란이 있었소. 이자겸(李資謙)이라는 사람은 자기의 딸을 세 명이나 왕비로 바쳐 부귀영화가 세상을 덮었던 자인데, 이러한 자가 난을 일으켜 임금을 죽이려 한 까닭이 무엇이겠소? 또한 서경에서 묘청(妙淸)이란 자가 조정에 대항해서 난을 일으켜 대위국(大爲國)이라는 나라를 세웠는데, 이러한 변란은 모두 조정과 왕실의 위엄이 무너지고, 임금이 못나서 그리 되지 않았겠소? 그런데도 지금 임금은 백성들의 삶에는 아무 관심도 없이 온갖 사치스러운 잔치나 즐기며, 그 비용을 충당하기 위해 백성들은 뼈가 빠지게 일을 해서 그 생산물을 모두 조정에 바치고 있소. 임금이 이 모양이니 조정엔 간신배들이 날뛰고 지방엔 탐관오리가 발호하여 백성들의 기름과 피를 빨아 대니, 백성들의 삶이 어떻겠소이까? 최근에만 해도 이천(伊川), 안협(安峽), 동주(東州), 평강(平康), 영풍(永豊), 선주(宣州), 곡주(谷州) 등 여러 곳에서 계속적으로 백성들의 봉기가 일어나고 있는데, 그 까닭이 무엇이겠소?"

"…듣자 하니 손청 장사는 무언가 큰일을 도모하고자 하는 듯한데, 구체적으로 어떤 생각을 가지고 있소?"

웅태가 물었다.

"…그것은…."

손청이 말하기가 어려운 듯 술잔의 술을 비우고 나서도 선뜻 입을 열지 않았다.

"손청 장사의 생각을 말해 보시오."

망소이도 재촉했다.
“세상에서 쫓겨난 여러분과 같은 사람들과 천민, 노비, 남의 땅에 농사를 지어 지주에게 바치는 전호들이 손을 잡고 떨쳐 일어나서, 새로운 대동 세상을 세우는 것이오!”
대동 세상!
웅태와 망소이는 손청의 말에 너무 놀라 눈을 크게 떴다.
“…새로운 나라란 대체 어떤 나라를 말하는 것이우?”
“방금 말했듯이 임금이 잘못해서 백성이 임금을 다시 세운다면, 이는 백성이 나라의 주인이라는 말이지요. 백성들이 나라의 주인이라면 마땅히 백성을 위한 나라를 세워야 할 것 아니겠소이까? 지금까지의 나라는 한결같이 임금을 위한 나라이고, 조정을 독차지한 몇몇 권문세가를 위한 나라, 호족과 양반을 위한 나라였지요! 그러나 앞으로 세워져야 할 나라는 마땅히 그런 몇 안 되는 사람들을 위한 나라가 아니라, 모든 백성들을 위한 나라, 천민과 노비, 일반 백성들을 위한 나라가 되어야 하겠지요! 그게 대동 세상이외다!”
“손청 장사가 그런 뜻을 지녔다는 건 장한 일이지만, 무슨 힘으로 그런 나라를 세운단 말이우? 이루지 못할 꿈은 오히려 우리들에게 독(毒)이 되는 게 아니우?”
“여러 사람이 한 꿈을 갖게 되면, 그 꿈은 현실이 될 수가 있소이다. 나는 그 때문에 여러 장사들과 동무가 되고자 하는 것이외다!”
웅태가 손청에게 술을 권하며 말했다.
“놀랍수! 나는 오늘 비로소 귀가 뚫렸수다!”
손청이 술을 마시고 잔을 망소이에게 넘겼다.
“백성들에겐 먹는 것이 하늘이고, 따라서 토지가 하늘이외다. 나는 평생을 고된 노역에 시달리면서도 따뜻한 이밥 한 그릇, 고깃국 한 그릇을 못 먹어 허덕허덕하는 민초들의 삶이 모두 토지 제도의 잘못에서 비롯된 것이라는 것을 뼈저리게 느꼈소이다. 그래서 내가 지닌 전답이나마 그들에게 나누어줄까 생각도 해봤습니다만, 이 또한 소용없는 일이 될 것입니다. 얼마 지나지 않아 결국 다른 호족과 지주들이 그 소유권을 빼앗아 갈 게 분명하니까요. 흉년이 들거나 전염병이 창궐하면 중앙의 귀족과 지방의 호족, 벼슬아치들이 쌀 몇 됫박으로 가난한 백성들의 전답을 걸태질하는 세태가 어제 오늘의 일이 아닌 것은 여러분도 잘 알 것입니다. 따라서 이러한 잘못된 제도와 관행을 근본적으로 해결하려면 새로운 나라를 세우는 것밖에 다른 길이 없습니다. 토지를 농사짓는 사람이 소유하고, 천민과 노비가 없는 평등한 세상이 내가 생각하는 대동 세상이외다."

망소이와 웅태는 손청의 말에 놀라 한 동안 말이 없었다. 한참 후에 망소이가 입을 열었다.

"그런데 …손청 장사는 어뜨케 그런 생각을 하게 되었수?"

손청은 액운을 피하기 위해 여덟 살의 나이에 집을 떠나 스무 살이 된 뒤에 돌아온 이야기를 상세하게 했다. 그리고 계암 스님이 흉년에 행한 보살행에 대해서도 얘기했다. 웅태와 망소이는 술 마시는 것도 잊은 채 손청의 이야기를 들었다.

"내 스승인 율행 스님은 모든 사람이 다 똑같이 평등하고 존엄하다는 생각을 가진 분이외다. 그 분은 사람만이 아니라 이 세상의 모든 만물이 다 똑같이 존엄하다고 가르쳤고, 토지는 소유하는 것이 아니라 잠깐 이용하는 것이기 때문에 농사를 짓는 사람이 공평하게 그 권리를 나누어 가져야만 착취하고 착취당하는 일이 없어질 것이라고 하셨소이다. 나는 그 분의 가르침에 따라, 그러한 새 세상을 만드는 데 한 알의 씨앗이라도 되고자 하오이다!"

세 사람은 모두 깊은 생각에 잠겼다. 한참 후에 웅태가 침묵을 깨뜨리고 말했다.

"그런데 그러한 나라를 세우려면 힘이 있어야 할 게 아니우?"

"그렇소이다. 힘이 있어야지요. 지금 이 나라엔 권세부귀를 누리며 백성을 착취하는 사람은 몇 안 되는데, 그들에게 핍박당하고 착취당하며 사는 사람들은 그들보다 수십, 수백 배 더 많습니다. 한 사람에게 수십 수백 명이 꼼짝달싹 못하고 있는 형국이니, 이 얼마나 비참한 모습입니까? 그 수백 명이 일시에 일어난다면 하루아침에 그 동안의 족쇄를 떨쳐 버리고, 새 세상을 열 수 있을 것이외다. 여러분처럼 세상에서 쫓겨난 사람들과 향, 소, 부곡에서 살고 있는 천민들, 노비들, 그리고 착취당하고 있는 백성들이 제일 먼저 일어서야 하외다. 내 집을 짓는데, 다른 사람이 지어 주길 바라겠소이까? 백성들의 나라를 세우려면 백성들이 나서야 할 것 아니겠소이까?"

"이제야 손 장사가 우리 산채를 찾아 온 뜻이 무엇인지를 알겠소."

웅태가 감동한 얼굴로 말했다.

"내 말이 너무 길었소이다."

"무슨 말씀을! 내 손청 장사가 예삿분이 아니라는 건 알구 있었지만, 이리 깊은 생각을 지니구 있는지는 몰렀수다. 오늘 세상을 보는 내 눈이 달라졌수!"

망소이도 감탄을 토해냈다.

"여기 나와 함께 온 모돌이가 나를 나으리라고 하는데, 나는 모돌이를 가장 든든한 친구이자 동지이고 형제로 생각하지, 하인으로 생각하지 않소이다. 그리고 조만간 모돌이는 물론이고 내 집안의 모든 노비들을 해방할 생각이외다. 우선 그들의 지지를 얻어야만 다른 많은 농민과 천민 들의 호응이 뒤따를 것이기 때문이외다."

웅태와 망소이, 강쇠는 새삼 놀라움을 가지고 손청을 바라보았다.

이런 사람이 있다니!

그들은 의기투합하여 술을 마시며 그들이 겪었던 부조리한 세상살이와 새로이 만들어야 할 세상에 대해 밤이 새도록 이야기꽃을 피웠다. 그리고 오랜 지기처럼 가까워졌다.

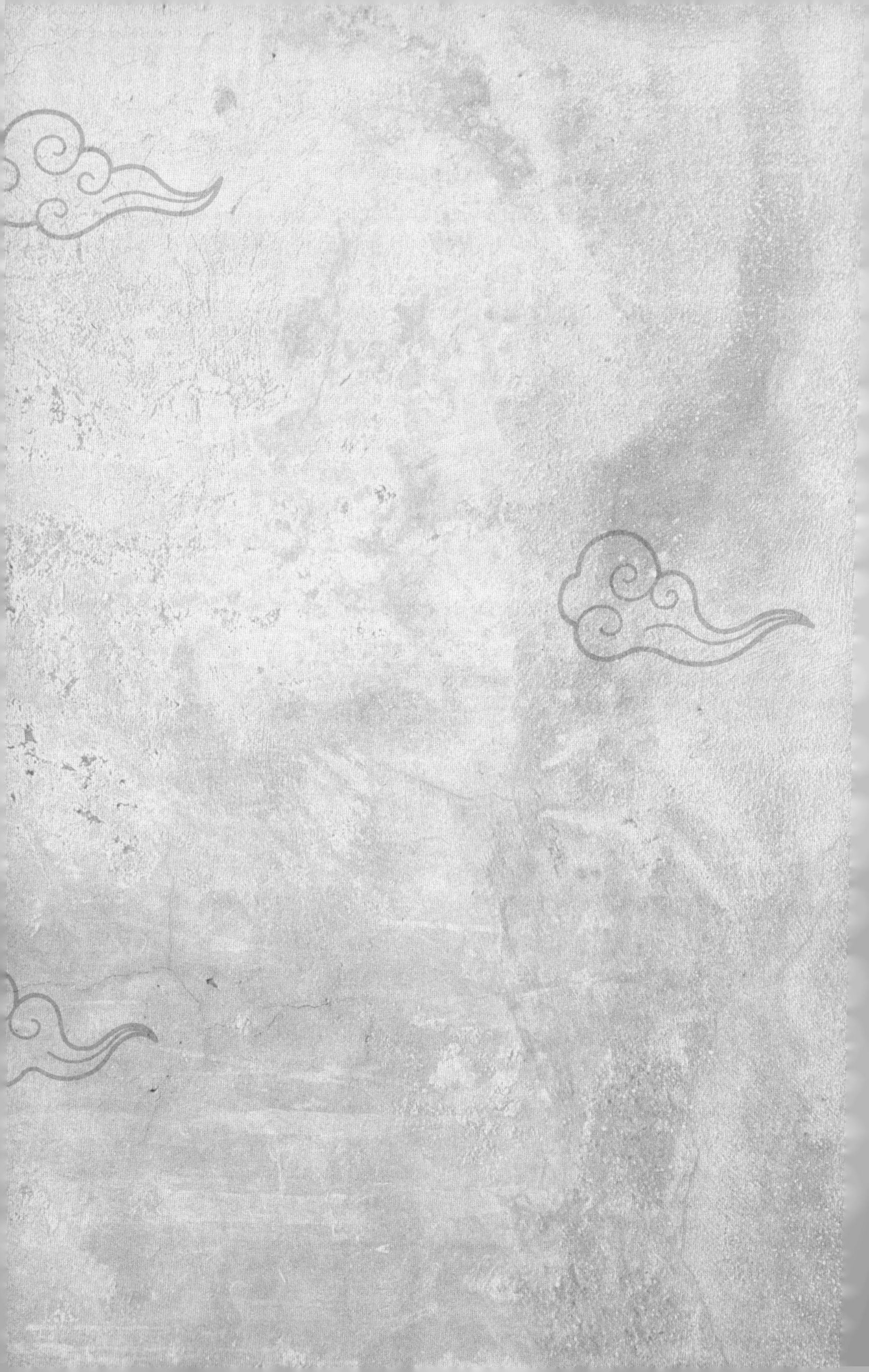

제6장

환희사(歡喜寺)

1. 비 오는 밤

종일 지척지척 내리던 비가 해름녘이 되면서부터 굵어지기 시작하더니, 밤이 되자 사뭇 장대같이 세차게 내리꽂혔다. 바람 또한 미친 말처럼 갈기를 펄럭이며 골짜기를 달려내려와 도성(都城)을 짓밟으며 날뛰었다. 그믐이라 원래 달이 없는 데다가 거센 비바람 때문에 땅거미가 내리자마자 사위는 지척을 분간하기 어려울 정도로 짙은 어둠에 묻혀 들었다. 여느 때 같으면 집 밖에서 뛰노는 꼬맹이들과 오가는 행인들로 소란스러울 한길에 사람의 자취가 끊기고, 어쩌다가 몸을 옹송그린 채 발걸음을 재촉하는 사람이 한둘 있을 뿐이었다.

기골이 장대하고 위엄이 있어 보이는 한 중년 사내가 우장을 둘러쓰고 서부(西部) 오정방(五正坊)에 있는 산원(散員) 이의방(李義方)의 집 앞에 나타났다. 그는 날카로운 눈으로 주위를 살피더니, 대문간으로 다가가 대문을 두드렸다.

"누구시오?"

기다리고 있었다는 듯 곧바로 대문 안에서 조심스러운 목소리가 넘어왔다.

"정중부(鄭仲夫)요."

그의 말에 지체없이 대문이 열렸다.

"어서 오십시오!"

그가 대문 안으로 들어서자 걸때가 우람한 젊은 사내가 허리를 깊숙이 숙여 인사를 했다. 집주인 이의방이었다.

"모두 상장군님을 기다리고 있습니다!"

"날이 궂은데, 수고들이 많으이! 들어가세!"

정중부와 이의방은 사랑채로 발길을 옮겼다.

정중부가 사랑방에 들어서자 들기름 등불을 가운데 두고 그 주위에 빙 둘러앉아 있던 건장한 사내들이 모두 자리에서 일어나 정중부에게 인사를 올렸다.

"안녕들하신가? 다들 자리에 앉게나!"

정중부가 아랫목 상좌에 좌정하자 사내들이 모두 자리에 앉았다. 집 주인 이의방과, 그의 종형(從兄)인 이춘부(李椿夫), 기탁성(奇卓誠), 진준(陳俊), 양숙(梁肅), 이고(李高), 조원정(曹元正), 채원(蔡元), 이의민(李義敏) 등이었다. 이의방과 이고가 조정을 뒤엎으려는 거사(擧事)를 처음 계획했을 때부터 흔쾌하게 가담해서, 그간 주동적인 역할을 해 왔던 핵심 인물들이었다.

"날씨도 사나운데 이렇게 모이느라 수고가 많았네."

정중부가 좌중을 찬찬히 훑어보며 점잖게 말하고는,

"지난 번에 얘기했던 사람들의 동태는 좀 살펴보았나?"

하고, 기탁성을 바라보며 물었다.

"대장군 한순(韓順)과 장군 신대예(申大譽) 밑에는 이미 첩자를 심어두고, 그들이 어떤 사람들을 만나고, 무슨 일을 꾀하고 있는지 은밀하게 알아보고 있습니다. 수상쩍은 언동이 포착되면 곧바로 알리도록 조치를 취해 두었습니다. 그리고 한공(韓恭)과 사직재(史直哉) 장군 휘하의 군졸을 매수하는 공작은 지금 진행 중에 있습니다. 곧 그들의 움직임을 세세하게 파악할 수 있을 것입니다."

"수고 많았네. 그들은 우리와 같은 무반이지만, 대대로 무관직을 세습하는 군반씨족들이라 우리들과는 처지가 다르네. 군에 드리운 뿌리가 깊고 세력 또한 강하네."

"잘 알고 있습니다."

"그들이 상장군님 주변에 젊은 장교들이 많이 모여 있다는 걸 빌미

잡아 상장군님을 도성 밖으로 전출시켜야 한다는 논의를 했다면, 이는 그들이 우리 일을 눈치챘다고 보아야 할 것입니다. 그들 또한 우리와 같은 거사를 하려고 하는 것은 아닐까요? 우리에게 선수를 빼앗길까 봐 상장군님을 제거하고자 하는지도 모릅니다."

조원정이 조심스럽게 말했다.

"제가 걱정하는 것도 바로 그것입니다."

기탁성이 조원정의 말에 동조해서 거들었다.

"사직재 대장군은 상장군님과 가까운 사이라는 말들이 있던데, 그 말이 헛소문입니까?"

이춘부가 정중부에게 물었다.

"내가 교위 시절에 사직재가 같은 부대의 산원으로 근무했는데, 배짱이 맞아 늘 함께 어울려 다녔었네. 그때 어사대(御史臺)에서 상(上)께 주청하여 수창궁 북문을 봉쇄하고, 임금 곁에 있는 미관말직들이 그 문으로 드나들지 못하게 했는데, 우리 두 사람은 객기를 부려서 마음대로 북문을 열고 드나들었네. 어사대 사람들은 임금께 우리 두 사람을 벌해야 한다고 청했으나, 임금께서는 우리 두 사람을 두둔해 감싸주시면서 어사대 사람들을 타일러 무마시켜 주셨네. 그 시절 사직재와 단짝으로 늘 어울렸으나 그 후 서로 처지가 다르다 보니 이제는 많이 소원해졌네."

"만약 그들이 정말 무슨 일을 꾸미면서 상장군님을 제거하려 한다면, 이는 좌시할 일이 아닙니다. …상장군님께서 사직재 대장군을 직접 만나, 그들의 속셈을 알아보는 것도 한 방법이 아니겠습니까? 만약 그들이 우리처럼 거사를 도모하려 한다면 서로 제휴할 수도 있지 않겠습니까?"

진준이 말했다.

"나도 그런 생각을 안 해 본 게 아니네. …그 일은 나에게 맡기고, 기 장군과 진 중랑장은 그들의 동태를 잘 감시하게."

"알겠습니다."

"우학유(于學儒)를 포섭하는 일은 어찌 되었나?"

정중부가 이의방과 이고를 바라보면서 물었다.

"그 일은 실패했습니다! 그 우가 놈한테 보기 좋게 거절당했습니다!"

성질이 급한 이고가 불쑥 내뱉자 이의방이 말했다.

"지난번 모임에서 결정한 바대로 견룡행수 우학유에 대한 포섭은 저와 이고가 맡았습니다만, 이 산원의 말대로 실패했습니다."

"우학유가 …거절을 하다니, 뜻밖이군."

정중부의 얼굴이 조금 굳어졌다.

"이고와 저는 우학유를 호젓한 술집의 외딴 방으로 데려가서, 조정의 문란함과 문신들의 횡포에 대해 얘기했습니다. 우학유도 우리 말에 전폭적으로 공감을 표했습니다. 그래서 우리의 거사 계획을 말하고, 동참하길 권했습니다. 그런데 뜻밖에도 우학유가 말하기를, '문관들을 모조리 제거해서 평생 가슴에 쌓인 포한을 풀어야 한다는 그대들의 의도에는 나도 동감합니다. 그러나 내 선친께서 생전에 항상 나를 훈계하시기를, "무관이 문관들에게 터무니없이 멸시를 당한 지 오래되었다. 어찌 분하지 않으랴! 한 주먹거리도 안 되는 문관들을 제거하기는 썩은 나무를 쓰러뜨리는 것처럼 쉬운 일이다. 그러나 만약 문관들을 살해하면 그 화(禍)가 우리에게 되돌아오는 것이 채 발꿈치를 돌릴 사이도 없으리만큼 빠를 것이니, 너는 내 말을 명심하고 마땅히 삼가라!"고 하셨소이다. 선친께서는 이미 돌아가셨으나 당신의 말씀이 아직 귓전에 생생하게 남아 있는데, 내가 어찌 그 말씀을 거역할 수 있겠소? 내 비록 그대들과 같은 생각을 가지고 있을지라도 차마 선친의 뜻을 거역할 수는 없소. 나를 믿고 찾아왔는데, 이렇게 거절해서 미안하오. 그러나 그대들이 한 말은 돌아가신 아버님의 존함을 걸고 누구에게도 발설하지 않을 것을 맹세하겠소.' 하고, 일어나 자리를 떴습니다."

"그런 우학유를 제가 칼을 뽑아 뒤쫓아가려는데, 이의방 산원이 말려서 그냥 살려 보내고 말았습니다만, 아무래도 뒷맛이 찜찜합니다! 그 자리에서 제거해 버렸어야 하는 건데!"

이고가 못마땅한 표정으로 덧붙였다.

"자네 말이 너무 지나치네! 우학유가 비록 우리의 제의를 거절했으나, 그것을 함부로 발설할 위인은 아닐세! 그가 평소에 기개와 의리가 있어서 우리가 포섭하려 한 것 아닌가! 한 번 거절했다고 후환이 두려워서 그를 제거해 버린다는 건 너무 지나친 처사이지! 근일 내에 그를 다시 한 번 만나 보세!"

이의방이 이고의 말을 반박하자

"이런 일에는 안전이 최우선이야! 우리의 비밀을 아는 놈들은 한 놈도 빼놓지 않고 제거해 버려야 뒷근심이 없다구! 만에 하나라도 그런 자들이 딴마음을 가지고 발고를 해 버리면 그땐 만사휴의(萬事休矣)라는 걸 알아야지! …세상에 믿을 놈이 어디 있나?"

이고가 여전히 불만스러운 얼굴로 뇌까렸다.

"…우학유의 아비 우방재(于邦宰) 대감이 나와는 잘 아는 사이였었네. 그가 젊었을 때는 힘이 절등하여서 장교들 중에 그를 당할 사람이 드물었고, 덕이 있어서 후배 장교들의 존경을 받았지. 무장 중에선 드물게 출세를 해서 벼슬이 형부상서를 거쳐 우복야(右僕射)에 이르렀었는데, 우복야로 있으면서도 우리 무관들을 위해 알게 모르게 많은 노력을 했지. 그 우방재 대감을 생각해서라도 우학유를 함부로 벨 수는 없네. 이의방 산원 말대로 우학유도 감히 발설하지는 않을 게야."

정중부가 이고를 달래듯 말했다.

"다 믿어도 머리 검은 짐승은 믿지 말란 말도 있지 않습니까? 저는 지금이라도 당장 우학유에게 달려가, 그를 베어 버려야 한다고 생각합니다! 만에 하나라도 그가 밀고를 하면 그날로 우리 모가지가 저잣거리에 댕겅 매달린다는 걸 모르시지는 않겠지요?"

이고가 파르르 성깔을 내어 말했다.

"대사를 앞두고 그 무슨 사위스러운 말인가? 말씀을 가려 하게나!"

기탁성이 목소리를 높여 꾸짖듯이 말했다.

"우리는 지금 목숨을 걸고 거사를 하려는 것입니다! 저는 우리가 이렇게 미적미적 거사를 뒤로 미루는 게 심히 꺼림칙합니다! 내일이라도 당장 거사를 해야 한다고 생각합니다! 자칫 잘못하다가는 우리 뜻을 펴 보지도 못하고 역적이 되어 죽습니다!"

이고가 목소리를 높였다.

"저도 거사를 서둘러야 한다는 이고의 의견에는 동감입니다. 상장군님, 하루라도 빨리 거사를 단행하십시다!"

이의방이 이고의 말을 거들고 나서며 정중부를 바라보았다.

"……."

이의방이 다시 말했다.

"이제 우리 동지들이 30여 명으로 불어났고, 그 동지들이 일시에 움직이면 어떤 일도 해낼 수가 있습니다. 그런데 더 이상 거사를 미룰 까닭이 무엇입니까? 이런 일은 질질 끌수록 위험만 점점 더 높아질 뿐입니다."

"모든 일에는 때가 있는 법일세. 때를 제대로 타면 승하고 때를 거스르면 패한다는 말이 있잖은가. 젊은 혈기로 욱해서 일어난다고 일이 되는 게 아닐세. 때가 무르익어야지!"

정중부가 타이르듯 말했다.

"그렇게 여유 있게 생각하실 일만도 아닙니다. 차일피일 거사를 미루다가 무슨 일이 있을지 어찌 압니까?"

이의민이 이고와 이의방의 말을 응원하고 나섰다. 그들 젊은 장교들은 진작부터 거사를 서두르자고 거듭거듭 주장해 왔다. 그러나 그들의 좌장(座長) 정중부는 아직 때가 무르익지 않았다면서 계속 거사를 뒤로 미루고 있었다.

"…그대들의 조급한 마음을 내 모르는 바 아니네! 그러나 큰일일수록 천시(天時)를 타야 하는 법일세! 이제 조만간 때가 이를 게야!"

정중부가 낮은 목소리로 달래듯 말했다.

잠시 무겁고 어색한 침묵이 흘렀다.

"이보게 이의방 산원, 쓴 박주라도 좀 없나? 귀하신 손님들이 오셨는데, 이거 대접이 이래서야 쓰겠나?"

진준이 분위기를 바꾸기 위해 말을 돌렸다.

"그래, 탁배기라도 한 동이 내놓아 보게나!"

기탁성이 진준의 말에 맞장구를 쳤다.

"그렇지 않아도 탁배기를 좀 빚고, 개 한 마리를 삶아 놓았습니다. 상장군님께서 오시는데, 박주 한 잔이 없어서야 되겠습니까?"

이의방이 그렇게 말하고는 자리에서 일어나, 밖으로 나갔다. 그는 잠시 후에 탁배기 동이와 통째로 삶은 개를 상에 받쳐들고 들어왔다.

"야, 그놈 아주 돼지 만하구나!"

"허어! 오늘 이 산원이 한 턱 내려고 단단히 별렀구나!"

"여어, 이거 오늘 목구멍의 때 좀 벗기게 되었구먼!"

술과 개고기를 본 사람들은 이의방에게 공치사를 하고는, 먼저 정중부에게 잔을 올리고 나서, 서로 술잔을 권하며 고기를 뜯기 시작했다.

"비가 이렇게 내리는데 내일 임금께서 영통사(靈通寺)에 거둥하시려나 모르겠네."

한참 술을 마시면서 이야기꽃을 피우다가, 이고가 말했다.

"안 하실 리가 있나? 영의(榮儀)란 놈의 말이라면 팥으로 메주를 쑨다고 해도 믿고 따르는 분인데! 더구나 법회를 열지 않으면 임금의 수(壽)에 이상이 생긴다는 데야! 비 때문에 또 우리들만 죽어나게 생겼네! 지난 번에도 어가(御駕)의 바퀴가 진흙탕에 빠져서 큰 고역을 치르지 않았던가!"

채원이 이고의 말에 대꾸했다.

"우리가 거사를 하면 제일 먼저 영의 같은 놈들을 주살해 버려야 할 것이네! 어줍잖은 점쟁이놈이 요사스런 말로 성상 폐하를 현혹시켜서 조정을 우지좌지하고 있으니, 나라 꼴이 뭐가 되겠는가!"

"그런 놈들에게 혹해서 그의 말대로 놀아나는 폐하가 더 문제 아닌가?"

"일리가 있는 말일세! 영의 같은 점쟁이놈이 권세를 휘두르는 것은 모두 폐하 탓일세!"

젊은 장교들은 햇가(日邊)에서 임금에게 아첨을 일삼으면서 권력을 농단하는 폐신(嬖臣)들을 성토하기 시작했다.

영의는 점쟁이였다. 그의 부친은 천문의 일을 맡은 사천감(司天監)의 벼슬아치였는데, 한때 원악도로 유배를 가서 생활하면서, 그 섬에서 살던 반역자의 후손에게 장가를 들어서 영의를 낳았다. 영의는 태어날 때부터 용모가 괴이하였고, 자라면서 성질이 극히 간악하고 교활하였다. 그는 의종(毅宗) 초에 내시사령(內侍使令)이 되어 임금 곁에 있게 되었는데, 기회 있을 때마다 임금께

"나라의 기업이 오래 가느냐 못 가느냐, 성상께서 장수하시느냐 단명하시느냐는 모두 신령에게 제사를 근실하게 하느냐, 게을리 하느냐에 달려 있고, 명산대천의 신들과 이름 있는 절을 얼마나 자주 찾아 치성을 드리느냐에 달려 있사옵니다."

하고 아뢰었다.

의종은 그의 말에 혹해서 그가 시키는 대로 전국 각처의 신사(神祠)에서 국가 안태와 임금의 수명 장수를 기원하는 제사를 지냈는데, 그 횟수가 지나쳐서, 나라의 재정이 위태로울 지경이 되고, 벼슬아치들이 연락부절로 오가면서 백성들에게 끼친 민폐가 이만저만이 아니었다. 영의는 임금의 신임을 등에 업고서 마을의 이름 있는 집들을 마음대로 빼앗아서 임금의 이궁(離宮)과 별관(別館)으로 삼고, 산재(山齋)와

별장을 새로 지어 놓고서 의종으로 하여금 무시로 순행하여 제사를 올리게 했다. 또 크고 작은 모든 사찰에 법회를 개설했는데, 그 기간이 천 일(千日)에 이르는 것도 있었다. 그러다 보니 중앙과 지방의 국고가 고갈되고, 부역에 동원된 백성들의 원성이 자자하게 되었다.

영의로 인한 폐단이 너무 심하자 어사중승 고영부와 시어사 한유정, 최규심 등이 3일 동안이나 편전의 합문 밖에 엎드려 영의를 규탄하고, 그를 조정에서 내칠 것을 청했으나, 임금은 끝내 그들의 청을 받아들이지 않았다.

의종 11년 정월 초하루에 서북풍이 세차게 불자 태사(太史)가 점을 쳐 보고서, 나라에 근심이 있을 징조라고 말했다. 의종의 얼굴에 두려워하는 기색이 있는 것을 본 영의는

"마마, 걱정하실 일이 못 되옵니다. 양도(禳禱)로써 화를 물리치시옵소서!"

하고는, 영통사와 경천사 등 5개의 절에서 그해 1년 동안 재를 지내면 재앙을 막을 수 있다고 진언하여, 그대로 시행하게 했다.

또 의종 11년 4월에는

"내년에 나라에 큰 재앙이 있을 것이니, 고찰(古刹)을 수리하는 덕을 쌓아, 이를 예방해야 하겠사옵니다."

하니, 영의의 말 한마디에 임금이 문무백관을 거느리고 해안사로 가서 절터를 둘러보는 소동을 벌이기도 했다.

그는 별이 제 궤도를 어기거나, 날이 가물거나, 일기가 불순하거나 하면 임금에게 나아가, 모년 모월 모일에 나라에 큰 재앙이 있을 듯한데, 어떻게 하면 그 재앙을 막을 수 있다고 말하고, 그의 말대로 시행하게 했다. 그리고 그날이 지나가면,

"폐하의 지극한 정성에 천지신명이 감동하셔서, 재앙이 비켜갔사옵니다. 감축드리옵니다."

하고 공치사를 하곤 했다.

또 임금에게 말하기를,

"폐하의 수명을 연장하려면 천제석과 관음보살을 모셔야 하옵니다. 화공(畵工)으로 하여금 천제석과 관음보살을 많이 그리게 하여서 각처의 모든 절에 나누어 보내고, 그들을 모시는 축성법회(祝聖法會)를 성대하게 여시옵소서."

하니, 의종은 그의 말을 좇아 널리 불사를 베풀고, 주군(州郡)의 창고를 열어서 비용을 충당케 하였다. 영의는 역마를 타고 각 지방을 순찰하며 그 법회를 감독했는데, 그 처사가 심히 가혹해서 지방의 수령들과 절의 중들은 모두 겁에 질려서 다투어 그에게 뇌물을 바쳤다.

또 그는 임금의 수명을 연장하기 위한 특별한 방도라면서 안화사에 제석과 관음, 수보리의 상을 만들어 놓고서, 여러 중들로 하여금 밤낮 쉬지 않고 이들의 이름을 부르며 절을 올리도록 했다. 영의는 이를 연성법석(連聲法席)이라고 불렀는데, 그 스스로 온갖 정성을 다하는 것처럼 철야를 하면서 예배를 하니, 왕이 감동해서 더욱 그를 신임했다.

또 대궐 동쪽에 궁궐을 곁달아 증축하면 조정의 기업이 연장된다고 주청해서, 임금이 그 아우 익양공(翼陽公)의 집을 빼앗아 이궁을 수축하고, 그 이름을 수덕궁(壽德宮)이라고 일컫게 했다.

영의로 인한 폐단이 갈수록 커지자 정언 문극겸이 영의의 죄과를 열거하고 그를 추방하여야 한다고 주청하였으나, 임금은 문극겸의 주청을 받아들이지 않았다. 또 문극겸이 역민(逆民)의 후손인 영의에게 높은 관직을 제수함은 국법에 어긋나는 일이니 그의 벼슬을 제한해야 한다고 진언하자, 의종은 도리어 영의가 양도(禳禱)로써 나라의 재앙을 막은 공로를 찬양하고, 역적의 후손이라 할지라도 나라에 큰 공이 있으면 높은 벼슬에 나아갈 수 있도록 호적에 관한 법을 고쳤다. 임금의 이러한 비호 때문에 영의의 교만함은 날로 높아갔고, 드디어 모든 신하들이 그를 두려워하여, 아무도 그와 맞서려 하지 않게 되었다.

"영의만이 아니라 정함(鄭諴)과 왕광취(王光就), 백선연(白善淵) 같은 내시 놈들도 모조리 제거해야 하지요.!"

이의민의 말에,

"물론이지! 그놈들이 바로 폐하를 혼군(昏君)으로 만든 장본인들 아닌가!"

이의방이 맞장구를 쳤다.

"정함이란 놈의 집을 보게! 일개 환관에 지나지 않는 놈이 대궐 바로 옆에 대저택을 지은 것도 참람(僭濫)한데, 더구나 그 구조가 왕궁과 흡사하지 않은가! 행랑채만 하더라도 200간이 넘는다니, 그런 죽일 놈이 있는가!"

"그놈이 폐하의 총애를 믿고 서대(犀帶)를 띠고 다닐 뿐 아니라, 왕광취와 백자단을 우익으로 삼아 폐하의 눈과 귀를 가리고, 그의 비위를 거스르는 조정 대신이 있으면 죄를 날조하여 참소해 귀양을 보내니, 일찍이 보지 못한 간흉이네!"

"환관놈들이 날뛰는 건 모두 우매한 폐하 탓이네! 백선연이란 놈을 보게! 그놈이 본래 남경의 관노(官奴)였는데, 그놈 얼굴이 허여멀금하게 생겼다고 폐하께서 데려다가 양자라고 부르며 사랑하지 않았나? 그놈이 왕광취와 함께 폐하의 침전에 아무 때나 출입하면서 제 마음대로 권세를 휘둘러 대니, 서리(胥吏) 진득문이나 내시 김헌황, 광주(廣州) 서기 김류 등이 그놈에게 아첨해서 벼슬을 얻었다고 하지 않던가?"

"그 백선연이란 놈이 폐하의 총애를 받고 있는 무비(無比)라는 계집과도 사통을 하는 사이라는 소문이 파다하던데, 그게 사실일까?"

"아니 땐 굴뚝에서 연기 날까? 뒤에서는 폐하 몰래 폐하의 계집을 훔치면서 앞에서는 온갖 아첨을 다하니, 참으로 흉악하기 짝이 없는 놈이지! 지난 번 사월 초파일에도 폐하의 연치대로 구리부처 40개를 만들고, 관음보살 화상 40장을 그려서 별원에 등불을 휘황하게 켜 놓은 다음 폐하를 모셔다 놓고서 복을 빌었다지 않던가!"

“폐하께서 만춘정과 연흥전, 영덕정, 수락당, 선벽재, 옥간정 등을 지어놓고, 시냇가에 소나무와 대나무, 갖가지 화초를 심은 다음, 질탕한 유흥에 빠진 것도 백선연의 꼬드김 때문이고, 또 폐하께서 매양 남포(南浦)로 가서 뱃놀이에 빠져 돌아올 줄 모르는 것도 모두 백선연과 유장 등 환관놈들의 부추김 탓이 아닌가. 이런 간사한 놈들을 그냥 놔둔대서야 우리 거사의 명분을 어디서 찾겠나?”

“모든 건 폐하께서 눈이 멀었기 때문이네! 내시놈이 자기 계집과 사통을 하는 것도 모르고, 그런 내시놈을 감싸고 돈다면 그게 어디 임금인가! 이미 허수아비이지!”

술이 들어갈수록 젊은 장교들은 점점 더 분개해서 환자(宦者)들과 임금을 거침없이 규탄했다.

정중부는 말없이 술잔을 비우면서 그들의 말을 듣고만 있었다. 그들의 살벌한 분위기를 보건대, 일단 거사가 일어나면 엄청난 피바람이 조정은 물론 도성을 휩쓸게 될 것 같은 생각이 들었다. 그렇게 되면 그들의 수장인 자기로서도 젊은 장교들을 마음대로 통제하기가 어려울 것 같은 예감이 들어, 그는 마음이 무거웠다.

“그럼 많이들 마시게! 나는 먼저 일어나겠네!”

정중부가 자리에서 일어나면서 말했다.

“벌써 일어나시게요?”

진준이 물었다.

“내가 눈치 없이 오래 앉아 있으면 자네들이 불편하지 않겠나? 천천히 많이들 들게!”

정중부는 배웅을 나오려는 장교들을 만류하고 혼자 밖으로 나왔다.

밖에는 아까보다 더 굵어진 빗줄기가 줄창나게 쏟아지고 있었다. 창대 같은 비와 미쳐 날뛰는 바람에 몸을 맡긴 채 그는 무거운 발걸음을 옮겨 한길로 나아갔다.

번쩍! 번쩍! 거대한 불칼이 캄캄한 하늘을 가르고, 이어 꽈르르릉!

꽈르르릉! 하늘이 무너져 내리는 듯한 우레가 천지를 뒤흔들었다.

정중부는 해주(海州) 사람으로서 젊어서부터 걸때가 남다르게 웅위하였다. 눈동자가 네모 나고, 이마가 유난히 넓었으며, 안색이 백옥처럼 희었을 뿐더러, 수염이 심히 길고 아름다웠다. 게다가 키가 7척이 넘어서 위풍이 당당하기 이를 데 없었고, 사내답게 배짱이 있었다.

정중부가 16세가 되자 고을에서는 그를 군적(軍籍)에 올리고 그의 팔을 봉비(封臂)하여 개경으로 보냈다. 봉비란 힘센 젊은이를 꼼짝달싹 못하도록 그 팔을 묶어 놓는 것을 말하는데, 우연히 정중부의 비범한 용모를 본 형부상서(刑部尙書) 최홍재(崔弘宰)가 그의 봉비를 풀어 준 뒤 그를 공학금군(控鶴禁軍)에 편입시켰다.

정중부가 견룡군의 대정으로 있던 인종 22년 섣달이었다. 조정에서는 늘 섣달 그믐날 질병과 재앙을 퍼뜨리는 나쁜 귀신들을 쫓는 의식인 나례(儺禮)를 베풀고 갖가지 놀이를 하였는데, 내시들과 다방 관원들, 견룡들이 서로 뛰놀며 즐기고, 임금이 친히 나와서 구경을 했다.

그때 문하시중 김부식의 아들 김돈중(金敦中)이 내시로 있었는데, 나이가 젊고 힘이 좋은 데다가 그 아비의 권세를 믿고 오만방자하기가 이를 데 없었다. 그는 임금이 납시어 계신 것도 아랑곳하지 않고 나례가 시작되면서부터 술을 마시기 시작하더니, 이취(泥醉)해서 촛불을 들고 정중부에게 다가와, 느닷없이 정중부의 길고 아름다운 수염에 불을 붙였다. 이는 평소 무신들을 하찮게 여겨 멸시하는 귀족들의 버릇이 취중에 그렇게 무례하게 나타났던 것이다. 자기의 수염에 대해 남다른 긍지와 애착을 가지고 있었던 정중부는 중인환시리(衆人環視裏)에 수염이 홀랑 타버리자 격분했다. 분기탱천한 그는 김돈중을 꼼짝 못하게 틀어쥐고서 이리저리 개 끌 듯 끌고 다니면서 큰 곤욕을 주었다.

뒤늦게 아들이 정중부에게 창피를 당했다는 말을 들은 김부식은 크게 노해서 임금에게 나아가,

“지난 섣달 그믐날 나례 때에 견룡군 대정 정중부가 내시로 있는 제 자식 돈중이 술에 취해 장난을 좀 한 것을 빌미잡아 제 자식을 여러 사람 앞에서 능멸했다 하옵니다. 한낱 대정에 지나지 않은 자가 폐하를 모시는 내시를 욕보이다니, 이는 작게는 저와 제 가문을 하찮게 보고서 능멸함이요, 크게는 폐하를 업수이 여김이니, 결코 그냥 묵과할 수 없는 일이옵니다. 청컨대 정중부를 잡아서 곤장으로 그 무엄 방자함을 바로잡겠사오니, 윤허하여 주시옵소서!”

하고 주청하였다.

인종은 김부식의 청을 허락하지 않을 수가 없었다. 김부식이 누구인가. 묘청이 서경에서 반란을 일으켰을 때 원수로 출전하여 묘청 등 반도(叛徒)들을 토주(討誅)하고 돌아와 수충정난정국공신(輸忠靖難靖國功臣)이 되고, 검교태보 수태위 문하시중 판상서이부사 감수국사 상주국 겸 태자태보(檢校太保守太尉門下侍中判尙書吏部事監修國事上柱國兼太子太保)의 영화로운 자리에 올라 조정을 호령하는 당대의 권신이 아닌가. 당시 국가적 사업이었던 삼국사기의 편찬을 총지휘하고 있던 김부식의 권세와 위엄은 욱일승천하여 임금을 능가할 정도였고, 인종은 그러한 김부식의 심기를 거스르고 싶지 않았다. 그러나 임금은 정중부의 기개와 인물됨을 아껴서, 김부식이 물러가자마자 곧바로 은밀하게 정중부에게 사람을 보내서, 빨리 피신하도록 귀띔을 해 주었다. 김부식의 모진 성품으로 보아 정중부를 매로 다스리면 필경 정중부가 살아남지 못하리라는 생각이 들었던 것이다.

견룡군을 떠나 숨어 지내면서 정중부는 국가와 조정에 대해 깊이 생각했다. 그리고 온갖 미사여구에도 불구하고 국가와 조정이란 결국 왕과 왕족, 그리고 몇 안 되는 귀족들이 그들의 권세와 부귀영화를 항구적으로 유지하기 위한 제도적 장치에 지나지 않는다는 걸 절실하게 느꼈다. 그럼 백성들은 무엇인가? 백성들은 그들 지배자들을 위해 봉사하는 노비밖에 아무 것도 아니었다. 아무리 싫어도 싫다는 말 한마디 못한 채 밤낮없이 마소처럼 갖은 노역을 감당해야 하는 가련한 존재들이 바로 백성들 아닌가! 정중부 자기 자신도 예외는 아니었다. 남의 수염을 태운 버릇없는 놈을 좀 혼내 주었다고 목숨이 위태로워져서 숨어서 살아야 하다니! 정중부는 언젠가 때가 오면 권신과 내시 들을 모조리 쓸어버리고 그들 대신 권병(權柄)을 휘두르며 세상을 쥐락펴락 해 볼 야심을 다지고 또 다졌다. 어디 왕후장상의 씨가 따로 있던가? 내 언젠가는 기필코 칼자루를 잡고 천하를 호령할 것이다!

그 후 의종 5년에 김부식이 죽자 정중부는 다시 조정으로 돌아와 교위가 되었다. 그는 어떻게든 출세를 하기 위해 갖은 노력을 다했으며, 점차 승진하여 산원이 되고 낭장이 되고, 중랑장이 되고, 장군이 되었다. 그러나 그간 그가 귀족과 문관 들로부터 받은 수모와 냉대, 멸시는 필설로 다할 수가 없었다. 같은 벼슬아치이지만 문관과 귀족들이 무신들을 하대하는 것은 오래된 조정의 습벽이었고, 특히 미천한 신분에서 몸을 일으킨 정중부는 대대로 무관 벼슬을 세습하는 다른 군반씨족(軍班氏族)들보다 더 심한 모멸을 당했다. 그러나 정중부는 참을 수 없는 것을 억지로 참으면서 은인자중 때를 기다렸다.

의종 18년 3월 임금이 인지재(仁智齋)로 거둥하던 때였다. 법천사(法泉寺)의 주지로 있던 승려 각예(覺倪)가 술과 안주, 음식과 다과를 융숭하게 준비하여 달령원(獺嶺院)까지 나와서 임금을 영접하였다. 각예는 예종(叡宗)때 궁인이었던 자의 아들로 태어나, 승려가 되기 전부터 의종과는 가까이 지내던 사이였다. 각예의 정성스러운 영접에 마음이 흐뭇해진 임금은 그곳에서 크게 잔치를 열고, 호종한 신하들과 술잔을 주고받으며 시를 지어서 화창(和唱)하고, 기생들로 하여금 노래와 춤을 추게 하며 즐겼다. 흥겨운 잔치는 여러 날이 지나도 끝날 줄을 몰랐다. 의종은 폐신들에게는 물론 궁녀, 기녀들에게도 선온(宣醞)과 어선(御膳)을 아낌없이 하사했으나, 행차를 호위하는 견룡군(牽龍軍)에게는 지나치게 무관심했다. 임금과 문신들이 질탕하게 먹고 마시면서 술에 취해 떠들어대는 모습을 옆에서 지켜보면서 견룡군 위사들은 추위와 굶주림에 떨며 밤새도록 수직을 섰고, 날이 갈수록 병이 나서 쓰러지는 사람들이 늘어갔다. 당연히 위사들의 불평과 불만 또한 나날이 높아져 갔다.

"제놈들은 계집들을 끼고 주지육림에 고꾸라져 있으면서, 찬이슬을 고스란히 맞고 밤새워 수직을 하는 우리들한텐 쓰디쓴 술 한 방울, 뜯다 남은 뼈다귀 하나 던져 주지 않다니!"

"우리 같은 졸병들이야 그렇다 치고, 나이 든 장군들까지 개돼지만도 못한 취급을 당하니, 얼마나 배알이 뒤틀리겠는가? 이거, 정말 더러워서 못 해먹겠구먼!"

"벌써 쓰러진 사람이 몇인가! 이렇게 여러 날 한(寒) 데서 날을 새다가는 우리 모두 며칠 못 견딜 게야! 폐하께서는 아직도 환궁(還宮)할 생각이 없으신가?"

그때 정중부는 종3품인 대장군의 지위에 올라 견룡군을 지휘하고 있었는데, 위사들의 살벌한 분위기를 파악하고 임금의 임시 거처인 장전(帳殿)을 찾아갔다. 마침 좌부승선 임종식과 기거주 한뢰가 술에 취해 벌겋게 충혈된 얼굴로 장전 밖에 나와서 바람을 쐬고 있었다. 두 사람은 서로 임금의 총애를 다투는 총신들로서, 의종은 그들의 주청은 무엇이나 윤허한다는 소문이 나 있었다. 정중부가 그들에게 말했다.

"연일 계속된 연회 때문에 견룡군 위사들 중 병이 나서 쓰러진 자가 여럿이고, 나머지 위사들도 다들 극도로 지쳐 있소이다! 이러다가는 어가를 안전하게 호위하기가 어려우니, 이제 폐하께 그만 환궁하시도록 주청을 올리는 것이 어떻겠소이까?"

그러자 임종식이 벌컥 성을 내어 정중부를 나무랐다.

"뭐라고?! 이 사람이 지금 제정신이 있는가? 위사들이 지쳤으니, 돌아가자니! 하찮은 위사놈들을 위해 폐하께서 파흥(破興)하고 환궁을 하시란 말인가?"

"대감들께서는 좋은 음식에 좋은 술을 마시며 잔치를 즐기고 있으나, 위졸들은 어한할 술 한 모금 못 마시고 벌써 여러 날을 밤새도록 추위에 떨면서 수직을 서고 있다는 걸 알고 있소이까?"

정중부가 목소리를 높이자 한뢰가 끼어들었다.

"이 자가 여기가 어디라고 큰소리야?! 그대들 위사들의 소임이 원래 그러하니, 밤 새워 호위를 하는 것은 너무나 당연한 일 아닌가! 사냥꾼이 사냥개를 무엇 하러 키우는가? 사냥에 쓰기 위해 키우는 것 아닌가! 사냥개가 사냥을 하지 않으면 가마솥에 들어갈 일 밖에 더 있겠나? 폐하의 행차를 호위하는 견룡들이 근무 중에 술을 입에 대서는 안 된다는 건 너무나 당연한 일인데, 그것을 가지고 트집을 잡으려 하다니, 그럼 폐하와 한낱 위졸들이 똑같단 말인가!"

"아무리 그렇더라도 이렇게 여러 날 연회가 쉬지 않고 계속되니, 뼛속까지 시린 밤이슬을 고스란히 맞으며 견룡들이 어떻게 견디겠소이까? 병이 나서 쓰러지는 자가 여럿이오. 폐하께 환궁하시도록 주청해 주시오."

"이 사람이 늙지도 않았는데, 귓구멍이 막혔나? 말귀를 영 못 알아듣는구먼! 신하로서 임금의 즐거움을 더해 드리지는 못할망정 흥을 깨려 하다니! 쓸데없는 소리 말고 당장 물러가지 못할까! 공연히 폐하의 노여움을 사서 벼슬자리에서 쫓겨나지 말고!"

임종식은 마치 하인을 꾸짖듯 반말지거리로 무례하게 말했다.

"이러다가 위사들이 들고 일어나기라도 하면 어쩌려고 이러시오이까?"

"…들고 일어나다니? 무엄하게도 그걸 말이라고 하는가!"

임종식이 놀란 얼굴로 정중부를 꾸짖자, 한뢰가

"들고 일어난다?! 당신, 대장군이 되더니 간덩이가 부을 대로 부었군 그래! 감히 그런 무서운 소릴 입에 담다니! 이제 당신의 목숨은 우리 두 사람의 손아귀 안에 떨어졌다! 우리가 폐하께 방금 당신이 한 말을 고하면 그 순간 당신은 죽은 목숨이니까!"

하고, 의기양양하게 말했다.

"그게 무슨 말씀이오? 위사들의 불편한 마음을 살펴 달라는 게 잘못이오?"

정중부가 당황해서 말하자 한뢰가

"흐흐흐! 들고 일어나다니? 언중유골이라고, 평소에 당신이 불측한 마음을 품고 있었기 때문에 그런 말이 입 밖으로 불쑥 튀어나온 게야!"

하고 느물거리며 은근히 협박을 했다.

"그걸 말씀이라고 하오? 억지 부리지 마시오!"

"주머니에 든 송곳은 밖으로 뚫고 나오기 마련이지! 당신, 완력 좀 있다고 함부로 까불었다가는 그날이 바로 당신의 제삿날이야! 명심해 두는 게 좋을 게야!"

임종식도 덩달아 조롱하듯 으름장을 놓고는,

"그만 들어가 봅시다! 폐하께서 부르시기 전에…. 잠깐만 자리를 비워도 젖먹이가 어미를 찾듯 찾으시니!"

하면서 장전으로 들어갔다.

정중부는 울화가 치밀어 금방이라도 머리가 터질 것 같았다. 당장 쫓아들어가 한뢰와 임종식을 도륙해 버리고 싶은 마음이었으나 그는 이를 악물고 물러났다.

그날 밤이 제법 이슥한 시간이었다.

한뢰가 잠깐 바람을 쐬러 장전 밖으로 나왔다가, 그곳에서 그리 멀지 않은 숲 속에서 가느다란 연기가 공중으로 오르는 걸 보고서, 의아하게 여겨 그곳으로 갔다. 숲속 어두운 공터에서는 위졸 세 명이 모닥불에 돼지고기를 구워 놓고서 술을 마시고 있었다.

"이놈들, 파수를 서야 할 놈들이 파수는 서지 않고, 이게 무슨 짓이냐?"

한뢰는 대뜸 호통을 놓았다.

"대감, 죽을죄를 지었사옵니다!"

"한 번만 용서해 줍시오!"

"너무나 배가 고프고 추워서… 그만 죽을 죄를 지었사옵니다. 한 번만 눈감아 주시면 다시는 이런 일이 없도록 하겠사옵니다."

위졸들은 땅바닥에 머리를 대고서 비대발괄했으나, 한뢰는 그들을 장전 앞으로 끌고 가서 심문했다.

"이놈들, 이 술과 고기는 상식국에서 쓰는 것인데, 어떻게 네놈들의 손에 들어갔느냐? 이실직고하렷다?"

"…너무나 배가 고파서 …훔쳤습니다."

"이놈, 다시 한 번 거짓을 내뱉으면 아가리를 찢어 놓겠다! 훔치다니? 봉어(奉御)와 직장(直長), 식의(食醫)가 눈을 시퍼렇게 뜨고 감시하고 있고, 여러 명의 숙수(熟手)들이 지키고 있는데, 훔치다니! 그걸 말이라고 하느냐? 바른 대로 불어라!"

"…정말이옵니다. 소인들이 너무 춥고 배가 고파서 그만…. 용서하여 주십시오!"

"한 번만 용서하여 주십시오. 다시는 이런 일이 없도록 하겠사옵니다."

위졸들은 두려움에 질린 얼굴로 연신 용서를 빌었다.

그러나 한뢰는 그들이 도망치지 못하게 오랏줄로 묶어놓고

"매엔 장사가 없다! 이놈들, 어디 네놈들이 얼마나 버티나 보자!"

하고는 무지막지하게 몽둥이질을 해 댔다. 결국 매를 이기지 못한 위졸 하나가

"…대감, 제발 살려 주십시오! 상식국 칼자 중에 저와 친하게 지내는 자가 있는데, 그에게 재물을 주고 부탁해서 얻어냈사옵니다."

하고, 이실직고했다.

"흐흐흐! 그럴 테지! 내 처음부터 그럴 줄 알았다!"

한뢰는 곧바로 그 숙수까지 붙잡아다가, 네 명에게 무지막지한 몽둥이질을 했다. 그는 네 사람이 초주검이 되어 의식이 오락가락하는데도 몽둥이질을 그치지 않았다. 평소에도 아랫사람에게 가혹하기로 소문이 난 한뢰였는데, 그날은 술에 취해 더욱더 무서운 매질을 했다.

정중부는 장군들의 임시 거처인 장막에서 휴식을 취하다가 뒤늦게 그 소식을 듣고 즉시 장전 앞으로 달려갔다. 한뢰는 제정신이 아닌 듯 의식을 잃고 쓰러져 있는 네 사람에게 계속 몽둥이를 휘두르고 있었다. 정중부는 자기도 모르게 한뢰에게 달려들어 몽둥이를 빼앗았다.

"이게 무슨 짓이오? 사람이 이 지경이 되도록 몽둥이질을 하다니, 지금 제정신이오?"

"넌 뭐야?! 어, 정중부 대장군이군! 당신, 대장군이면 대장군 노릇을 똑똑하게 해야지! 폐하를 지켜야 할 위졸놈들이 수직은 서지 않고, 오히려 도둑이 되어서 상식국에서 술과 고기를 훔쳐냈다구! 고양이에게 생선을 맡긴 꼴이지! 설마 당신이 시킨 것은 아닐 테지?"

"…뭐라구?! …그걸 말씀이라고 하시오?"

정중부는 분기가 치솟아 말을 제대로 하지 못하고 한뢰를 노려보았다.

"흥, 당신이 노려보면 어쩔 테야? 얼마나 군기가 빠졌으면 위졸놈들이 감히 폐하께서 드실 음식에 손을 댔느냐 이 말이야! 이런 놈들은 아주 박살을 내야 다시는 이런 일이 생기지 않는다구! 내 말이 틀렸나?"

"아무리 그렇더라도 이건 너무 하지 않소? 이러다가 사람을 아주 잡게 생겼소!"

"이깟놈들 뒈지면 어때? 당장 목을 베어도 시원찮은 놈들인데! 이번 일에 대해선 당신에게 전적으로 책임이 있다는 걸 모르진 않겠지? 내 이 일을 정식으로 문제 삼겠으니, 두고 보라구!"

그날 한뢰에게 매질을 당한 위졸 중에 한 명은 장독으로 죽고, 나머지 세 명은 오래 앓다가 가까스로 목숨을 건지기는 했으나, 그 중 한 명은 다리가 심히 상해서 결국 걷지를 못하게 되었다. 그리고 정중부는 한뢰와 임종식, 이당주, 유익겸 등 임금의 사랑을 받는 내시와 문신들의 집중적인 성토를 받고, 감문위(監門衛)로 전출되었다. 감문위는 2군 6위 중 모든 장교들이 가장 기피하는 부대였고, 감문위로 간다는 것은 바로 치명적인 좌천을 의미했다.

바람이 세찰 땐 몸을 굽혀야 살아남는다. 그러나 두고 보자. 내 언젠가는 이 빚을 깨끗하게 갚아 주고야 말겠다! 정중부는 걷잡기 어렵게 솟구치는 분노를 억누르며 이때부터 구체적으로 임금의 총신들을 주륙해 버릴 계획을 세우기 시작했다. 그는 우선 응양군으로 되돌아가기 위해 갖은 노력을 다했다. 그들을 일망타진해 버리려면 임금 곁으로 돌아가지 않으면 안 되었기 때문이었다. 그는 군인들의 전주(銓注)를 책임지고 있는 반주(班主)와 상장군들을 찾아다니고, 권세를 쥐고 있는 대신들에게 뇌물을 바치고, 그의 복귀를 반대하는 사람들을 기루로 데려가서 향응을 베풀며 환심을 샀다. 그리하여 2년이 채 못 되어 다시 응양군으로 돌아와, 임금을 호종하게 되었다.

거사를 하려고 계획을 세우면서 그는 뜻을 같이 할 동지들이 있어야 한다는 걸 절실하게 느꼈다. 그는 주위에 있는 장교들을 눈여겨보고, 능력과 야심이 있지만 문벌이 없어서 출세를 하지 못한 젊은 장교들에게 접근했다. 그들과 속내를 터놓을 만큼 사귄 다음 그는 조정과 귀족들에 대한 불평과 불만을 내비치며 넌지시 그들의 속마음을 떠보며 포섭해야 할 대상을 물색했다.

어느 날 그의 얘기를 들은 산원(散員) 이의방이 말했다.

"대장군님, 우리 무반들이 한 주먹거리도 되지 않은 문신놈들한테 언제까지 이렇게 멸시를 당하며 지내야 하겠습니까? 배알이 뒤틀려서 더 이상 참을 수가 없습니다."

“참지 않으면 어떻게 하겠나? 칼이라도 빼서 베겠나?”

“칼을 뽑아 베어야 한다면 그래야지요! 칼을 갈 적엔 베기 위해 가는 것 아닙니까?”

“…모반을 하자는 말인가?”

“그렇습니다! 대장군님, 저는 진작부터 조정을 뒤집어엎어 버릴 생각을 하고 있었습니다. 더 이상은 이렇게 지낼 수 없습니다.”

“…그대가 나를 어떻게 보고 이런 엄청난 말을 하는 겐가?”

“대장군님께서 어떤 생각을 가지고 계시는가 짐작하기 때문에 드리는 말씀입니다.”

“그래? …만약 실패하면 삼족, 구족이 몰살당한다는 걸 모르지는 않을 테지?”

“사내 대장부가 한 번 죽지 두 번 죽겠습니까? 건곤일척으로 칼을 뽑아, 성공하면 천하를 손아귀에 넣고서 호령하고, 실패하면 흔쾌하게 모가지를 내놓아야지요!”

“그대의 마음이 바로 내 마음일세! 우리의 만남이 너무 늦었네!”

정중부는 이의방의 손을 덥석 잡으면서 말했다. 그는 비로소 그의 속마음을 이의방에게 펼쳐보였다.

그의 말을 듣고 난 이의방이 다시 말했다.

“실은, 그런 생각을 가지고 저와 얘기를 나눈 장교들이 두어 명 있습니다.”

“그들이 누군가?”

“산원 이고와 채원, 조원정 등입니다.”

“나도 심중에 둔 사람이 몇 있네. 서너 명은 이미 연계가 되어 있고.”

정중부와 이의방은 의기투합해서 그날부터 은밀하게 뜻을 함께 할 동지들을 규합하며, 구체적으로 거사를 준비하기 시작했다.

2. 일풍 대사

환희사는 북성문 밖 송악산 중턱에 자리한 폐사(廢寺)였다. 한때는 개경의 어느 사찰 못지않게 많은 승려들과 예불을 드리러 온 사람들로 북적거린 적도 있었으나, 몇 년 전 돌림병이 창궐했을 때 절의 승려들이 거의 다 죽게 되자, 절터에 나쁜 살이 끼어서 스님들이 몰살당했다는 소문과 함께 사람들의 발걸음이 뚝 끊겨, 절문을 닫게 되었다. 환희사가 폐사가 되자 사람들은 그곳에 마귀들이 산다면서 근처에 가는 것도 꺼려하게 되었다.

그런데 해포 전 일풍이라는 스님이 십여 명의 제자들을 이끌고 나타나 환희사에 주석(駐錫)하면서부터 환희사는 다시 사람들로 문전성시를 이루었다. 일풍이라는 이인(異人) 스님이 신통력으로 환희사에 도사리고 있던 마구니들을 모조리 쫓아내고 새로 도량을 열었는데, 그곳에 가서 불공을 드리면 못 이룰 소원이 없다는 소문이 날개 돋힌 듯이 퍼져 나갔다. 자식을 못 낳는 사람이 일풍을 찾아가면 자식을 낳고, 맹인과 귀머거리, 벙어리와 앉은뱅이가 모두 성한 사람이 되며, 심지어는 죽은 사람까지도 살아났다는 얘기가 도성을 휩쓸었다.

환희사는 연일 사람들로 들끓었다. 남녀노소, 귀족과 평민, 천민이 함께 뒤섞여 있었고, 맹인과 귀머거리, 벙어리, 앉은뱅이, 절름발이 등 불구자들과 갖가지 고질병 환자들이 몰려들었다. 삼삼오오 모여서 이야기를 나누는 사람들, 땅바닥에 앉아 있는 사람들, 나무관세음보살과 나무일풍보살을 염송하면서 계속 절을 향해 오체투지로 큰절을 올리는 사람들, 가마니나 멍석 위에 누워 있는 중환자들, 그리고 그들에게 물건을 팔려는 장사꾼들로 환희사 앞 넓은 공터는 저잣거리를 방불케 했다. 산문 주변엔 귀부인들이 타고 온 화려한 가마들이 여러 채 놓여 있고, 귀족들이 타고 온, 화려한 장식을 한 말들도 여러 필 절 입구에 묶여 있었다.

모두들 일풍 대사를 만나기 위해 찾아온 사람들이었다. 그러나 일풍 대사를 만나기는 쉽지 않았다. 산문 앞에서 건장한 젊은 승려 몇 명이 인왕과 사천왕처럼 버티고 서서 사람들의 출입을 엄하게 막고 있었다. 너무 많은 사람들이 몰려들기 때문에 그들 모두를 절 안으로 맞아들일 수가 없다는 게 일풍의 제자들이 내세운 이유였다. 그들은 미륵부처님과 인연이 닿는 특별한 사람들만 일풍 대사와 접견할 수 있을 뿐이라면서, 많은 재물을 보시한 귀족들만 안으로 들여보내고, 보통 사람들의 출입은 엄하게 금하였다. 그 대신 며칠에 한 번씩 일풍 대사가 산문 밖으로 나와서, 사람들에게 설법을 하곤 했는데, 그 설법을 듣기 위해 사람들이 그렇게 몰려들곤 했다.

그날 합문지후 최척준의 부인 박씨가 환희사를 찾아간 것은 시어머니의 권유 때문이었다.

"아가, 네 나이가 벌써 몇이냐? 혼인한 지 10년이 되었는데도 아직 아이가 없으니, 이게 어디 보통 일이냐? 우리 집안이 어떤 집안이냐?! 중서문하평장사의 집안이 대가 끊긴다면 말이 되겠느냐! 네가 끝내 아이를 갖지 못한다면 시앗을 봐서라도 후사를 잇거나, 아니면 이 집을 나가 친정으로 돌아가야 할 게야! 듣자하니 환희사에 계시는 일풍이란 스님의 법력이 신통하기 짝이 없다던데, 나와 함께 환희사를 찾아가 보자!"

시어머니는 며느리가 아이를 갖지 못하는 것을 걱정해서, 그간 여러 절을 찾아다니면서 많은 보시를 하면서 아이를 점지해 주길 빌었고, 영험하다는 무당을 몇 명이나 불러다가 굿을 하기도 했다. 그러나 박씨 부인은 회임을 하지 못했고, 그 때문에 그녀 또한 마음속으로 심한 초조와 불안에 시달리고 있었다. 남편이 날이 갈수록 자주 기생들과 어울려 놀면서 술에 취해 늦게 귀가하는 것도, 그녀를 바라보는 시부모의 눈길이 나날이 차가워지는 것도 모두 아이를 회임하지 못한 때문이라는 생각이 들었다.

시어머니와 박씨 부인은 환희사 부처님께 바칠 예물을 두텁게 준비하고, 날이 밝기를 기다렸다. 그런데 공교롭게도 이튿날 아침 시어머니가 몸이 편치 않았다. 박씨 부인은 어쩔 수 없이 행랑어멈과 몸종만 데리고 노비들이 메는 가마에 올라, 환희사로 향했다.

"마님, 다 왔습니다요! 갑갑하실 텐데, 밖으로 나오시지요!"

행랑어멈이 가마의 문을 열어젖히며 말했다.

"먼 길에 수고들 많았네!"

박씨 부인은 밖으로 나와, 가마를 메고 온 하인들에게 말했다.

그녀가 밖으로 나오자 사람들의 시선이 일제히 그녀에게로 쏠렸다. 박씨 부인의 가마가 지체 높은 귀족들이나 사용하는 호사스러운 것이었을 뿐 아니라, 그녀의 용모가 눈에 띄게 빼어났고, 그녀가 떨쳐입은 옷이 더없이 화사해 눈부셨기 때문이었다.

박씨 부인은 우선 사람들이 많은 데 놀랐고, 또 그들 중 많은 사람들이 나무관세음보살과 나무일풍보살을 부르면서 오체투지로 산문을 향해 쉬지 않고 큰절을 올리고 있는 모습을 보고 더욱 놀랐다. 얼굴을 땅에 박고 미친 듯이 울부짖으면서 일풍보살의 이름을 큰 소리로 외치는 사람도 있었다.

"행랑어멈이 가서, 일풍 대사님을 뵈러 왔다고 말씀드려 주시게."

박씨 부인의 말을 들은 행랑어멈이 산문을 지키고 있는 젊은 스님에게 달려가 말했다.

"중서문하평장사 최효문 대감 댁 며느님께서 불공을 드리러 왔소이다. 안으로 들게 해 주시오."

"지금은 아무도 들어가지 못합니다! 일풍 대사님께서 지금 선정(禪定) 삼매에 드셔서, 미륵불을 만나고 계신 중이신데, 대사님께서 선정에 들어 계시면 평장사 대감이 직접 오셨더라도 안으로 들어갈 수 없소!"

얼굴이 우락부락하게 생긴 젊은 스님이 박씨 부인이 타고 온 가마와 부인을 유심히 살피면서 말했다.

"아무리 그렇기로서니 귀하신 마님을 이렇게 문 밖에서 기다리게 한단 말이오?"

"기다리고 계신 귀한 분이 어디 한둘입니까? 잠시 후 참선이 끝나면 대사님께서 밖으로 나와 설법을 하실 게요. 그때 뵈면 될 것 아니오?"

"우리 마님께선 특별한 시주를 바치고 불공을 드리고자 합니다."

"무엇 때문에 그렇게 특별한 불공을 드리고자 한단 말이오?"

"대를 이을 아기씨를 점지받고자 하오이다."

"…그래요? …아무튼 기다려 보시오!"

행랑어멈이 돌아와 박씨 부인께 문지기 스님의 말을 그대로 전했다.

박씨 부인은 어쩔 수 없이 사람들 틈에 섞여서 일풍 대사가 나오기를 기다렸다.

"일풍 대사님께서 미륵부처님의 현신이라는 말은 빈 말이 아니래요! 한 달쯤 전에 일풍 대사님께서 눈 먼 장님의 눈을 물로 씻어주자 그 장님이 눈을 번쩍 뜨고 보게 되었답디다그려!"

"그게 정말일까요?"

"그뿐이 아니고, 귀머거리도 고쳤다던데요! 일풍 대사님께서 귀머거리의 양쪽 귀에 손을 대고서 염불을 하니까 귀머거리의 귀가 뚫려서 듣게 되었다는 게요! 전주(全州)에서 있었던 일이랍디다!"

"나주에서는, 일풍 스님이 앉은뱅이의 무릎을 쓰다듬어 주면서 '너는 이제 걸을 수 있다! 일어나 걸어라!'고 하자 곧바로 그 앉은뱅이가 일어나서 걷더래요!"

"…일풍 대사가 정말 이인(異人)은 이인인 모양이구먼!"

박씨 부인은 주위에서 사람들이 주고받는 말에 귀를 기울였다. 두어 걸음 떨어진 곳에는 앉은뱅이 소년과 정신 박약아로 보이는 어린 여자애가 땅바닥에 앉아 있고, 그들을 데려온 두 사내가 수심이 가득

한 얼굴로 이야기를 하고 있었다.

"오늘로 며칠이우?"

"스무 날이 넘었을 게요. 댁은 며칠이나 되었수?"

"벌써 한 달하고도 닷새가 넘었는데, 언제나 일풍 대사님의 은혜를 입을 지 알 수가 없수다."

"집이라도 팔아다가 보시를 해야만 할 것 같구먼요!"

박씨 부인은 그들의 얘기를 들으면서 일풍 대사를 만나뵙기가 쉬운 일이 아니란 걸 알게 되었다.

오전 한겻이 지난 뒤 문득 절 안에서, 댕! 댕! 장엄한 범종이 울리기 시작했다. 종소리가 33번을 계속 울린 다음, 차차차창! 차차차창! 요란한 바라 소리와 함께 산문이 열렸다.

"일풍 대사님께서 나오십니다. 모두들 경건하고 엄숙한 자세를 갖춰 주십시오!"

산문 앞에서 문지기 스님이 큰 소리로 외치자 사람들이 우르르 산문 앞으로 몰려들었다.

"아, 이렇게 밀어닥치면 어떻게 합니까? 그냥 그 자리에 계십시오. 그곳에서도 대사님의 설법을 들을 수가 있습니다!"

문지기 스님이 고함을 지르면서 층계 위로 오르려는 군중들을 제지했다.

이윽고 검은 가사에 붉은 장삼을 입은 젊고 건장한 승려 여덟 명이 전후좌우로 일풍 대사를 호위하며 산문 밖으로 나왔다. 일풍 대사는 황금빛 비단으로 된 가사와 장삼을 걸치고, 머리에도 황금빛 첩건(氎巾)을 쓰고 있었으며, 황금으로 도금된 지팡이를 쥐고 있었다. 흑단 같은 긴 수염이 위엄있게 늘어졌고, 얼굴은 기이하게 붉었으며, 눈매는 매처럼 날카로웠다.

일풍 대사는 좌우로 한참 말없이 군중을 훑어보더니, 갑자기 두 손을 치켜들어 하늘을 가리키며 사자후를 토했다.

"보라! 드디어 때가 왔도다! 오래 전부터 예언되었던 미륵불께서 현신하실 바로 그 때가 이르렀도다! 내 일찍이 뜻한 바 있어 속세를 버리고 출가해서 30년 동안 지리산 깊은 토굴에서 불도에 정진에 정진을 거듭했는데, 3년 전 섣달 그믐날 미륵불께서 홀연히 내 앞에 나타나셔서, 당신의 강탄(降誕)하실 것임을 말씀하시고, 나에게 하산하여 그 말씀을 중생에게 전하도록 명하셨도다! 미륵불의 명령에 의해 나는 당신께서 오실 것을 모든 중생들에게 알리고, 그를 영접할 준비를 갖추기 위해 이곳에 이르렀노라! 모두들 깨어 일어나 미륵불을 맞이할 준비를 갖추어라! 바야흐로 때가 이르렀노라! 눈이 있는 자는 보고, 귀가 있는 자는 들으라! 때가 이르렀도다!"

일풍 대사의 목소리는 크고 우렁차서 사람들을 압도했으며, 그의 눈빛은 먹이를 노리는 맹수와 같이 빛났다.

"미륵불이 누구인가! 그는 이제 이 세상에 새로 오실 부처님이시다! 석가여래가 이 세상에 부처님으로 오셨으나, 세상은 여전히 고통으로 가득 차 있도다! 중생들이여! 그대들의 주변을 돌아보라! 그리고 그대들 자신을 보라! 그대들의 일상은 기쁨보다는 슬픔으로 가득 차 있다! 화평보다는 노여움으로, 사랑보다는 증오로, 즐거움보다는 괴로움으로 가득 차 있다! 세존께서 이 세상에 오셨으나, 그는 세상을 구제하지 못하셨도다! 그래서 이 세상은 여전히 온갖 질병과 혹독한 굶주림과 고통과 슬픔으로 가득 찬 예토(穢土)로 남아 있다! 이러한 세상을 제도하실 마지막 구세주가 바로 미륵부처님이시다! 미륵부처님이야말로 이 세상을 용화 세상으로 변하게 할 터인즉, 용화 세상이란 배고픔이 없고, 질병이 없고, 고통이 없고, 슬픔이 없는 극락정토이니, 이제 미륵불의 사자(使者)인 내가 그대들의 배고픔을 달래주고, 병을 낫게 해 주고, 고통과 슬픔을 달래 주리라!"

일풍 대사가 잠깐 말을 멈추고 숨을 돌린 순간이었다.

"나무관세음보살! 나무일풍보살!"

한 사람이 큰 소리로 그렇게 외치면서 땅바닥에 엎드려 오체투지로 일풍에게 절을 올렸다. 그러자 다른 사람들도 앞을 다투어,

"나무관세음보살! 나무일풍보살!"

"나무아미타불! 나무일풍보살!"

하면서 일풍 대사에게 큰절을 올렸다.

"앞 못 보는 자는 내게로 오라! 내가 저들의 눈을 뜨게 하리라! 귀 먹은 자들은 내게로 오라! 내가 저들을 듣게 하리라! 말 못하는 자, 걷지 못하는 자, 온갖 질병에 시달리는 자는 모두 내게로 오라! 내가 저들의 병을 고쳐서 고통을 덜어 주리라! 새로운 용화 세상은 고통 받는 자가 없는 세상이니, 내가 미륵불에게서 받은 신통력으로 저들을 온전케 하여, 미륵부처님을 맞이할 준비를 하리라!"

일풍 대사가 말을 마치자 그의 말에 감격한 사람들이 다시 그에게 큰절을 올리기 시작했다.

나무관세음보살!

나무일풍보살!

나무제세지보살!

나무일풍보살!

그의 이름을 기리는 사람들의 목소리가 산문을 울리자 일풍 대사는 만족스러운 얼굴로 젊은 승려들의 호위를 받으며 천천히 층계를 내려왔다.

"대사님, 부디 큰 은혜를 베푸셔서 불쌍한 제 자식을 고쳐 주십시오! 이놈은 겉보기엔 멀쩡한 것 같지만 태어나면서부터 앞을 보지 못하는 청맹과니입니다! 부디 광명 천지를 볼 수 있는 은혜를 베풀어 주십시오!"

층계 아래 엎드려 있던 늙은이가 큰 소리로 일풍에게 말했다.

"대사님, 부디 이놈을 불쌍하게 여기시어, 미륵부처님의 큰 은혜를 베풀어 주시옵소서!"

늙은이 옆에 엎드려 있던 젊은이도 일풍에게 애원하듯 말했다.

"그대는 아직 미륵부처님을 모시는 정성이 부족하도다! 그대의 눈을 뜨게 하는 것은 내가 아니라 미륵부처님에 대한 그대의 정성과 믿음이다! 진실로 미륵부처님을 그대의 가슴 속에 받아들이고, 미륵부처님이 그대의 눈을 뜨게 해줄 것을 확실하게 믿는다면 그깟 눈 뜨는 것이 어려우랴? 먼저 진심으로 미륵부처님이 강탄하실 것을 믿고, 내가 그의 명을 받고 온 사자(使者)임을 믿고, 정성과 믿음을 다하면 그 순간 그대는 눈을 뜨게 될 것이다!"

일풍 대사는 말을 마치고 발걸음을 떼어 놓았다.

그러나 그가 채 두어 걸음도 옮기기 전이었다.

"나무일풍보살마하살!"

머리를 땅에 대고 엎드려 있던 한 중늙은이 부부가 윗몸을 일으키더니, 큰 소리로 외치면서 갖가지 꽃을 일풍 대사의 발 밑에 뿌렸다. 그리고 다시 이마를 땅바닥에 대고 엎드린 다음, 남자는 긴 머리를 풀어헤쳐서 땅바닥에 늘어놓고, 여자는 두 손에 검은 미투리를 받들어 일풍 대사에게 바쳤다. 그들 옆에 서 있던 스무 살쯤 되어 보이는 청년도 얼굴을 땅바닥에 댄 채 머리카락을 펼쳤다.

"이게 무슨 짓인가?"

일풍 대사가 걸음을 멈추고 물었다.

"용화 세상을 열 미륵부처님의 명령을 받고 오신 일풍보살님께서 어찌 더러운 땅을 직접 밟으실 수 있으시겠습니까? 이놈의 아낙이 머리칼을 뽑아 엮은 이 미투리를 신으시고, 이 꽃을 밟으시고, 그 다음 이놈의 머리칼을 밟고 지나가시옵소서! 일풍보살님의 신발이나마 이 몸에 닿는다면 그보다 더한 영광이 없고, 또한 제 아들놈 머리칼에 보살님의 발길만이라도 닿는다면 이놈의 말문이 트일 것이옵니다!"

남자가 그렇게 말하자 여자가

"부디 이 미친한 계집이 머리털을 뽑아 삼은 미투리를 신고 가시옵소서!"

하고, 머리에 쓴 수건을 벗었는데, 비구니처럼 머리칼이 한 올도 없었다. 여자의 머리를 본 일풍 대사가 놀란 얼굴로 말했다.

"…허어! 내 오늘 대단한 믿음을 보았도다! 석가여래께서 전생에 선혜라는 이름으로 계실 때 산화공덕(散花功德)을 하기 위해 구이라고 하는 비천한 꽃팔이 계집과 세세토록 부부될 약속을 하고서야 마침내 꽃을 얻어서 보광불께 꽃을 바쳤거니와, 그와 같은 극진한 정성 때문에 선혜가 바친 꽃은 땅바닥에 떨어지지 않고 일곱 가지의 꽃과 두 가지의 꽃이 공중에 머물러 있었도다! 보광불께서는 그것을 보시고서 선혜가 다음 세상에 태어나면 석가여래로 성불할 것임을 수기(授記)하셨느니라! 오늘 그대들의 믿음과 정성이 옛날 선혜에 못지않으니, 어찌 상서로운 일이 없으리오?"

일풍 대사는 그렇게 말하고 나서 청년과 그의 부모를 잡아 일으켰다.

"그대의 아들은 말을 못하는 벙어리렷다?!"

"그렇사옵니다! 늦둥이로 둔 한 점 혈육인데, 태어났을 때부터 말을 못하옵니다!"

"그대는 내가 이 아이를 고칠 수 있다고 믿느냐?"

"믿고 말굽쇼! 일풍 보살님께서는 어떤 일도 하실 수 있사옵니다!"

"너도 그렇게 믿느냐?"

일풍 대사가 청년에게 물었다. 청년은 얼굴 표정과 손짓으로 그렇다는 시늉을 했다.

"일풍 보살님, 부디 불쌍한 제 자식놈에게 은혜를 베풀어 주십시오! 이년의 목숨을 바치라면 목숨도 아끼지 않을 것입니다요!"

청년의 어머니가 눈물을 흘리면서 말했다.

"…오호라!"

일풍 대사가 감동한 얼굴로 고개를 끄덕이더니, 갑자기 독수리 발톱 같은 두 손으로 청년의 머리를 부숴 버릴 듯이 힘껏 찍어누르면서,

불길이 쏟아지는 듯한 눈길로 잠깐 동안 청년을 무섭게 응시하였다. 그리고 목청이 터지듯이 큰 소리로 외쳤다.

"말을 못하는 너를 말하게 하는 것은 내가 아니라 바로 너의 믿음이다! 너는 말을 할 수 있다! 그것을 믿느냐?"

청년이 고개를 끄덕였다.

"정말 확실히 믿느냐?"

다시 청년이 고개를 끄덕였다.

"너는 말을 할 수 있다. 이제 말을 한다! 나를 따라서 해라! 나는 말을 한다!"

"…나는 …."

청년이 억지로 말을 하려 하자 그의 입에서 목이 쉰 듯한 어색한 목소리가 흘러 나왔다.

"나는 말을 한다!"

다시 일풍 대사가 사납게 고함을 질렀다.

"…나는 …말을 …한다."

"나는 말을 한다! 크게!"

"나는 말을 한다!"

청년이 드디어 큰 소리로 말을 했다. 청년이 말을 하자 숨죽여 지켜보고 있던 군중들이 모두 함성을 지르며 일풍 대사에게 큰절을 올렸다.

나무관세음보살!

나무일풍보살!

파도와 같은 경탄과 환호가 환희사 공터를 휩쓸었다.

"이제 너는 말을 하게 되었다! 너를 고친 것은 바로 말을 할 수 있다는 너의 믿음이다!"

일풍 대사가 청년의 머리에서 손을 떼면서 말했다.

"일풍 대사님, 이 은혜 결코 잊지 않겠사옵니다!"

"대사님, 참말로 고맙습니다요! 앞으로 평생 대사님을 따르겠습니다요!"

청년의 부모가 일풍 대사에게 다시 오체투지로 절을 올리면서 말했다.

"내가 그대 아들의 말문을 열어 준 것이 아니라 그대들의 정성과 믿음이 아들을 온전케 한 것이로다!"

일풍 대사는 관세음보살 같은 얼굴로 그렇게 말하고, 절 안으로 들어가기 위해 몸을 돌렸다.

"대사님, 저에게도 은혜를 베풀어 주시옵소서! 저도 미륵부처님과 일풍대사님을 믿습니다!"

"대사님의 발 씻은 물이라도 버리지 말고 저에게 주십시오! 그걸 마시면 이 몸이 나을 것을 확실하게 믿습니다!"

사람들은 산문을 향해 쇄도하면서 부르짖었다. 그러나 일풍 대사를 에워싸듯 호위하고 있던 젊은 중들이 거칠게 그들을 제지하였다. 일풍 대사는 성큼성큼 걸어서 순식간에 산문 안으로 몸을 감췄다.

일풍 대사가 절 안으로 들어가고 나자 문지기 스님이 큰 소리로 말했다.

"우리 일풍 대사님을 개인적으로 뵈려면 큰 정성과 믿음을 바치지 않으면 안 됩니다. 나무아미타불과 관세음보살을 십만 번씩 외고, 오체투지의 큰 절을 일만 번 올려야만 만나뵐 수 있는 자격이 주어집니다! 여러분께서는 정성과 믿음으로 스스로를 단련하시고 정화하셔야 합니다. 아주 드물게는 타고난 천품이 거룩하고 성스러운 분도 있습니다. 이런 분은 전생에서 많은 선업을 닦아서 그렇게 태어난 것입니다. 물론 우리 일풍 대사님께서는 여러분을 보는 순간 여러분이 얼마나 단련과 정화의 과정을 거쳤는지 한눈에 알아보실 수 있습니다. 그러한 자격이 있는 사람만이 일풍 대사님을 접견하고 대사님의 가르침을 받을 수 있는 기회를 얻게 됩니다!"

문지기 스님은 말을 마친 다음 절 안으로 들어갔다. 그리고 한참 후에 다시 나오더니, 박씨 부인에게 다가와

"일풍 대사님께서 아씨가 전생에 쌓은 선업이 적지 않다면서 아씨를 접견하신다 하십니다."

하고 말했다.

박씨 부인은 너무 뜻밖의 일에 어리둥절한 기분이었다. 일풍 대사를 뵙기가 쉽지 않으리라 낙심하고 있던 터에 이렇게 빨리 뵙게 되다니!

"고맙습니다!"

그녀는 합장을 하고서 문지기 스님을 향해 거듭거듭 머리를 조아렸다.

"행랑어멈, 부처님께 바칠 예물을 가져 오게."

그녀의 말에 행랑어멈이 가마에서 보따리를 가져오자 문지기 스님이 말했다.

"산문 안으로는 아씨만 들어가실 수가 있습니다."

"행랑어멈은 예서 기다리게. 부처님께 시주할 공양물을 이리 가져오고."

박씨 부인은 하인들이 가져 온 보따리를 문지기 스님에게 전하고, 문지기 스님을 따라갔다.

박씨 부인이 안내된 곳은 절의 뒤쪽에 외따로 떨어져 있는 호젓한 법당이었다. 법당에는 황금으로 빚어진 등신대의 미륵불이 모셔져 있고, 향로에서 타는 향불이 머리가 어찔할 만큼 짙은 향연을 뿜어내고 있었다.

"어서 오너라."

일풍 대사가 박씨 부인을 보고 얼굴 가득 화창한 웃음을 머금으며 말했다.

"…대사님, 이렇게 뵈올 기회를 주시니, 그 은혜 뼈에 새겨 잊지 않

겠습니다."
박씨 부인은 일풍 대사에게 큰절을 올리고 나서 말했다.
"네가 오늘 나를 만나게 된 것은 전생의 오랜 인연 때문이니라."
일풍 대사의 목소리는 더할 수 없이 자애스러웠다.
"우선 이 차부터 한 잔 마셔라. 정신이 쇄락해지니라."
일풍 대사는 화로에 올려져 있던 주전자를 들어 찻잔에 차를 따랐다.
"감사하옵니다."
박씨 부인은 일풍 대사가 따라준 차를 마셨다.
"일풍 대사님, 제가 대사님을 뵈려 한 것은…."
"안다, 알아! 내 그걸 모르겠느냐? 너는 부처님의 법력을 빌어 회임하려고 이곳에 온 게 아니냐?! 잘 왔느니! 이 모든 것은 오래 전부터 그렇게 되도록 예비된 것이었느니라!"
"예비된 것이라니요?"
박씨 부인은 일풍의 말을 알아들을 수가 없었다.
"아직도 너는 깊은 미망에 빠져서 아무 것도 보지 못하는구나! 눈이 있어도 보지 못하고, 귀가 있어도 듣지 못하니, 안타까운 일이로고!"
일풍 대사가 탄식하듯 말했다.
"…제가 어리석어서 대사님의 말씀을 깨닫지 못하겠사옵니다."
"이제 보름 동안 나와 함께 부처님께 치성을 드리면 너의 소원을 이룰 것이니라. 그리 하겠느냐?"
"…하겠사옵니다."
박씨 부인이 머리를 깊이 숙여 사례를 올렸다.
"나무관세음보살 마하살!"
일풍 대사는 합장을 한 뒤 자리에서 일어나 불상의 대좌 밑에 있는 문을 열고 약초로 보이는 풀잎을 한 주먹 가져다가 향로에 넣었다. 삼(麻) 잎사귀와 같이 생긴 약초에서 짙은 연기가 법당 안에 뭉게뭉게 피어오르기 시작했다.

"우선 신령과 통하고 신안(神眼)을 열어 주기 위해서는 네 몸의 삿된 기운을 정화해야 하느니라! 이 신선초의 향내음을 가슴 깊숙이 들여 마셔라! 이 향내음이 네 몸의 안팎을 깨끗하게 씻어 줄 것이니라!"

일풍은 박씨 부인을 향로에 바짝 다가앉게 한 뒤, 심호흡을 해서 연기를 들이키게 하고는, 염불을 하기 시작했다. 짙은 연기를 들이키자 얼마 지나지 않아 박씨 부인은 어찔어찔한 현기증을 느꼈으나, 그녀는 계속 연기를 가슴 깊숙이 들이켰다. 그리고 까무룩 정신을 잃었다.

박씨 부인은 깊은 잠에 떨어져 부처님의 품에 안겨 있는 황홀한 꿈을 꾸었다.

"네가 미륵부처님의 자비를 입었느니라! 앞으로 더욱더 지극한 정성으로 이곳에 와서 공양을 올려라! 그러면 반드시 회임하게 될 것이니라!"

그녀가 잠에서 깨어나자 일풍 대사가 자비로운 웃음을 띠고 말했다.

"이 은혜 결코 잊지 않겠사옵니다."

"그리고 한 가지 명심해야 할 것은 이 일에 대해선 한마디도 발설하면 아니 된다는 것이다. 천기를 누설하면 모든 정성이 수포로 돌아갈 것이니라!"

박씨 부인은 머리가 터질 것 같은 극심한 두통에 시달리면서 일풍에게 큰절을 올리고 그곳을 물러나왔다.

3. 송악산의 어둠

어느 날, 환희사의 뒤 으슥한 송악산 골짜기로 나무를 하러 갔던 나무꾼이 땅에서 비주룩이 솟아 나와 있는 반쯤 부패한 시체를 보고서 혼비백산하여 산을 내려왔다.

"사람이 죽었다! 시체가 나왔다!"

나무꾼의 말에 놀란 사람들이 골짜기로 달려갔고, 곧 송악산의 행정을 담당하고 있는 북부청의 장교와 군졸들이 들이닥쳤다. 사체는 본래 땅에 묻혔던 것을 짐승이 파헤쳐서 뜯어먹은 듯 끔찍하기 짝이 없었다. 여러 가지로 주변 정황을 살펴본 장교는 누군가가 살인을 저지르고 암매장한 시신인데, 너무 낮게 묻힌 까닭에 굶주린 산짐승이 냄새를 맡고 파헤친 뒤 훼손한 것으로 판단했다. 그런데 주변에 땅을 파헤친 흔적이 여럿 눈에 띄어서 파헤쳐 보니, 놀랍게도 암매장된 시체가 열다섯 구나 더 발굴되었다. 부패된 정도로 보건대, 죽은 지 1년이 넘어서 육탈이 다 된 시체도 있었고, 채 보름도 못 되어 얼굴 모양을 알아 볼 수 있는 시체도 있었다.

도성 안팎으로 순식간에 소문이 퍼져 나갔고, 조정에서는 북부청에 즉시 범인을 잡고 범행 전모를 보고하라는 명을 내렸다.

"사람들이 그렇게 많이 살해되어 매장 당했는데도 너희들 장교와 군졸 들은 아무 것도 모르고 있었다니, 이게 어디 말이 되느냐? 당장 범인을 잡아들이라!"

북부청의 부사(府使)는 장교와 군졸 들을 사정없이 몰아세웠다. 그는 조정으로부터 문책이 떨어질까 봐 어쩔 줄을 몰랐다. 사또의 성화에 장교와 군졸 들은 전전긍긍하며 범인을 잡기 위해 동분서주했다. 그들은 시체가 발견된 곳에서부터 주변 골짜기와 산등성이를 샅샅이 훑으면서 수색했다. 그러나 어떤 단서도 발견할 수 없었다.

"근자지소행(近者之所行)이란 말이 있다! 분명 이 근처 마을에 살고 있는 놈이 한 짓일 게다! 산기슭 마을들을 집집마다 수색해서 근래에 자취를 감춘 사람이 있나 알아보고, 수상한 물건이나 분수에 맞지 않게 값진 재물이 숨겨져 있는 집을 찾아내라!"

장교의 명에 의해 군졸들은 서너 명씩 조를 짜서 송악산 기슭 마을

들을 집집마다 이 잡듯이 뒤졌다. 그러나 어느 집에서도 자취를 감춘 사람이 없었고, 특별히 혐의를 둘 만한 수상쩍은 물건도 발견되지 않았다. 그들은 평소 행실이 좋지 않다는 소문이 있거나, 주먹질을 자주 하는 불량배들을 잡아들였다. 큰 사건이 터졌는데도 결정적인 증거가 없거나 범인을 잡지 못할 경우, 근처에 사는 불량배나 건달, 우범자들을 붙잡아다가 족치는 일은 관부에서 흔히 쓰는 수법이었다. 그들에게 가혹한 형문을 가하면서 범인으로 몰아부치면 뜻밖에 다른 여러 가지 범행을 자백하거나, 아니면 진범에 대한 실마리를 찾아내는 경우가 많았다.

불량배들이 붙잡혀오자, 노심초사하고 있던 사또가 직접 취조에 임했다. 그는 잡혀온 자들이 범행을 부인하면 중범자에게도 잘 쓰지 않는 가새주리를 틀도록 명했고, 사또의 심상찮은 기색에 놀란 군졸들은 끌려온 자들에게 무자비한 가새주리 고문을 가했다. 가새주리란 두 다리를 동여매고 다리 사이에 두 개의 몽둥이를 끼워넣은 다음 여럿이서 그 몽둥이를 가위처럼 벌려가며 잡아젖히는 형벌로서, 고문이 진행됨에 따라 살이 뭉개지고 뼈가 퉁겨져 나가는 가혹한 형벌이었다.

가새주리를 당한 불량배와 소악패들은 그간 그들이 한 짓을 줄줄이 불어댔다. 남의 집 담을 넘어 재물을 훔쳐내고, 칼을 들고 들어가 강도짓을 하고, 협박 공갈을 해서 반강제로 돈을 빌린 다음 떼어먹고, 부녀자를 강간하고, 사기를 쳐서 남의 재물을 빼앗고, 술집과 시장을 돌아다니면서 구전을 뜯고, 기생의 기둥서방 노릇을 하면서 금전을 갈취하고, ….

"네놈은 방금 자백한 죄만으로도 옥사에 떨어져서 옥방 귀신이 되어야 마땅하다! 그러나 송악산 살인 사건을 저지른 놈을 고하거나, 아니면 그런 일을 저지를 만한 놈의 이름을 대서, 그놈이 범인으로 밝혀지면 네놈의 죄를 사(赦)해 주도록 하겠다! 수상쩍은 놈의 이름을 대라!"

사또는 그들로 하여금 혐의가 갈 만한 자들의 이름을 불게 한 다음, 그들이 지목한 자들을 다시 잡아들여 문초하고, 그들의 죄를 밝혀 하옥시키기를 계속했다. 며칠 지나지 않아 옥사에 새로 잡혀온 죄수들이 가득 찼다.

부사는 범인을 신고하거나 정보를 제공하는 자에게는 거액의 포상금까지 걸었으나, 범인은 오리무중이었다.

시신이 발굴된 지 20여 일쯤 지난 어느 날 젊은 사내 한 명이 북부청 삼문에 와서,

"송악산 살인 범인으로 보이는 수상쩍은 놈들을 고하러 왔소이다!"

하고 말했다. 그는 누구에게 심하게 맞은 듯 얼굴에 상처가 나고 멍이 들어 몰골이 말이 아니었다.

군졸은 곧바로 그를 사또에게 데려갔다.

"살인범으로 보이는 수상한 놈을 고하러 왔다니, 그게 사실이냐?"

사또는 사내를 보자마자 다급하게 물었다.

"어느 안전이라고 거짓을 고하겠습니까?"

"그래, 그놈이 누구냐?"

"남부 덕수방 연천리에 살고 있는 치널이와 백판이라는 놈입니다!"

"…상세하게 고하라!"

"치널이와 백판이, 그 두 놈이 늘 그림자처럼 붙어 지내면서 나쁜 짓은 골라가면서 하는 놈들인데, 환희사에 사람들이 꼬이기 시작한 뒤로는 그곳에서 갖은 흉악한 짓을 저질렀습니다. 그놈들에게 봉욕을 당하거나 재물을 빼앗긴 여자들이 한둘이 아닙니다!"

"…너는 누구인데, 그놈들에 대해 그리 소상하게 아느냐?"

"저는 덕풍방 가전리에 사는 기천갑이라 합니다. …소인이 이런 말을 입에 담기는 민망쩍으나 소인의 처는 드물게 미태가 있었는데, 환

희사에 치성 드리러 갔다가 행방불명이 되었습니다. 소인은 처를 찾아 환희사 주변을 여러 날 염탐하다가, 드디어 그 두 놈이 여자를 강제로 추행하는 걸 목격하고 그들의 뒤를 밟으면서, 그놈들이 상습적으로 그런 흉악한 짓을 저지른다는 걸 알게 되었습니다!"

기천갑이 잠깐 말을 멈추고 사또와 장교들의 얼굴을 살폈다.

"계속해라."

"…그놈들이 워낙 간교한 놈들이라 소인이 그들의 뒤를 캐는 것을 눈치채고서, 소인까지 해치려고 했습니다! 겨우 도망쳐서 구사일생으로 목숨을 구하긴 했습니다만, …제 얼굴과 몸뚱이를 보십시오! 그놈들에게 당한 것입니다!"

기천갑은 분노로 눈을 번뜩이면서 말했다.

"네가 그놈들에게 구타를 당한 것에 포한을 품고서 지금 애매한 무고(誣告)를 하는 게 아니냐?"

"무고라니요?! 그놈들이 여자를 숲 속으로 끌고 들어가는 것을 여러 번 제 눈으로 보았습니다! 여자가 고분고분하면 모르거니와, 반항을 하면 후환을 없애기 위해 살인인들 저지르지 않았겠습니까? 그놈들의 집을 수색해 보면 증거가 드러날 것입니다!"

사또는 치널이와 백판이를 잡아오도록 명했고, 장교와 군졸들이 득달같이 남부 덕수방을 향해 달려갔다.

치널이와 백판이는 드물게 얼굴이 잘 생기고 풍채가 그럴싸한 젊은이였고, 이미 혼인을 해서 아내와 자식들까지 있었다. 두 사람의 집은 겉보기에도 제법 포실하게 기름기가 돌았고, 집 안에 차려놓고 사는 세간과 기명들도 모두 규모가 있었다. 집 안을 수색하자 벽장과 장롱에서 값 비싼 송나라 비단과 귀부인들이 몸치장에 쓰는 값진 노리개, 은병 등 서민들은 구경하기도 어려운 물건들이 쏟아져 나왔다. 그리고 치널이의 집 헛간의 더그매에서 피묻은 칼이 발견되었다.

결정적 증거를 잡은 장교는 치널이와 백판이를 북부청으로 압송

했다.

사또는 곧바로 형리(刑吏)와 관노(官奴)들을 대동하고 엄혹한 문초를 시작했다.

"이 천인공노할 놈들, 아무리 재물이 탐나기로서니 사람의 목숨을 그렇게 무참하게, 그것도 여러 명의 목숨을 빼앗다니, 네놈들이 정녕 사람이냐?"

"…사또 나으리, 그게 무슨 말씀이십니까? …저희가 사람을 죽이다니요?"

치널이가 새파랗게 질린 얼굴로 발뺌을 하자

"저희가 살인을 저지르다니, 천부당 만부당하옵니다요!"

백판이도 덜덜 떨리는 음성으로 덧붙였다.

"무엇이?! 이 흉칙한 놈들! 모든 것이 백일하에 드러났는데도 끝까지 모르쇠로 나갈 작정이냐?"

"억울합니다! 나으리, 살인이라니요? 저희는 전혀 모르는 일입니다!"

"맹세코 저희들은 사람을 죽이지 않았습니다요!"

"그렇다면 네놈들의 집에서 나온 은병과 대국비단은 어떻게 된 것이냐? 그리고 귀부인들의 노리개는 어디서 났느냐? 네놈들이 일정한 직업도 없이 건달로서 빈둥거리면서 노는 것은 주변 사람들이 다 아는 일인데, 비단옷을 떨쳐입고 다니는 것은 어찌된 일이며, 또한 네놈들의 집안이 그처럼 요족한 것은 어찌된 일이냐?"

"…은병과 대국비단은…, 그것은 소인들이 수고의 대가로 정당하게 얻은 것입니다! 사또 나으리, 정말입니다! 소인들은 절대로 사람을 죽이지 않았습니다! 믿어 주십시오!"

"너희 두 놈은 귀부인들이 부처님께 예물로 바치려고 가져 온 재물이 탐이 난 나머지 그들을 살해한 뒤 재물과 값진 패물 등을 탈취하고, 그 시체를 암매장한 것이 분명하다! 네놈들이 여자들을 숲 속으로 끌어들이는 것을 직접 목격한 증인이 있는데도 시치미를 떼겠느냐?"

"예?! …목격자가 있다고요?"

"그렇다! 여봐라! 증인을 데려 오너라!"

사또의 영이 떨어지자 관노들이 곧 기천갑을 불러왔다. 기천갑을 본 두 사람은 얼굴빛이 변했다.

"증인은 저 두 놈의 얼굴을 알아보겠느냐?"

사또가 기천갑에게 물었다.

"사또, 알다 뿐이겠습니까요? 저놈들이 틀림없습니다! 저 두 놈이 여자들을 강제로 욕보이는 것을 여러 차례 보았고, 또한 소인을 죽이려고 했던 놈들입니다! 어찌 저놈들의 얼굴을 잊을 수 있겠습니까?"

기천갑은 새삼 분노를 참을 수 없다는 듯 사납게 말했다.

"이렇게 확실한 증인이 있는데도 할 말이 있느냐?"

"사또! …비록 소인들이 여자들과 함께 숲으로 들어가긴 했지만, … 그러나 소인들은 하늘에 맹세코 살인을 저지르지는 않았습니다! 그리고 저놈이 우리의 뒤를 밟는 것을 알아채고 혼쭐만 좀 내 준 것이지, 처음부터 죽이려는 생각은 하지도 않았습니다요."

치널이가 당황해서 중언부언 말하자, 백판이 또한

"그렇습니다! 저희들은 살인범이 아닙니다! 그런 끔찍한 일은 꿈에도 생각해 본 적이 없습니다. 사또 나으리께서 밝게 살펴 주십시오!"

하고 머리를 조아렸다.

"이놈들, 명명백백한 증거가 있고, 목격자가 있는데도 끝내 이실직고하지 않고 본관을 우롱하려 하다니! 안 되겠다! 이놈들의 입에서 바른 말이 나올 때까지 가새주리를 틀어라!"

사또의 말이 떨어지기가 무섭게 관노들이 몽둥이를 들고 두 사람에게 덤벼들었다.

"어이구! …사또 나으리, 잠깐만 멈춰 주십시오! 모두 고하겠습니다요!"

"예, 나으리! 모든 것을 숨김없이 사실대로 아뢰겠습니다!"

두 사람은 얼굴이 사색이 되어서 허겁지겁 말했다.

"…만약 조금이라도 잔꾀를 부리려 했다가는 즉시 형문을 가하겠다! 우선 네놈부터 말해 봐라!"

사또가 손으로 치널이를 가리켰다.

"예! 예! 사또 나으리, 모두 말씀드리겠습니다! 보시다시피 저희 두 놈의 얼굴이 제법 허여멀끔하게 생기고, 허우대 또한 제법 헌칠해서 총각티가 나기 시작하면서부터 마을 처자들이 꽤 따랐습니다. 자연히 여러 처자들과 관계가 있었습지요. 열 번 찍어 안 넘어가는 나무 없다고, 저희가 눈독을 들인 여자치고 끝까지 버틴 여자는 그리 많지 않았습니다. 여자들이 먼저 꼬리를 치는 경우도 많았습지요. 처녀들뿐만 아니라 유부녀도, 과부도 있었습니다. …존엄하신 사또 나으리 앞이라 말씀드리기가 저어됩니다만 여자를 후리는 것도 기술은 기술입지요! 저희는 여자를 보면 한눈에 그 여자가 어떤 여자인지를 알아봅니다. 외롭고 허전해 하는 여자나 사내에게 굶주려 있는 여자들에게 접근한 다음, 그들을 위로해 주고, 육허기(肉虛飢)를 만족시켜 줍니다. 그러면 여자들이 혹하여 제 풀에 재물을 가지고 다시 저희들을 찾아옵니다. 그 때문에 저희들의 집에 약간의 재물이 있었던 것이지, 저희가 다른 사람들의 재물을 도둑질하거나 강탈한 것은 아닙니다! 저희가 무엇 때문에 살인과 같은 흉악한 죄를 저지르겠습니까? 그런 짓을 저지를 까닭이 없습지요. 환희사에 여자들이 많이 모여들어서, 그곳에 몇 번 놀러간 적은 있으나, 살인은커녕 주먹질 한 번 해 본 적이 없습니다! 맹세코 정말입니다!"

"사대부 집안의 여자들이 네놈들처럼 천한 것들과 통정을 하기 위해 스스로 재물을 싸들고 너희들을 찾아온단 말이냐?"

"송구하옵니다만 남녀가 어우르는 데에 신분이 무슨 문제가 되겠습니까? 한 번 혹하면 눈에 보이는 게 없는 것이 남녀관계 아니겠습니까?"

"그래, 네놈들의 계집 다루는 재주에 미쳐서 사대부 집안의 여자들이 스스로 값진 재물을 가져다 바쳤단 말이지?"

"사실이옵니다!"

"그렇다면 네놈 집에서 나온 피 묻은 칼은 어떻게 된 것이냐?"

"…그게 무슨 말씀입니까?"

치널이가 영문을 모르겠다는 듯 의아스러운 얼굴로 물었다.

"여봐라! 이놈의 집 헛간에서 나온 증거물을 가져오너라!"

사또의 말이 떨어지기가 무섭게 관노가 피 묻은 칼을 대령했다.

"이놈, 이렇게 명백한 물증이 네놈의 집에서 나왔는데도 시치미를 떼겠느냐?"

"…이, 이것은, …소인의 집에서 닭이나 돼지 같은 짐승을 잡을 때 쓰는 칼입니다! 어느 집에나 이런 칼 한두 개 있지 않습니까?"

"뭐라?! 닭이나 돼지를 잡을 때 쓰는 칼?"

"그렇사옵니다!"

"이런 괘씸한 놈! 비단과 은병, 그리고 피 묻은 칼 같은 명백한 증거가 나왔고, 너희 두 놈의 악행을 직접 목격한 증인이 나왔는데도 막무가내로 잡아떼다니! 여봐라, 저놈의 입에서 바른 말이 나올 때까지 주리를 틀어라!"

사또가 시뻘개진 얼굴로 발을 구르며 호통을 치자 관노들이 득달같이 치널이에게 덤벼들어 형문을 가했다.

"아구구! 아구구! 사또 나으리, 제발 살려 주십시오!"

치널이가 고통을 견디지 못하고 마구 비명을 질러대며 애원했으나, 사또는

"저놈이 보통 흉물이 아니다! 바른 말이 나올 때까지 인정사정 두지 말고 계속 주리를 틀어라!"

하고 말한 다음, 백판이에게 물었다.

"네놈도 헛소리로 나를 농락할 테냐?"

"사또 나으리, 바른 말을 아뢰겠습니다요! 사실대로 다 말씀드리겠습니다요!"

백판이는 치널이의 비명 소리에 얼굴이 허옇게 변해서 말했다.

"치널이의 말대로 저희가 뭇 여자들과 통정을 한 것은 사실입니다요! 저희가 손만 내밀어도 몸을 주는 여자들도 있지만, 그렇지 않은 여자들도 있었습니다요. 어쩌다 보니 반항하는 여자들을 우격다짐으로 욕보인 적도 있었습지요. 그리고 …살다 보니까 너무 궁핍해서 관계를 맺은 여자들에게 조금씩 재물을 울거먹기도 했습니다요."

"재물을 울거먹다니? 어떻게 말이냐?"

"…여자의 집안에 그 사실을 알리겠다고 하면서 재물을 가져오라고 으름장을 놓는 것입지요. 그러나 맹세코 살인은 하지 않았습니다요!"

"살인은 하지 않았다고? 그럼 송악산의 시체는 어찌 된 것이냐?"

"…그 일만은… 소인은 정말 모르는 일입니다요!"

"네놈도 끝내 모르쇠로 버티겠단 말이렷다! 여봐라! 이놈도 주리를 틀어라! 흉악무도한 놈들이니 인정사정 두지 마라!"

사또의 명령이 떨어지자 관노들이 다시 백판이에게 달려들어, 주리를 틀었다.

백판이와 치널이는 고통을 참지 못하고 처참한 비명을 지르면서도 계속 결백을 주장했다. 그럴수록 사또는 더욱더 가혹한 형문을 가하도록 군졸들을 몰아부쳤다. 군졸들은 두 사람에게 무지막지한 고문을 가했고, 그들은 마침내 허벅지가 짓이겨지고 다리뼈가 퉁겨져 나갔다. 그러나 사또는 형문을 그치지 않았고, 마침내 치널이와 백판이는 초주검이 되어서, 정신을 잃고 늘어졌다.

"이놈들, 아직도 살인을 하지 않았다고 발뺌을 할 테냐?"

"…했습니다. 제발 살려 주십시오!"

치널이가 무슨 말을 하는지도 모르면서 그렇게 말하자 사또가 다시 백판이에게 물었다.

"너도 저놈과 함께 사람을 죽였지?"

"…예, 나으리! 제발, 제, 제발 살려 주십시오!"

백판이의 입에서 단말마의 신음 같은 말이 비어져 나왔다.

"이놈들이 이제야 바른 말을 하는구나! 이 두 놈이 송악산 살인범이 분명하다! 추국서(推鞫書)에 이놈들이 죄를 자백했다는 내용을 기록하고 수결(手決)을 받은 다음, 옥사에 떨어뜨려라!"

형리는 빈사 상태에 빠진 치널이와 백판이의 추국서를 작성하고, 이름 밑에 강제로 그들의 무인(拇印)을 받았다. 그리고 중죄인을 가두어 두는 옥사의 남칸에 두 사람을 집어넣었다.

4. 절의 뒤안

그날 망이와 정첨은 해름녘이 다 되어서 환희사로 향했다. 일풍 대사를 직접 만나, 그가 어떤 사람인가를 알아보기 위함이었다. 두 사람은 그 전에도 몇 번이나 일풍 대사를 보기 위해 환희사를 찾아갔었다. 그러나 그때마다 많은 군중 속에서 먼빛으로 일풍의 얼굴을 보고, 짤막한 그의 설법을 들었을 뿐, 일풍이 정말 어떤 사람인지는 알 수가 없었다. 미륵불의 명을 받고 왔다는 일풍 대사의 설법과, 그가 사람들의 병을 고치고 이적을 행하는 초월적인 권능을 지녔다는 소문은 두 사람에게 비상한 관심과 궁금증을 불러일으켰다. 두 사람은 평소 빈부귀천이 없고, 질병과 고통이 없는 용화 세계나, 진인이 나타나 새로이 개벽을 한다는 새 세상에 대해 많은 이야기를 나누었다. 그런데 일풍 대사가 나타나자 그가 진실로 미륵불의 사자인가가 너무나 궁금했다.

"진준 중랑장이 도모하는 일이… 위로는 어디까지 연결되어 있는 것 같소?"

북창문을 나선 뒤에 망이가 정첨에게 물었다.

"내 생각에는 …정중부 상장군이 최고 지도자로 있는 것 같소."

"…어째서 그리 생각하오?"

"그런 엄청난 거사를 꾀하려는 인물은 마땅히 평범한 인물이 아닐 것이오. 대대로 조정의 녹을 먹고 있는 군반씨족 출신의 장군들은 아무래도 그런 생각을 하기가 어려우리라 생각되오. 누대에 걸쳐 개경에서 살다 보면 얽히고 설킨 게 많지 않겠소? 그러나 정중부 상장군은 미천한 평민으로서 몸을 일으켜, 그간 갖은 우여곡절을 겪으면서 상장군의 자리에 올랐다고 하지 않소! 김돈중의 부친인 김부식에게 핍박을 당하고, 내시들의 미움을 받아 좌천되었던 일 등등, 그가 그렇게 많은 고초를 당한 것은 미천한 출신으로서 든든한 배경이 없었기 때문이라 할 수 있소."

"그래서 그가…?"

"배짱 있는 사내라면 누구나 그런 생각을 갖지 않겠소? 나보다 못한 놈들이 출신 배경 때문에 높은 자리에 올라 큰소리를 치면서 떵떵거리는 것을 보면 배알이 뒤틀리지 않을 수가 없겠지요. 진준 중랑장 또한 그 출신 배경이 한미하기는 정중부 상장군 못지않으니, 그 때문에 두 사람 뜻이 맞았을 것이오."

"그럼 진준 중랑장이 우리를 포섭한 것도 우리가 바로 개경에 뿌리를 박고 있는 군반씨족 출신이 아니기 때문이란 말이오?"

"내 생각은 그렇소."

"…그런 생각을 하다니, 놀랍소!"

망이가 감탄한 얼굴로 말했다.

지난 해 망이와 정첨이 교위가 된 후 중랑장 진준은 두 사람을 불렀다. 진준은 세상을 바꿔보려는 장교들의 비밀 조직이 있다면서, 두 사람에게 가담할 것을 권유했다. 그것은 권유라기보다 강압에 가까웠고, 망이와 정첨은 자기들이 호랑이 등에 올라탄 신세가 되었다는 걸 깨달았다. 그들의 비밀을 안 이상 그 조직에 가담하지 않으면 비밀이 탄로될 것을 두려워하는 그들에 의해 쥐도 새도 모르게 제거될 수도 있었다. 그들은 지난 해 옥에 갇힌 박세고 산원이 그들의 비밀을 폭로할까 두려워, 그를 처치하고 자살을 한 것처럼 위장을 하지 않았던가.

망이가 김홍강 산원에게 박세고의 죽음에 대해 묻자, 김홍강은,

"박세고 산원이 죽음을 자초했지! 그 사람 욕심이 너무 많아 엉뚱한 짓을 하고 감옥에 떨어지고서, 살기 위해 정중부 상장군의 불알을 붙잡고 늘어졌으니, 어찌 살기를 바라겠나?"

하고 말했다.

그들은 그들의 비밀조직을 보호하기 위해서는 어떤 일이라도 할 사람들이었다. 망이와 정첨은 진준의 권유를 받아들였다. 그러나 그것은 죽음이 두려웠기 때문이 아니라 새로운 세상에 대한 열망 때문이었다. 조정을 쥐고 흔드는 몇 안 되는 귀족과 문신들을 쓸어버리고 새로운 나라를 세운다! 위도 아래도 없고 주인도 하인도 없는 세상, 모든 백성들이 다 똑같이 존엄하고 평등한 세상을 연다! 그런 나라를 세운다면 그게 바로 미륵불이 하강하여 연(開)다는 용화 세상이 아니겠는가!

그러나 그 후 진준 중랑장은 그 일을 까맣게 잊어버린 듯이 아무 말도 하지 않았다. 그들을 진준에게 데려갔던 김홍강 산원도

"때가 되면 위로부터 명령이 있지 않겠나? 이런 일을 어찌 함부로 발설하겠는가? 그대들도 이 일에 대해서는 어떤 말도 입에 담아서는 안 되네. 앞으로도 명이 있기까지는 묻지도 말게."

하고 말했을 뿐, 다른 말이 없었다.

"내 생각엔 …머지 않아 일이 터질 것 같소."

정첨이 잠깐 망설이는 얼굴이다가 다시 말했다.

"그럴 만한 기미라도 있소?"

"이런 일이란 오래 끌면 끌수록 위태로워지는 것 아니겠소? 위에서 일을 도모하는 사람들도 그걸 잘 알고 있을 것이오. 그렇다면 이미 모든 준비를 마치고 결정적인 때와 장소를 기다리고 있다고 봐야겠지요. 요즈음 폐하의 바깥나들이가 갈수록 더 심해지고, 임금을 등에 업고서 권세를 휘두르고 있는 내시들의 행티가 차마 눈 뜨고 봐 줄 수 없을 지경이라니, 곧 일이 터지지 않겠소?"

"…그리 되면 정말 새 세상이 오리라 생각하오?"

"세상이 뒤집어지면 뭔가 바뀌긴 바뀌겠지요."

두 사람은 계속 이야기를 나누면서 발걸음을 재촉했다.

해가 지고 땅거미가 송악산 골짜기를 덮어내릴 무렵 망이와 정첨은 환희사에 도착했다.

나무관세음보살!

나무일풍보살!

환희사 산문 앞 공터에는 그때까지도 30여 명의 사람들이 산문을 향해 오체투지로 절을 하면서 계속 나무관세음보살과 나무일풍보살을 큰 소리로 외치고 있었다. 앉은뱅이와 맹인, 귀머거리 등 불구자와 중환자들, 그리고 그들을 데려온 보호자들이었다.

"일풍 대사님을 뵈려고 왔는데, 뵐 수가 있겠소이까?"

망이가 산문 앞에 버티고 서 있는 젊은 몽구리에게 다가가 물었다.

"…보아하니 사지가 멀쩡한 사람이 뭣 땜에 일풍 대사님을 찾소?"

"일풍 대사님을 뵙고, 직접 말씀을 듣고 싶소이다."

"말씀을 듣다니, 대사님의 설법을 한 번도 안 들었소?"

"설법은 들었소이다만…."

"개인적으로 대사님을 배알(拜謁)하려면 정성이 있어야 한다는 걸 모르시오? 나무관세음보살과 나무일풍보살을 십만 번 이상 외고, 오체투지의 큰 절을 일만 번 이상 올려야 뵐 자격이 주어집니다! 당신

눈에는 저 사람들이 안 보이오? 저만한 정성 없이 어찌 일풍 대사님을 직접 배알할 수 있겠소?"

얼굴이 우락부락하게 생긴 덩치 큰 몽구리가 불퉁스러운 어조로 말했다.

"우리도 일풍 대사님을 뵙기 위해 찾아온 게 여러 번이오. 어떤 사람들은 곧바로 뵙는 것 같던데, 왜 우리는 번번이 안 된다는 게요?"

정첨이 말했다.

"그들은 전생에 선업을 많이 지은 공덕으로 대사님을 쉽게 배알할 수가 있었던 것이오."

"귀족으로 태어나 재물을 많이 바치면 선업을 지은 것이오?"

정첨이 따지듯이 대거리를 하자 몽구리가 눈을 부라리며 을러댔다.

"뭐라구?! 이 작자가 지금 어디 와서 시비를 거는 거야? 부처님의 사업을 방해하는 마구니는 천벌을 받는다는 걸 몰라? 천벌을 받기 전에 후딱 꺼지라구!"

"스님과 시비를 할 생각은 없소이다! 대사님을 뵙게 해 주시오!"

망이가 정첨을 말리며 점잖게 말했다.

"방금 내 말 못 들었소? 우리 대사님을 뵈려면 먼저 그 전에 정성을 기울여야 한단 말이오! 물러나 먼저 정성을 들이시오!"

망이와 정첨은 어쩔 수 없이 산문에서 물러났다.

"이제 어떻게 하면 좋겠소?"

망이가 난감한 표정을 짓자 정첨이

"오늘도 그냥 돌아갈 순 없지요! …내게 한 가지 방도가 떠올랐소."

하고 말했다.

두 사람은 날이 어두워지기를 기다렸다가, 길이 없는 절 뒤쪽 수풀을 헤치고 들어가 담장을 넘었다. 그러나 절 뒤뜰로 내려서자마자 기다리고 있었다는 듯

"멈춰라!"

하는 고함 소리와 함께 두 명의 젊은 몽구리가 달려와, 금방이라도 내려칠 듯 커다란 몽둥이를 겨누었다.

"우린 도둑이 아니오! 일풍 대사님을 뵐 방도가 없어서 담을 넘어 들어온 것이오."

"신성한 절의 담을 몰래 뛰어넘고도 도둑이 아니란 말이냐?"

"대사님을 뵈려고 왔다고 하지 않았소? 일풍 대사님 계시는 곳으로 안내해 주시오."

"흥, 어림없는 수작! 대사님을 뵈려면 예의를 갖춰서 알현을 청해야지, 도둑괭이처럼 담을 넘어들어와?! 당장 나가지 않으면 박살을 내겠다!"

"산문을 지키고 있는 스님들이 우리 같은 사람들은 들여보내 주질 않으니 어쩔 수 없지 않소? 그러지 말고 대사님 계신 곳으로 안내해 주시오."

"이놈들이 뜨거운 맛을 봐야만 정신을 차리겠구나!"

몽구리 한 명이 망이를 향해 몽둥이를 내리쳤다. 망이가 재빨리 몸을 비키면서 몽둥이를 붙잡고서, 그를 다른 몽구리에게 밀쳤다. 망이의 강한 힘에 두 사람이 한꺼번에 나둥그러졌다.

"이거, 스님들을 넘어지게 해서 죄송하오이다."

망이가 두 사람의 손목을 붙잡아 일으키면서 은근히 힘을 주자 두 사람이 아픔을 견디지 못하고, 아얏! 아야얏! 비명을 질렀다.

"우리를 일풍 대사님이 계신 곳으로 안내하시오. 대사님께 직접 설법을 들으려는 것밖에 다른 뜻은 없소이다."

"후회할 것이오!"

두 사람은 망이의 무서운 힘에 기가 꺾여, 어쩔 수 없이 앞장을 서서 대웅전으로 향했다. 대웅전에는 촛불들이 휘황하게 밝혀져 있고, 금물을 입힌 부처님이 불빛에 찬란하게 빛나고 있었다.

"여기서 기다리시오."

그들은 망이와 정첨을 대웅전으로 들어가게 하고, 그곳을 떴다. 그들이 대웅전을 떠난 지 얼마 안 되어 젊은 몽구리 열두어 명이 대웅전으로 몰려왔다. 모두들 손에 몽둥이를 든 흉흉한 기세였다.

“이놈들, 이리 나와서 순순히 오라를 받아라! 그렇지 않으면 당장 박살이 날 것이다!”

“왜들 이러시오? 대사님을 뵈러 온 게 무슨 큰 잘못이라고 이리 야단들이시오?”

망이가 그렇게 말하면서 대웅전 밖으로 나갔다.

“조심하시오!”

정첨이 뒤따라 나오면서 말했다.

“저놈들은 부처님의 성전을 침범한 마구니들이다! 사정없이 쳐라!”

뒤쪽 어둠 속에서 사나운 목소리가 날아오자 몽구리들이 포위망을 좁히며 두 사람을 향해 다가들었다.

“이러지들 마시오! 스님들과 다툴 생각은 없소이다! 다만 일풍 대사님을 뵐 생각으로 들어온 것뿐이오!”

망이가 다시 큰 소리로 외쳤다.

“저놈들은 부처님을 해치러 들어온 마구니들이다! 마구니들을 쳐라!”

중들이 일제히 몽둥이를 휘두르며 와락 두 사람을 덮쳤다. 망이는 재빨리 옆으로 몸을 날려 몽구리들을 덮쳤다. 그의 주먹과 발길질에 다섯 명의 몽구리들이 땅바닥에 사정없이 나가떨어진 채 일어나지를 못했다. 망이의 무서운 기세에 다른 중들은 겁을 먹고 뒤로 물러났다.

그러자 뒤에서 명령을 내리던 몽구리가 썩 앞으로 나서면서 말했다.

“모두 물러서라! 이놈이 제법 힘을 쓰는구나! 내 이놈을 단번에 박살내 주겠다!”

그는 풍채가 제법 다부지고 구레나룻이 무성했으며, 손에 육중한 쇠지팡이를 들고 있었다.

“스님, 우리는 다투려고 온 게 아니오!”

"듣기 싫다, 이놈! 어디 내 철장 맛 좀 보아라!"

구레나룻은 망이의 머리를 쪼개 버릴 듯이 위맹스럽게 철장을 내리쳤다. 그러나 망이는 철장을 피하지 않고 번개같이 한 팔을 뻗어 철장을 움켜쥐었다. 전력을 다해 내려친 철장을 한 손으로 움켜잡다니! 너무 뜻밖의 사태에 놀란 구레나룻이 힘껏 철장을 잡아당겼으나, 철장은 까딱도 하지 않았다. 그제서야 구레나룻은 당황해서 허둥댔다.

그때였다.

"이게 무슨 짓들인고?"

하는 위엄있는 목소리와 함께 일풍 대사가 나타났다. 일풍 대사를 본 몽구리들은 일제히 무릎을 꿇고 그에게 합장 배례를 올렸다.

"부처님의 성전에서 이 무슨 소란인고?"

일풍 대사가 봄바람처럼 온화한 목소리로 말했다.

"스승님, 이 자들이 몰래 월장을 해 들어와 소란을 피워서, 교훈을 주려고 한 것이옵니다."

구레나룻 몽구리가 그렇게 말하자

"부처님의 성전을 찾아온 손님을 그렇게 대접해서야 되겠느냐? 너희들의 잘못이니라!"

하고 일풍 대사가 구레나룻을 나무랐다.

"아닙니다, 대사님! 잘못은 저희에게 있습니다! 대사님을 뵈려고 여러 번 찾아왔으나, 뵐 길이 없어서 담을 넘는 무례를 범했습니다! 용서하십시오!"

망이가 무릎을 꿇고 말했다.

"기특한 젊은이로군! 그래, 나에게 무슨 용건이 있는고?"

일풍 대사가 자비가 넘치는 눈으로 망이를 응시하며 물었다.

"대사님을 가까이서 뵙고, 미륵부처님에 대한 말씀을 듣고 싶었습니다!"

"…미륵부처님의 무엇이 그리 궁금한고?"

"미륵부처님께서 오셔서 새로 연다는 용화 세상에 대해 말씀을 듣고 싶었고, 일풍 대사님께서 정말 미륵부처님의 명을 받아 사자로 오신 분인가가 궁금했습니다."

"내가 진정 미륵의 사자라면?"

"…가르침을 받고 싶습니다!"

"하하하하! 내 그간 여러 번 법석을 열고 미륵부처님께서 강탄하시어 열(開) 용화 세상에 대해 설법을 했지만, 중생들은 새로 도래할 용화 세상에는 아무런 관심이 없고, 오직 일신의 질병과 불구를 고치거나, 가문의 복을 빌고 자식을 낳아 대를 잇는 데만 관심이 있었다! 그런데 오늘 참으로 기특한 젊은이들을 만났도다! 이들이 담을 뛰어넘은 것도 미륵부처님과 나에 대한 간절한 염원과 열망 때문이니, 그 같은 약간의 무례가 어찌 허물이 되겠는가? 너희들은 모두 물러가라! 내 오늘 이 젊은이들과 더불어 미륵부처님에 대해 이야기하겠노라!"

일풍 대사는 망이와 정첨을 대웅전으로 데리고 들어갔다.

"너는 몸이 웅위하고 드물게 용력이 넘칠 뿐더러 몸 쓰는 게 날렵하던데, 하는 일이 무엇이냐?"

대웅전에 들어가 앉자 일풍 대사가 망이에게 물었다.

"응양군의 장교로 있습니다."

"…응양군의 …장교라?"

일풍 대사의 넉넉하고 화평한 얼굴에 일순 긴장하는 빛이 떠올랐다가 재빨리 본래의 표정으로 되돌아갔다.

"그래, 너도 응양군의 장교냐?"

일풍이 정첨에게 물었다.

"그렇습니다."

"계집애처럼 곱게도 생겼구나! 허허허!"

일풍 대사가 정첨의 얼굴을 유심히 바라보며 너털웃음을 터뜨렸다.

"…그런 말을 자주 듣습니다."

정첨이 당황해서 말을 더듬었다. 자기가 여자인 것을 일풍 대사가 꿰뚫어 본 것 같았다.

"그래, 미륵부처님이 강탄하셔서 용화 세상을 여신다면 지금 너희들이 몸 담고 있는 응양군에서 나와, 미륵의 군대가 되어 응양군을 칠 생각이 있느냐?"

"…미륵부처님이 오셔서 진실로 새 세상을 여신다면, 어찌 따르지 않겠습니까?"

망이가 눈을 빛내며 열렬한 어조로 말했다.

"너도 같은 생각이냐?"

일풍 대사가 다시 정첨에게 묻자

"그렇습니다!"

하고 정첨이 대답했다.

"그래? 좋도다! 심히 좋도다!"

일풍 대사가 흔연한 얼굴로 말했다.

"내 오늘 특별히 너희들에게 용화 세계의 향기를 맛보게 해 주겠노라."

일풍 대사가 자리에서 일어나, 향로 옆에 놓인 향합에서 말린 나뭇잎을 꺼내서 향로에 넣었다. 푸른 색이 감도는 보얀 연기가 모락모락 피어오르며, 매캐한 풀잎 냄새와 향 냄새가 뒤섞였다.

"숨을 크게 쉬면서 연기를 가슴 깊이 들여 마셔라! 세속의 삿된 기운을 몰아내리라!"

일풍 대사의 말에 따라 두 사람은 연기를 가슴 깊이 빨아들였다가 내뿜었다. 연기가 독해서 어찔한 현기증이 일었으나 두 사람은 계속 연기를 호흡했다.

잠시 후에 문 밖에서

"차 대령했사옵니다!"

하는 조심스러운 목소리가 들렸다.

"들여오너라."

일풍 대사의 말에 젊은 몽구리 한 명이 찻상을 들고 대웅전 안으로 들어왔다. 일풍 대사가 손수 잔에 차를 따라서 망이와 정첨에게 권하면서

"이 차 또한 용화 세상의 향기와 맛을 느낄 수 있는 귀한 것이니, 엄숙하게 마셔라!"

하고 말했다.

"고맙습니다."

망이와 정첨은 일풍 대사에게 사례하고 차를 마셨다. 차의 맛은 향기롭고 진하면서도 약간 떫은 느낌이 있었다. 차를 마시고 얼마 지나지 않아 두 사람은 손끝이 떨리면서 정신이 혼미해지고, 몸이 붕 뜨는 듯한 이상한 기분이 되었다. 문득 자기가 다른 사람이 된 것 같기도 하고, 의식이 몸을 벗어나 어딘가 다른 세계를 부유하고 있는 것 같기도 했다.

"모든 것은 마음에서 비롯되고, 마음에서 이루어지느니라. 사람들은 나를 미륵불의 사자로 믿고, 내가 세수한 물, 양치한 물, 목욕한 물 한 방울이라도 서로 얻어 가지려고 싸움을 벌이고, 그 물을 법수(法水)라고 하면서 천금처럼 귀히 여기며 마신다. 그리고 그 물을 마시면 무슨 병이든지 고쳐진다고 여긴다. 그 물을 마신 뒤에는 이미 병이 고쳐졌다고 믿고, 그렇게 행동한다. 그러면 정말 병이 고쳐진다. 미륵이란 마음이다. 마음에 병이 생기면 몸에 병이 생기고, 마음이 나으면 몸 또한 낫는다. 일찍이 달마는 갈댓잎을 타고서 강을 건넜다. 갈댓잎을 밟고서도 물에 빠지지 않는다는 믿음이 있었기 때문이다. 만약 그가 그것을 믿지 않았거나 의심하고 두려워했다면 그 즉시 그는 물 속에 휩쓸리고 말았을 것이다. 어찌 물 위를 걷는 것뿐이랴. 우리가 그렇게 할 수 있다고 확실히 믿는다면 강물의 흐름도 마음 하나로 바꿀 수 있고, 죽은 자도 살려낼 수 있으리라! 일체유심조(一切唯心造)! 모든 것은

마음에서 비롯되고, 미륵 또한 우리 마음에 있느니, 이제 내가 너희들의 마음의 눈을 뜨게 해서 용화 세계의 모습을 보여주겠노라. 자, 우선 용화 세계로 들어가기 위해서는 눈을 감아야 한다. 눈을 감고 내가 시키는 대로 따라서 해라!"

망이와 정첨은 일풍 대사가 시키는 대로 눈을 감았다.

"천천히, 천천히, 편안하게 자리에 누워라. 이제 …호흡을 크게 하고, 마음을 편안하게 놓아 버려라! 나를 따라 숫자를 센다. 하나, 둘, 셋, 넷…."

일풍 대사가 시키는 대로 따라 하자 두 사람은 잠이 든 듯 의식의 바닥으로 내려갔다.

"…이제 너희는 마음의 배를 타고 용화 세계로 들어간다. 배를 탔느냐? …이제 돛을 올린다. …배가 힘차게 나아간다. 흰 물보라, 갈매기도 날고, 그림 같은 섬들을 지나간다. …이제 용화 세계로 들어간다. …멀리 백옥 같은 눈에 덮인 하늘끝 닿은 봉우리가 보이고, …그곳에서부터 흘러내린 맑은 강물이 광활한 벌판을 가로지른다. …강 양쪽에 끝없이 펼쳐져 있는 논에는 황금 같은 벼들이 고개를 숙이고 있고, …밭에는 온갖 과일이 주렁주렁 매달려 있다. …마을은 가지각색의 꽃들이 만발한 가운데 궁전 같은 고대광실들이 즐비하게 서 있다. …그곳에 사는 사람들은 상하귀천이 없고, 구속과 억압이 없고, 굶주림이 없고, 추위에 떨지 않고, 질병에 시달리지 않고, 고통으로 신음함이 없다. …그곳은 풍요롭고 윤택하며 기쁨이 넘친다. 사랑과 인정이 넘치고, 평화와 평등이 있다. 사람들은 즐겁게 일하고, 편안하게 쉬며, 노래하고 춤춘다. 어떠냐? 너희들도 그들과 어울리고 싶으냐? 그럼 그들이 있는 곳으로 가자. 마을 사람들이 모두 이웃처럼 맞아주지 않느냐? 너희도 함께 먹고, 마시고, 노래하고, 춤추어라! 마음껏 즐겨라!"

망이와 정첨은 마을 사람들과 어울려 먹고, 마시고, 노래하고, 춤추었다. 두 사람은 용화 세계가 어떤 곳인가를 실감할 수 있었다.

"자, 용화 세계가 어떤 곳인지 똑똑히 보았겠지? 이제 그만 쉬어야겠다. 너희들은 용화 세계를 나와서 천천히 잠 속으로 빠져 들어간다."

일풍 대사의 말에 따라 두 사람은 용화 세계를 빠져나와, 깊은 잠에 떨어졌다.

오싹한 느낌에 망이와 정첨은 퍼뜩 의식을 돌이켰다. 얼굴과 머리에서 찬 물이 뚝뚝 떨어지고 있었다. 두 사람 다 의식을 잃고 있다가, 물을 뒤집어쓰고 정신을 돌이켰던 것이었다. 일풍 대사의 법력에 의해 용화 세계에 가서 춤추고 놀다가 잠이 들었는데, 이게 웬일인가? 망이와 정첨은 곧 그들의 몸이 밧줄로 꽁꽁 묶여 있다는 것을 알게 되었다. 그곳은 대웅전이 아니었다. 어둠 때문에 확적하게 알 수는 없었으나, 창고 같은 건물이었고, 두억시니 같은 사내 대여섯 명이 그들을 둘러싸고 있었다.

"무진 스님, 이제 이놈들을 어떻게 할까요?"

그들 중 한 명이 물었다.

"어떻게 하긴? 우선 뜨거운 맛을 보여서 불게 만들어야지!"

무진이라는 자가 썰렁한 목소리로 말하자, 갑자기 한 명이 망이의 옆구리를 세차게 걷어차면서 말했다.

"이놈, 걸때가 제법 우람하고 힘 좀 쓴다고 겁없이 여길 뛰어들다니? 네놈이 우리 절에 잠입한 목적을 대라!"

"목적이라니? 이게 무슨 짓이오? 아까 일풍 대사님을 뵈러 왔다고 하지 않았소?"

망이가 불쾌한 얼굴로 말하자 정첨이 다시

"일풍 대사님은 어디 계시오? 우리는 대사님께 미륵부처님에 대한 가르침을 받던 중이었소"

하고 말했다.

"이놈들! 응양군 장교놈들이 남몰래 담을 넘었을 때는 뭔가 냄새를 맡고 정탐을 하러 온 게 분명하다! 솔직히 불지 않으면 당장 산 속에 묻어 버리겠다! 네놈들의 속셈을 환히 꿰뚫어보고 일풍 대사님께서 도술로써 네놈들을 잠재운 것이다!"

무진이 살벌한 목소리로 으름장을 놓았다. 망이와 정첨은 무진의 말에 오싹 소름이 끼쳤다. 일풍 대사가 도술을 써서 그들을 기만하고, 사로잡다니! 망이와 정첨은 무진의 거칠고 살벌한 말에 수꿀해서 흠칫 몸이 떨렸다.

"…냄새를 맡고 정탐을 하다니? 그게 무슨 말씀이오? 우리들은 용화 세상에 대한 대사님의 말씀을 듣기 위해 온 사람들이오! 아무 잘못도 없는 사람에게, 더구나 스님들이 이게 무슨 짓이오?"

"이놈, 음흉하게 헛수작일랑 집어치워라! 사실대로 불지 않으면 쥐도 새도 모르게 없애 버리겠다!"

무진이 망이의 등을 발로 무작스럽게 짓이기면서 을러댔다.

"어찌 스님들이 이럴 수가 있소이까?"

"네놈이 시치미를 떼어도 속셈이 뻔하다! 뭔가 정탐을 하기 위해 잠입한 게 분명하다! 애들아, 이놈들이 바른 대로 불 때까지 손 좀 봐 줘라!"

무진의 말이 떨어지자 소나기 같은 발길질이 망이와 정첨에게 쏟아졌다.

"무고한 사람을 이리 짓밟아도 되는 것이오? 미륵부처님의 제자가 어찌 이런 짓을 할 수 있단 말이오?"

정첨이 발악하듯 고함을 질렀다. 그러나 무진은 콧방귀를 뀌면서 내뱉았다.

"흥, 부처님도 절을 해치러 온 마구니는 용서치 않으셨다! 어디 네놈들이 얼마나 버티나 보자!"

그러나 두 사람은 털어놓을래야 털어놓을 말이 없었다. 그들이 왜 그렇게 무지막지한 발길질을 하는지, 무엇을 털어 놓으라고 하는지,

도대체 알 수가 없었다. 그들은 망이와 정첨이 의식을 잃고 완전히 늘어져 버릴 때까지 발길질을 멈추지 않았다.
“이거, 정말 아무 것도 모르는 놈들 아닐까요?”
한 명이 그렇게 말하자
“글쎄, 매에는 장사가 없다는데, …아무 것도 모르는 것 같기도 합니다.”
하고, 다른 한 명이 맞장구를 쳤다. 그러자 무진이 나무라듯 말했다.
“덜 떨어진 소리 마라! 독종놈들은 다 죽어가면서도 악착같이 입을 열지 않는 법이다! 우선 스승님께 가서 말씀을 드리자!”
그들은 밖으로 나가, 널문에 빗장을 걸었다.
“너희 둘은 저놈들을 지켜라!”
무진은 문 밖에 파수를 세우고, 그곳을 떴다.
두 사람 중에 먼저 정신을 돌이킨 사람은 정첨이었다.
“최명학 교위!”
그녀는 정신을 돌이키자마자 망이를 불렀다. 그러나 대답이 없었다. 몇 번을 거듭 불러 봤으나, 역시 아무 대답이 없었다. 그녀는 몸을 움직여 보려 했으나 손발이 단단히 묶여 있어서 뜻대로 되지 않았다. 그녀는 억지로 몸을 움직여 망이에게로 다가갔다.
“최 교위! 최 교위!”
그는 다시 망이를 불렀다. 그러나 망이는 의식을 잃은 채 널부러져 있었다.
그때였다. 한쪽 구석에서
“빨리 여기서 도망쳐야 하오! 잘못하면 목숨을 잃기 십상이오!”
하고, 억눌린 듯한 남자의 목소리가 들려왔다.
“…거기 …누, 누구요?”
너무 뜻밖의 목소리에 정첨은 몹시 놀랐다.
“나도 잡혀 온 사람이오! 빨리 도망칠 방도를 강구하시오! 자칫 잘

못하면 꼼짝없이 목숨을 잃소이다! 지금도 두 놈이 문 밖에서 지키고 있소이다!"

사내가 소리를 죽여 조심스럽게 말했다.

"…당신은 누구요?"

"지금 그런 얘기를 할 시간이 없소! 빨리 밧줄을 끊고 도망칠 방도를 생각해야 하오! 이놈들이 보통 흉악한 놈들이 아니오!"

"고맙소!"

정첨은 억지로 몸을 뒤척여서 망이의 등 뒤로 다가갔다. 그리고 망이의 손을 묶어 놓은 밧줄을 이로 물어뜯었다. 단단하게 묶어 놓은 밧줄은 좀체 풀릴 것 같지 않았으나, 정첨은 죽을 힘을 다해 이로 밧줄의 매듭을 풀기 시작했다. 한참 후에 팔목에 아픔을 느낀 망이가 정신을 차렸다.

이윽고 망이의 밧줄이 풀렸다. 손이 자유롭게 된 망이는 정첨의 팔과 다리의 밧줄을 풀어 주고, 자기 발의 밧줄을 풀었다.

"당신은 누군데, 이렇게 붙잡혀 와 있소?"

정첨이 구석으로 가서, 그곳에 묶여 있는 사람에게 물었다.

"서부 명인방에 사는 김진벽이라는 사람이외다! 지금 긴 말 할 시간이 없소! 나를 좀 풀어 주시오! 이 은혜는 꼭 갚겠소!"

사내가 목소리를 낮춰 다급하게 말했다.

망이가 그의 밧줄을 풀어 주자 김진벽이 말했다.

"고맙소이다! 이놈들은 흉악하기 짝이 없는 놈들이오! 이야기는 나중에 하고, 우선 이곳을 빠져 나가야 합니다!"

그들은 발소리를 죽이고 살금살금 널문께로 갔다. 널문에 바짝 다가서서 바깥의 동정을 살폈으나, 인기척은 느껴지지 않았다. 정첨이 일부러 큼! 큼! 하고 헛기침을 해 보았으나 역시 아무런 기척이 없었다.

"이놈들이 잠시 자리를 뜬 모양이오! 문을 열어 봅시다!"

살그머니 문을 밀어 보니, 문이 약간 밀리면서 두어 치 가량 벌어진 틈새로 빗장이 걸려 있는 모습이 보였다.

"빗장이 걸려 있소!"

"부숴 버립시다!"

망이가 벌어진 틈새로 양쪽 널문을 붙잡고 불쑥 힘을 주어 밀자 한 쪽 빗장둔태가 튕겨져 나가면서 문이 열렸다. 둔태가 떨어져 나가면서 제법 요란한 소리가 났으나 다행히 주변에는 아무도 없었다. 주위를 살펴보니 절 뒤편에 외따로 떨어져 있는 곳간이었다.

"빨리 도망칩시다!"

김진벽이 텃밭 너머에 있는 담을 향해 달려가며 말했다.

그들은 담 쪽으로 달려가, 담 그림자에 몸을 숨겼다. 담은 어른 키로 두 길이 더 되어서, 넘어가기가 쉽지 않았다. 게다가 그들은 몸이 너무 상해서 마음대로 움직이기가 어려웠다.

"나를 따라오시오! 그놈들이 은밀하게 드나드는 쪽문을 알고 있소이다!"

김진벽이 그렇게 말하고 앞장을 섰다. 담 그림자를 따라 60여 걸음쯤 나아가자 담 밑에 키 작은 나무들이 무성하게 우거져 있었다. 쪽문은 나무들 속에 교묘하게 은폐되어 있었는데, 문의 크기가 사방 2자도 채 안 되었다. 철빗장을 열고 밖으로 나가자, 바깥 또한 나무들이 우거지고 칡덩굴이 어지럽게 얽힌 숲이었다.

"그 쪽문이 있는 걸 어찌 아셨소?"

환희사를 벗어난 뒤에 정첨이 김진벽에게 물었다.

"내가 처음 그놈들한테 붙잡혀 갔을 때 그곳으로 끌려갔었소!"

"어쩌다가 그리 되었소? 처음부터 들어 봅시다!"

"내 집은 서부 명인방에 있는데, 대대로 벼슬을 한 집안이오. 나 또한 환로(宦路)에 나가기 위해 그간 몇 번 과거를 보았지만 재주가 없어서 번번이 낙방을 했소."

김진벽의 아내는 드물게 빼어난 용모를 지녔을 뿐만 아니라 현숙하고 부덕이 있는 여자였다. 그녀는 남편의 급제를 위해 정성을 다하고, 그간 여러 절에 가서 치성을 드리기도 했다.

20여 일쯤 전이었다. 김진벽의 아내는 하녀를 데리고 환희사엘 갔다. 그런데 날이 저문 뒤에 하녀만 혼자서 돌아왔다.

"왜 너 혼자 오느냐?"

"아씨께서 안 돌아오셨다구요?"

하녀의 얼굴이 허옇게 변했다.

"대체… 어찌된 일이냐?"

"환희사에서, 문지기 스님이 쇤네는 들어갈 수 없다고 해서 아씨 혼자 절 안으로 들어가셨는데, 날이 저물도록 아씨께서 나오지 않으셨습니다요! 기다리다 못해 문지기 스님에게 어찌된 일이냐고 물었더니, 집으로 돌아간 지가 언제인데 그런 말을 하느냐면서 절 안에는 스님들밖에 없다고 하셨습니다요! 제가 잠깐 소피라도 볼 적에 아씨께서 나오셨다가 제가 보이지 않자 혼자 돌아오셨나 해서 부랴부랴 집으로 달려왔습니다요."

치성을 드리러 간 아내가 대체 어디로 갔단 말인가? 김진벽은 하인들을 거느리고 송악산으로 달려갔다. 그가 환희사에 다다랐을 때는 자정이 지나, 산문은 이미 닫혀 있고, 절은 괴괴한 정적에 묻혀 있었다. 한참 문을 두드리자 문 안에서 퉁명스러운 목소리가 넘어왔다.

"이 밤중에 무슨 일로 그러시오?"

"오늘 제 아내가 이 절에 치성을 드리러 왔는데, 집에 돌아오지 않아서 찾으러 왔소이다! 이 문 좀 열어 주시오!"

"모든 시주들이 돌아간 지가 언제인데, 이 시간에 여기 와서 사람을 찾소이까? 지금 제정신이오? 공연히 소란 피우지 말고 돌아가시오!"

중은 문도 열어 주지 않은 채 냉랭하게 한마디 던지고는, 그만이었다.

그날 김진벽의 아내는 감쪽같이 사라지고 말았다. 김진벽은 하인들과 함께 여러 날 환희사 주위를 맴돌면서 아내를 찾았으나, 어떤 단서도 흔적도 발견할 수 없었다.

"지금 도성에서 계집깨나 밝힌다는 한량들은 모두 이 환희사로 몰려드는데, 혹 어느 한량과 눈이 맞아서 신발을 거꾸로 신은 것 아니오? 여기 왔다가 그런 한량들과 바람난 여자가 셀 수도 없답디다!"

"여자와 그릇은 밖으로 내돌리면 깨진다는 말도 못 들었소? 얼굴이 반반한 여자라면 어느 한량과 난질간 게 분명하오. 젊은 여자가 없어졌다면서 찾으러 다닌 사람이 여럿이오."

환희사 산문 앞에 진을 치고 있는 떡장수나 엿장수, 들병이장수 들의 말이었다.

그들의 말대로 환희사 산문 앞 공터에는 잘생긴 얼굴에 화려한 비단옷을 떨쳐입은 한량과 불량배들이 젊은 여자들에게 접근해서 수작을 나누는 모습이 더러 눈에 띄었다. 남녀가 어울려 숲 속으로 들어가거나, 남자에게 거의 우격다짐으로 끌려가는 여자의 모습도 어쩌다 눈에 들어왔다. 그러나 그는 그의 아내가 그런 사내들과 눈이 맞아 집을 나갔다고는 생각지 않았다. 그녀의 정숙한 성품으로 볼 때 그런 일은 꿈에도 생각할 수 없었다. 그보다는 못된 놈들한테 끌려가 몸을 지키려고 하다가, 죽임을 당한 뒤 산 속 어딘가에 암매장된 게 아닌가 하는, 불길하고 사위스러운 예감에 시달렸다. 두어 달 전에 암장된 시체가 열여섯 구나 발견되고, 불량배 두 놈이 범인으로 잡혔다는 사실을 머릿속에서 떨쳐 버릴 수가 없었다.

그날도 김진벽은 아침부터 송악산으로 가서 환희사 주변의 골짜기와 등성이를 꼼꼼하게 톺아나갔다. 몇 번이나 훑어봤던 곳이지만 다시 한번 살펴보기 위함이었다. 환희사 서쪽의 음습하고 후미진 곳을 지나치는데, 문득 황토흙 위에 찍힌 선명한 사람의 발자국이 눈에 들어왔다. 퍼뜩 뭔가 이상하다는 생각에 걸음이 멈춰졌다. 발자국은 환희사의 담장을 향해 나 있었다. 문도 없는 담장으로 발자국이 나 있다니? 그는 발자국을 따라갔다. 발자국은 환희사의 높다란 담장 밑에서 끊어져 있고, 그곳에는 덤불이 무성하게 우거져 있었다. 덤불 속으로 들어가 보니, 뜻밖에 그 속에 사람들의 눈에 띄지 않게 감춰진 조그만 쪽문이 있었다. 손잡이를 당겨 보니까 소리도 없이 문이 열렸다. 그는 허리를 굽혀 안으로 들어갔다. 담장 안에도 키 작은 나무가 우거져서, 그 문은 사람들의 눈에 띄지 않게 은폐되어 있었다.

김진벽이 담장 안 나무 속에 몸을 감추고 절 안을 엿보고 있을 때였다.

"이 도둑놈, 꼼짝 마라!"

등 뒤에서 갑자기 몽구리 두 명이 그를 덮치며 말했다.

"나는…, 도둑이 아니오! 사람을 찾아다니다가 쪽문이 열려 있어서 들어와 봤을 뿐이오!"

"이놈, 거짓말 마라!"

"나는 아내를 찾으러 나왔다가 우연히 여길 들어오게 된 것뿐이오! 도둑이 아니오!"

그러나 그들은 김진벽의 말은 들은 체도 하지 않고 다짜고짜 그를 절 뒤에 외따로 떨어져 있는 곳집으로 끌고 갔다.

"네놈이 이 절을 정탐할 때는 뭔가 까닭이 있을 것이다! 사실대로 불어라!"

그들은 밧줄로 김진벽을 결박한 뒤 무섭게 을러댔다.

김진벽은 아내를 찾으러 다니다가 우연히 들어와 봤을 뿐이라고 몇 번이나 발명했다. 그러나 그들은 잠입한 목적을 대라면서 무자비한 폭행을 가했다.

"이놈이 보통 독종이 아니야! 정신을 잃으면서도 끝까지 입을 열지 않으니!"

"아무래도 뭔가 눈치챈 게 틀림없어! 후환이 없게 처리해야겠어!"

김진벽은 가물거리는 의식 속에서 그들의 말을 듣고, 문득 그들이 아내의 실종과 관계가 있는 게 아닌가 하는 생각을 떠올렸다. 그처럼 극구 부인해도 그의 말을 믿어주지 않고 뭔가를 알아내기 위해 무작스러운 폭행을 가하는 까닭이 무엇인가. 승려라는 사람들이 어떻게 이런 잔악스러운 폭행을 할 수 있단 말인가.

그런데 그날 밤 망이와 정첨이 붙잡혀 왔다. 그는 그들이 두 사람에게 하는 짓을 어둠 속에서 지켜보면서 절 안에서 뭔가 사악한 일이 자행되고 있고, 승려들은 그 일이 외부에 알려질까 봐 몹시 경계하고 있다는 것을 눈치채게 되었다. 그리고 그의 아내가 감쪽같이 사라진 것도 그들과 관련이 있을지 모른다는 생각이 들었다.

"그간 환희사를 찾아왔다가 실종된 사람이 한둘이 아닌데, 그 일이 환희사의 중들과 관계가 있는 것 같소이다!"

"…전에 발견된 시체들은 범인이 밝혀졌지 않습니까?"

"그렇긴 하지만 왠지 자꾸 그런 생각이 듭니다. …그런데 두 분은 어쩌다가 그놈들한테 잡히게 되었소이까?"

김진벽이 궁금한 얼굴로 말머리를 돌렸다.

정첨이 간략하게 자초지종을 이야기하자, 김진벽이 놀란 얼굴로 물었다.

"일풍 대사가 사람의 정신을 홀려서 제 맘대로 조정하는 사술(邪術)을 쓴단 말이오?"

"그렇소! 그 술수에 당한 사람이 한둘이 아닐 것이오! 또한 그 자가 불구자나 병자를 고쳤다는 것도 모두 사람들의 눈을 속이려는 연극일 것이란 생각이 듭니다! 멀쩡한 놈을 데려다 놓고서 각본을 짜서 연극을 하면 순진한 사람들이 어떻게 알겠소?"

정첨이 분개해서 목소리를 높이자

"내 아내의 실종도 저놈들과 무관하지 않은 것 같소이다! 나도 이대로 물러나지는 않겠소이다!"

하고, 김진벽이 말했다.

5. 미륵불의 사자(使者)

“무불, 이제 교대할 시간이야!”

이경쯤 된 시간에 무보 스님이 요사채로 들어오며 말했다.

“별일 없지요?”

무불이 무보에게서 몽둥이를 넘겨받으며 물었다.

“일은 무슨 일이 있겠어? 무진 스님이 공연히 우릴 괴롭히는 것이지!”

“그런 말씀 마세요! 무진 스님이 들으면 혼쭐납니다!”

무불은 몽둥이를 들고 절을 한 바퀴 둘러보기 위해 밖으로 나갔다. 매일밤 경내를 돌면서 경비를 서는 게 그들 젊은 승려들의 일과였다. 무불은 산문에서부터 담을 따라가며 사방을 살피다가, 절의 서쪽 후원으로 들어서면서 자기도 모르게 걸음을 멈추었다. 뜻밖에도 웬 여인이 저만치 떨어진 후원에서 달을 바라보고 서 있었기 때문이었다. 달빛에 여인의 얼굴은 백목련처럼 희었고, 여인의 비단옷 또한 눈부시게 흰옷이었다. 여인은 무불의 발자국 소리를 들은 듯 고개를 돌려 그를 바라보더니, 당황하고 놀란 얼굴로 걸음을 옮겼다.

무불은 자기도 모르게 여인을 따라갔다. 여인은 다시 고개를 돌려 그를 바라보며 얼굴에 웃음을 띠고서 담장 옆에 있는 잡목 속으로 들어갔다. 그를 바라보고 웃는 웃음이 분명했다. 무불은 여인의 요염한 웃음에 혹해서 아무 생각없이 잡목 속으로 그녀를 따라 들어갔다. 그러나 다음 순간 그는 뒷머리에 둔중한 타격을 느끼며 정신을 잃었다. 굴때장군 같은 커다란 사내가 잡목 속에 숨어 있다가 그의 뒤통수를 후려쳤던 것이다. 사내와 여인은 무불을 담장 밑으로 끌고가서, 쪽문을 통해 절 밖으로 옮겼다.

두 사람이 담장 밖으로 나가자 기다리고 있던 한 사내가 재빨리 거들었다. 그들은 정첨과 망이, 그리고 김진벽이었다.

그날 밤 자정 무렵 북부청에서 갑자기 수십 명의 군졸들이 쏟아져 나와, 환희사를 향해 달려갔다.

"여기서부터는 발소리를 죽이고 숲으로 들어간다. 서쪽 담장에 남 모르게 안으로 들어갈 수 있는 비밀문이 있다."

망이가 환희사 가까이 이르러서 군졸들에게 말했다.

그들은 길을 버리고 숲으로 들어가, 발소리를 죽이고 환희사 서쪽 담장의 비밀 쪽문을 통해 절 안으로 들어갔다. 그리고 일풍이 거처하는 외딴 법당과 젊은 중들이 잠들어 있는 요사채를 포위한 뒤 일시에 들이쳤다.

"이놈들, 이게 무슨 짓이냐? 나 일풍을 어찌 보고서 감히 이 따위 무례한 짓을 자행하느냐?"

군졸들이 법당으로 뛰어들어 일풍을 끌어내려 하자 일풍이 사납게 소리를 질렀다. 그의 사나운 기세에 놀란 군졸들이 그의 팔을 놓고서 뒤로 물러났다.

"저놈은 흉악한 살인범이다! 저놈을 끌어내려서 오라를 지워라!"

망이가 군졸들에게 명령하자 일풍이 다시 맞고함을 쳤다.

"이놈들! 나는 미륵부처님의 사자다! 곧 미륵부처님이 하강하셔서 새로운 용화 세계를 열 텐데, 그때 너희들이 어떤 벌을 받으려고 부처님의 사자인 내게 이 따위 행패를 부리느냐? 조정에 내로라하는 대신들도 내 앞에서는 무릎을 꿇었고, 폐하의 누이이신 궁주마마까지도 내 앞에서는 고개를 숙였는데, 네깟놈들이 감히 나를 모욕하려 하다니? 고이한 것들! 일개 이름 없는 군졸에 지나지 않는 너희들이 장차 뒷갈망을 어찌 하려고 이다지 방자한고? 섶을 지고 불에 뛰어드는 나방의 신세가 되고 싶지 않으면 썩 물러나라!"

일풍의 서슬 푸른 질타에 군졸들은 완연히 기가 꺾여 함부로 덤비지 못한 채 망이를 바라보았다. 그때 정첨이 불쑥 앞으로 나서며 말했다.

"당신은 그간 교묘한 사술을 써서 세상과 사람들을 속였다! 멀쩡한 사람을 벙어리와 맹인, 앉은뱅이로 둔갑시킨 다음, 그들의 병을 고친 것처럼 연극을 해서 사람들을 현혹시켰다! 또한 아이를 갖지 못한 여자들에게 사특한 약초와 약물을 먹여 정신을 홀린 다음 그 몸을 짓밟고, 재물을 빼앗았다! 그리고 당신의 뜻을 거스르거나, 당신에게 속은 것을 알고 그 음모를 폭로하려는 사람들은 파리 죽이듯 죽여서 암매장했다! 당신의 제자인 무불이라는 놈이 이미 당신의 모든 죄상을 낱낱이 고했고, 사체를 매장한 곳까지 다 밝혔다! 그래도 할 말이 있느냐?"

"네 이놈, 여기가 어디라고 구습을 그렇게 함부로 놀리는고? 나는 미륵부처님이 강탄하실 것을 알리러 온 지엄한 사자(使者)다! 나의 앞길을 막는 자는 누구를 막론하고 마구니이고, 마구니에겐 대자대비하신 부처님께서도 죽음을 내리셨다!"

"당신의 뜻을 거역하면 모두 마구니고, 그런 사람은 다 죽어야 한단 말이냐?"

"그렇다! 내 뜻을 거역하는 사람은 누구에게나 죽음이 있을 뿐이다!"

일풍이 정첨에게 삿대질을 하다가, 맹수가 짐승을 덮치듯 갑자기 몸을 날려 덤벼들었다. 그가 정첨을 덮치기 직전 망이가 번개같이 몸을 날려 일풍의 다리를 걸어 땅바닥에 거꾸러뜨렸다. 정첨이 거꾸러지는 일풍의 뒷머리를 후려치자 일풍은 머리를 땅에 처박으면서 의식을 잃었다.

"묶어라!"

망이의 명령에 군졸들이 일풍에게 오라를 지우고, 이어 그의 무리들을 모조리 잡아 묶었다.

"이놈들을 모두 관부로 끌고 가라!"

망이의 명령이 떨어지자 군졸들이 일풍과 그의 제자들을 북부청으로 끌고 갔다.

다음날 아침 날이 밝자마자 일풍과 그의 무리들은 준열한 문초를 받았다. 일풍은 끝까지 자기가 미륵불의 사자이고, 모든 것이 미륵불의 계시에 의한 것이라면서 함정에 빠진 맹수처럼 고래고래 고함을 지르며 날뛰었다. 그러나 그의 제자들은 엄혹한 형문을 못 이기고 그간 저지른 죄악을 낱낱이 자백했다. 일풍이 신통력으로 불구자와 병자들을 낫게 한 것은 사람들의 눈을 현혹시키기 위한 속임수이고, 그가 사람들에게 권한 차에는 잠을 자게 하는 약이 들어 있었다. 그가 향료라면서 사용한 약초와 약물 또한 사람들의 정신을 홀려서 환상을 보게 하는 약물임이 밝혀졌다.

환희사에서 살해당한 사람이 17명이었는데, 그들은 일풍의 사악한 의도를 알고 격렬하게 저항하다가 죽임을 당한 부인들과, 실종된 가족을 찾아 나섰다가 변을 당한 사람들이었다. 일풍과 그의 무리에게 몸을 유린당하고 재물을 빼앗긴 여자들은 그 숫자를 다 헤아릴 수가 없었고, 그들 중 대부분이 도성의 내로라하는 귀족 집안의 부녀자들이었다.

사건의 전말을 보고받은 조정은 크게 놀라, 즉시 북부청에 함구령을 하달했다. 조정의 뭇 대신들과 귀족들의 부인들이 모두 일풍 대사라는 사기꾼에게 농락을 당했으니, 그 체통이 말이 아니었고, 그런 소문이 널리 퍼지면 백성들이 크게 동요할 우려가 있었다.

사건 자체를 아예 없었던 것으로 했기 때문에 망이와 정첨은 어떤 포상도 받지 못했다. 그러나 금하면 금할수록 더욱 걷잡을 수 없게 퍼져 나가는 게 소문인지라 얼마 지나지 않아서 개경 사람치고 그 일을 모르는 사람이 없게 되었다.

『망이와 망소이』 제3권 〈개경〉 끝

(4권에서 계속)

망이와 망소이 제3권 — 개경

심규식 지음

발 행 처 · 도서출판 **청어**
발 행 인 · 이영철
영　　업 · 이동호
홍　　보 · 천성래
기　　획 · 남기환
편　　집 · 방세화
디 자 인 · 이수빈 | 김영은
제작이사 · 공병한
인　　쇄 · 두리터

등　　록 · 1999년 5월 3일
(제321-3210000251001999000063호)

1판 1쇄 발행 · 2020년 11월 20일

주　　소 · 서울특별시 서초구 남부순환로 364길 8-15 동일빌딩 2층
대표전화 · 02-586-0477
팩시밀리 · 0303-0942-0478

홈페이지 · www.chungeobook.com
E-mail · ppi20@hanmail.net
I S B N · 979-11-5860-900-9(04810)
979-11-5860-897-2(세트)

이 도서의 국립중앙도서관 출판시도서목록(CIP)은 서지정보유통지원시스템 홈페이지(http://seoji.nl.go.kr)와 국가자료공동목록시스템(http://www.nl.go.kr/kolisnet)에서 이용하실 수 있습니다.(CIP제어번호: CIP2020043015)